W0323099

HARD CASE CRIME

In der Reihe »Hard Case Crime« bei Rotbuch sind bislang erschienen:

HCC-001	Allan Guthrie: *»Abschied ohne Küsse«*
HCC-002	Lawrence Block: *»Abzocker«*
HCC-003	Ken Bruen & Jason Starr: *»Flop«*
HCC-004	Christa Faust: *»Hardcore Angel«*
HCC-005	Richard Aleas: *»Tod einer Stripperin«*
HCC-006	Donald E. Westlake: *»Mafiatod«*
HCC-007	Mickey Spillane: *»Das Ende der Straße«*
HCC-008	Ed McBain: *»Die Gosse und das Grab«*
HCC-009	Ken Bruen & Jason Starr: *»Crack«*
HCC-010	Lawrence Block: *»Falsches Herz«*
HCC-011	Max Phillips: *»Tödlich blond«*
HCC-012	Richard Aleas: *»Lieder der Unschuld«*
HCC-013	Robert Bloch: *»Shooting Star«*
HCC-014	Max Allan Collins: *»Der letzte Quarry«*

Richard Aleas

LIEDER DER UNSCHULD

Übersetzt von
Conny Lösch

HARD CASE
CRIME

Rotbuch Verlag

ISBN 978-3-86789-078-6

Deutsche Erstveröffentlichung, 1. Auflage
© 2009 by Rotbuch Verlag, Berlin
Titel der Originalausgabe: »Songs of Innocence«
© 2007 by Winterfall LLC
Umschlagillustration: © 2007 by Glen Orbik
Typografie und Satz: Andreas Fack, Berlin
Druck und Bindung: CPI Moravia Books GmbH

Die Reihe »Hard Case Crime« in deutscher Sprache ist eine internationale Kooperation der Winterfall LLC und Rotbuch Verlag GmbH.
Das Logo und der Name »Hard Case Crime« sind Markenzeichen der Winterfall LLC und lizenziert für die Rotbuch Verlag GmbH.
Ein Verlagsverzeichnis schicken wir Ihnen gern:
Rotbuch Verlag GmbH
Neue Grünstraße 18
10179 Berlin
Tel. 01805/30 99 99
(0,14 Euro/Min. aus dem deutschen Festnetz, abweichende Preise für Mobilfunkteilnehmer)

www.rotbuch.de

Sex ist das, womit der Tod Leichen schafft.

Karl Kroeber

TEIL EINS

Kann ich sehen fremde Pein
Und nicht selbst voll Kummer sein?
Kann ich sehen fremden Schmerz,
dass nicht Mitleid fühlt mein Herz?

William Blake, »Auf fremden Kummer«,
Lieder der Unschuld

1

Früher war ich Privatdetektiv. Aber wir waren alle früher mal irgendwas, das wir heute nicht mehr sind.

Unser erfolgversprechendster Theaterschriftsteller war Taxifahrer und davor Laborassistent bei einem großen Pharmaunternehmen in Jersey gewesen, hatte dort für drei Dollar die Stunde Reagenzgläser gewaschen. Wir hatten außerdem einen Kurzgeschichtenautor, der Sendezeiten im Werbefernsehen an Ford und Gillette verkauft hatte, und einen gut aussehenden jungen Drehbuchschreiber, der immer noch von den Schecks der Modedesignerin lebte, mit der er mal verheiratet war. Die Beziehung war nicht von Dauer gewesen.

Einer litt unter Agoraphobie, befand sich aber auf dem Weg der Besserung. Ein ehemaliger Sträfling war auch dabei.

Und dann gab es noch Dorrie.

Ein Bild von Dorrie klebte am Fenster, ein Gruppenfoto, auf dem sie die Arme um drei oder vier weitere heute Abend anwesende Personen gelegt hatte, Adam Rosenthal, Alison Bell und Michael, Michael ... Scheiße, wie hieß der noch mit Nachnamen?

Ich war nicht auf dem Foto. Ich hatte es geknipst.

Michael stand am Schwarzen Brett in der Ecke, nippte Weißwein aus einem Plastikbecher und betrachtete die Anzeigen aus den Literaturzeitschriften, viele davon waren längst nicht mehr aktuell. Einsendungen wurden verlangt, Benefizabende veranstaltet, Lesungen oder Seminare mit berühmten, zurückkehrenden Ehemaligen angekündigt. Er schien völlig vertieft in die wertlosen Bekanntmachungen, nur wenn man ihm in die Augen sah, stellte man fest, dass sie reglos in die nicht allzu weite Ferne starrten und nichts wahrnahmen.

Contini. Michael Contini. Man sollte meinen, dass ich mich daran erinnern würde. Ich hatte seine Bewerbung bearbeitet. Ich hatte viele Bewerbungen bearbeitet, zahlreiche Namen gelesen, doch heute Abend beschäftigten mich andere Dinge.

Lane Glazier war der Einzige im Raum, der ein echtes Glas, keinen Pappbecher in der Hand hielt, und nun klopfte er mit einem Brieföffner aus Metall dagegen. Er sagte: »Alle mal herhören ... bitte, alle ...« Im Raum wurde es still.

»Danke, dass ihr erschienen seid«, sagte er. Sein Gesicht war rund und weich, wirkte immer leicht angeschlagen, aber wohlwollend. So auch heute. »Ihr alle habt Dorrie gekannt. Einige besser als andere, aber gekannt haben wir sie alle. Sie war unsere Freundin, unsere Studentin ...«, er nickte in Richtung Stu Kennedy, der auf dem Sofa saß, »... sie gehörte in unsere Familie.« Die Köpfe drehten sich zur einzigen Person im Raum, die niemand von uns persönlich, sondern nur dem Namen nach kannte. Ich hatte Lane darin bestärkt, sie einzuladen und es sofort bedauert, als sie offenbar weniger trauernd, vielmehr stocksauer hier aufgekreuzt war. Als trügen wir alle Schuld am Tod ihrer Tochter.

»Wir sind heute Abend hier, um uns an Dorrie zu erinnern, uns so an sie zu erinnern, wie wir sie gekannt haben. Sie war ein ganz besonderer Mensch ...«

»Ihr Name war Dorothy«, sagte die Mutter. Mit ihrer Stimme hätte sie Stahl schneiden können. Lane sprach nicht weiter, der Rest des Satzes blieb ihm irgendwo auf halbem Wege im Mund stecken.

»Dorothy. Nicht *Dorrie*. Dorothy Louise Burke.« Sie funkelte uns wütend an, ihr Kopf schwenkte nach links, dann wieder nach rechts. »Nennt sie wenigstens bei ihrem verdammten Namen.«

Keiner von uns sagte etwas. Was gab es da zu sagen? Sie machte uns verlegen, wir wünschten, sie wäre nicht da oder wir wären nicht hier, wünschten, sie würde allein trauern und uns mit unserer Trauer in Ruhe lassen.

Endlich sagte Lane: »Dorothy. Tut mir leid. *Dorothy* war jemand ganz Besonderes. Dorothy Louise Burke, Ihre Tochter, war jemand ganz Besonderes, und wir werden sie sehr vermissen.« Sein weiches Gesicht und seine Spanielaugen flehten um Zustimmung, eine freundliche Geste, irgendetwas. Doch die Mutter starrte ihn weiter an, ihre Augen glühten wie Kohlen im Schnee.

Eva Burke war nicht sehr groß, aber auch nicht klein. Sie besaß die Statur eines Gewichthebers, breite Schultern und Hüften, Beine wie Baumstämme. Ihre Tochter ließ sich in ihr nicht wiedererkennen, mir gelang dies jedenfalls nicht. Man hätte vermuten können, Dorrie sei nach ihrem Vater geraten, aber auch das stimmte nicht. Bei dem fruchtlosen Versuch, ihr bei einer Seminararbeit zu helfen, die sie für Stu Kennedy anfertigen musste, hatte ich ihren Vater aufgespürt, der sich als kleiner, drahtiger, dunkelhäutiger, verschwitzter und haariger Mann entpuppte. Dorries Gliedmaßen waren dagegen lang und anmutig, ihre Gesichtszüge fein. Ich sah meinen Eltern auch nicht besonders ähnlich.

Ich hatte überlegt, auch den Vater einzuladen, aber Dorrie hatte ihn seit Jahren nicht gesehen, und mir war wieder eingefallen, was sie mir über die Trennung ihrer Eltern erzählt hatte – die beiden in ein und denselben Raum zu sperren wäre keine gute Idee gewesen. Nur die Mutter einzuladen allerdings auch nicht.

Abgesehen von mir und Mrs. Burke war die Lounge jetzt leer. Ich räumte auf, warf benutzte Becher und Pappteller weg, packte die unbenutzten ein, bewegte mich wegen meines bandagierten Brustkorbs sehr vorsichtig. Bis jetzt war kaum mehr als ein Tag der sechs Wochen vergangen, die der Heilungsprozess, wie mir der Arzt gesagt hatte, in Anspruch nehmen würde, und ich hatte eine harte Nacht hinter mir. Mrs. Burke stand in der Mitte des Raums, mehr oder weniger dort, wo sie den ganzen Abend gestanden hatte. Als sie zu sprechen begann, deckte ich gerade einen Käseteller mit Frischhaltefolie ab.

»Sind Sie Blake?«

Ich stellte den Teller ab und ging auf sie zu. »Ja.«

»Ich möchte, dass Sie etwas für mich tun.«

»Natürlich«, sagte ich. »Was denn?«

»Ich möchte, dass Sie den Mann finden, der meine Tochter ermordet hat.«

Ich war sprachlos. Ich hatte gedacht, sie würde mich um ein Glas Wein oder etwas Käse bitten. »Mrs. Burke«, sagte ich, »ich bin kein ... ich weiß nicht, was Ihnen Dorrie über mich erzählt hat, aber ich habe kein ...«

»*Dorothy* hat mir erzählt, in ihrem Seminar säße ein Detektiv. John Blake. Der sind Sie doch, oder?«

»Ja, der bin ich«, sagte ich, »aber ich habe den Beruf bereits vor Jahren an den Nagel gehängt, drei Jahre ist das fast her.«

»Wenn Sie's früher konnten, dann können Sie's jetzt auch.« Ich schüttelte den Kopf und sie schüttelte ihren. »Doch, das können Sie. Sie kannten sie. Sie haben viel bessere Chancen, das Schwein zu finden, das sie getötet hat, als ein Fremder.« Sie ließ den Verschluss ihrer Handtasche aufschnappen, griff hinein und zog ein Scheckheft und einen Stift heraus. »Ist mir egal, was es kostet. Sagen Sie's mir. Tausend Dollar? Genügt das? Zweitausend? Wie viel?«

Ich nahm ihr den Stift aus der Hand und ließ ihn wieder in ihre Handtasche fallen. »Ich weiß, dass Sie das sehr mitnimmt, Mrs. Burke ...«

Sie schlug meine Hand weg. »Kommen Sie mir nicht so von oben herab. Jemand hat meine Tochter getötet, und die Polizei unternimmt nichts. Das heißt, ich muss selbst etwas tun. Ich möchte, dass Sie mir sagen, wie viel das kostet.«

Ich überlegte mir sehr genau, wie ich das, was ich sagen wollte, formulierte. »Mrs. Burke, es gibt einen Grund, weshalb die Polizei nichts unternimmt. Nein, hören Sie mir zu. Es gibt einen Grund. Man hat Dorrie in der Badewanne gefunden, eine Ausgabe von *In Würde Sterben* lag auf dem Fußboden daneben, und sie hatte eine Plastiktüte über dem Kopf.« Ich nahm ihre Hand und hielt sie fest, obwohl sie versuchte, sie abzuschütteln. »Sie hatte Beruhigungsmittel genommen, in der Zeitung stand, mindestens zwanzig Tabletten. Niemand hat sie gezwungen, die Tabletten zu schlucken. Niemand hat sie in die Wanne gelegt. Niemand hat ihr das Buch zu lesen gegeben.«

Na ja, das war nicht ganz richtig. Das Buch hatte sie neben meinem Bett auf dem Nachttisch entdeckt.

»Mrs. Burke«, sagte ich, »ich weiß, Sie hören das nicht gern, aber Dorrie ... Dorothy ist wahrscheinlich genau so gestorben, wie es den Anschein hat.«

Sie riss ihre Hand aus meiner Umklammerung. Mit dem Zeigefinger stocherte sie mir vor dem Gesicht herum, während sich die anderen Finger zur Faust zusammenschlossen.

»Das ist totaler Blödsinn, junger Mann, und das wissen Sie auch. Sie hat sich *nicht* selbst umgebracht. Meine Tochter würde so etwas niemals tun. Sie sollten sich schämen.«

Ich sagte nichts.

»Was stimmt nicht mit Ihnen?« Sie wartete die Antwort nicht ab, was mir gerade recht war, denn mir fiel gar keine ein. »Ich finde jemanden«, sagte sie. »Wenn Sie mir nicht helfen, finde ich einen anderen, der dazu bereit ist. Aber wenn die Person entkommt, die meiner Tochter das angetan hat, nur weil Sie mir nicht geholfen haben, dann möchte ich wissen, wie Sie danach noch in den Spiegel sehen wollen.« Sie schrie jetzt, und der Krach hatte Lane aus seinem Büro auf der anderen Seite des Gangs zur Tür getrieben. Dort stand er in seinem Anzugjackett und mit der gelockerten Krawatte und wirkte unglaublich unglücklich.

»Mrs. Burke? Bitte, John hat heute Abend noch zu arbeiten.«

Dorries Mutter stand zwischen uns, sah uns abwechselnd an, wie ein Stier zwei Picadores. Dann sammelte sie sich, schob sich an Lane vorbei und ging schweigend den Gang entlang zum Fahrstuhl. »Lass sie«, sagte er, aber ich folgte ihr.

»Ich bin noch nicht fertig«, sagte sie, während sie auf den Fahrstuhl wartete. Das Gebäude hatte nur fünf Stockwerke, aber der Fachbereich für kreatives Schreiben befand sich im fünften, und der Fahrstuhl brauchte immer ewig, bis er oben ankam.

Etwas an meinem Gesichtsausdruck hatte offenbar die Vermutung in ihr geweckt, dass ich ihr misstraute. »Ich bin nicht verrückt«, sagte sie.

Dabei misstraute ich ihr gar nicht. Allerdings wünschte ich, ich hätte es getan.

»Hören Sie«, sagte ich. Ich nahm einen Zettel, den jemand mit Tesafilm an die Wand geklebt hatte (»Schickt eure Beiträge an Quarto!«), drehte ihn um und zog einen Stift aus der Tasche. »Ich kenne jemanden, der Ihnen helfen kann. Ich schreibe Ihnen den Namen auf.« Ich schrieb einen Namen und eine Telefonnummer auf die Rückseite des Zettels. »Sie ist sehr gut. Besser, als ich es je war.«

Die Anzeige neben der Fahrstuhltür leuchtete auf, und die Tür öffnete sich träge. Ein Mann von der Reinigungsfirma stieg aus und zog einen Karren mit Putzmitteln hinter sich her.

Mrs. Burke nahm mir den Zettel aus der Hand. Eine Sekunde lang dachte ich, sie wolle etwas sagen. Stattdessen faltete sie den Zettel zusammen und verstaute ihn in ihrer Handtasche. Die Fahrstuhltür schloss sich hinter ihr, ohne dass ein weiteres Wort fiel.

Als ich wieder am Schreibtisch saß, rief ich Susan an. Sie klang heiser, als hätte ich sie nach einem nächtelangen Gelage mit Schnaps, Bier und Zigaretten aus dem Tiefschlaf gerissen. Aber das hatte ich nicht. Ihre Stimme hatte sich verändert, seit sie vor drei Jahren mit einer Lunge weniger aus dem Krankenhaus entlassen worden war. Eine Bekannte von mir hatte ihr fünf Mal in die Brust gestochen und sie in der Annahme, sie sei tot, liegen lassen. Eine Bekannte, von der ich geglaubt hatte, sie zu kennen.

»Warte mal«, sagte sie. »Ich will das erst ausschalten.«

Ich hörte, wie im Hintergrund der Fernseher ausging, dann Schritte zurück zum Telefon. »Ich habe die Nachrichten gesehen. Ich weiß nicht, wieso ich mir das antue. Macht mich nur fertig. Weißt du, dass man in South Carolina über die Einführung eines Gesetzes berät, das den Verkauf von Sexspielzeug verbietet? Fünf Jahre Knast. Waffen darfst du so viele verkaufen, wie du willst, aber um Gottes willen keiner Frau einen Vibrator andrehen. Wie geht's dir, John?«

»Tut mir leid, dass ich nicht angerufen habe«, sagte ich.

»Schon okay. Habe ich auch nicht erwartet. Du hast viel zu tun mit ... womit noch mal?«

»Ich arbeite am Columbia College, im Fachbereich für kreatives Schreiben. Ich bin Verwaltungsassistent.«

»Ja, genau«, sagte sie. »Ich bin sicher, da hast du viel zu tun.«

»Susan, tut mir leid. Wirklich. Ich wollte nicht ...«

»Ja«, sagte sie. »Ich weiß.«

»Bist du mit jemandem zusammen?«, fragte ich.

»Sagen wir mal so, ich bin froh, dass ich nicht in South Carolina lebe. Wieso rufst du an, John?«

Ich sah mich im Büro um. Niemand mehr da. Lane war wieder hinter seiner geschlossenen Tür verschwunden. Trotzdem senkte ich die Stimme.

»Ich muss dich um einen Gefallen bitten«, sagte ich.

»Okay«, sie klang misstrauisch.

»Morgen ruft dich eine Frau an, Eva Burke. Deinen Namen hat sie von mir. Ihre Tochter war Dorrie Burke. Vielleicht hast du's in der Zeitung gelesen, das war die Columbia-Studentin, die tot in ihrer Wohnung am Tiemann Place gefunden wurde ...«

»Sicher. War doch Selbstmord, oder?«

»Die Polizei behauptet das, aber die Mutter will es nicht wahrhaben. Sie möchte einen Detektiv engagieren. Sie hat mich gefragt.«

»Und du hast den Job nicht angenommen, weil du als Verwaltungsassistent so viel verdienst, dass du mit der zusätzlichen Kohle gar nichts anfangen könntest.«

»Ich kannte ihre Tochter, Susan.«

Sie schwieg einen Augenblick lang. »O Gott, John«, sagte sie, »tut mir leid.«

»Ich habe ihr ein Versprechen gegeben. Hatte was damit zu tun, wie sie ihr Leben lebte. Sie wollte nicht, dass ihre Mutter davon erfuhr.«

»Wovon?«

»Zum Beispiel davon, womit sie das Geld für die Miete verdiente.«

»Etwa so, wie ich das Geld für meine Miete verdient habe?« Susan arbeitete für Serner, die wahrscheinlich größte Detektei der Stadt, mit Sicherheit aber die bekannteste. Das war aber nicht immer so gewesen. Als ich sie kennenlernte, hatte sie ihr Geld als Stripperin verdient.

»Mehr oder weniger.«

»Was jetzt? Mehr oder weniger?«

»Mehr«, sagte ich.

»Ist sie auf den Strich gegangen?«

»So ungefähr.«

»Pass auf«, sagte Susan. »Ich sag ja nicht, dass sich das gehört, aber unter den gegebenen Umständen wüsste ich nicht, weshalb du der Mutter überhaupt etwas erzählen müsstest. Nimm ihr Geld, bleib ein paar Wochen drauf sitzen, dann tippst du einen Bericht, in dem steht, dass es dir leid tut, Ma'am, aber es war tatsächlich Selbstmord. Du weißt doch, wie das geht, John. Du hast es mir beigebracht.«

»Na ja, ich bitte dich darum, dass du das diesmal übernimmst.«

»Wieso?«

»Weil ich sie irgendwie beschäftigen muss, bis ich getan habe, was ich tun muss.«

»Und was ist das?«

Ich spürte den Schmerz, den die gebrochene Rippe mir in meinem Brustkasten verursachte. »Ich muss den Mann finden, der ihre Tochter ermordet hat«, sagte ich.

2

Dorrie Burke war größer als ich, ohne Absätze nicht ganz ein Meter achtzig, aber verdammt knapp drunter, und sie betrat den Seminarraum, als gäbe es an einem Ende einen Vorhang und Fotografen mit Blitzlichtern am anderen. Sie machte das nicht bewusst, aber so wirkte es nun mal, und wir anderen wandten uns allesamt zu ihr um und beobachteten sie, wenn sie sich durch die Reihen zu einem freien Platz schlängelte, ihre Umhängetasche auf den Boden gleiten ließ und sich hinsetzte. Man merkte, dass sie solcherlei Reaktionen gewohnt war und sie ihr peinlich waren wie einem dicken Mädchen, das die Jungs hinter seinem Rücken kichern hört.

Sie war eine Schönheit, wie man sie auf Filmplakaten oder in Zeitschriften sieht und wie man ihr im wahren Leben selten über den Weg läuft. Es lag an der Form ihres Gesichts, an ihren Gesichtszügen, dass man automatisch zweimal hinsah, wenn man ihr zum ersten Mal begegnete und sie unwillkürlich anstarrte. Ich lernte einmal eine Frau kennen, die einen Autounfall gehabt hatte, einen schlimmen Zusammenstoß, bei dem ihr eine Gesichtshälfte weggerissen wurde. Die plastischen Chirurgen taten ihr Bestes und größtenteils gelang es ihnen, ihr Gesicht einigermaßen normal aussehen zu lassen, aber irgendetwas daran wirkte wie verschoben, und man konnte nicht aufhören, sie anzustarren. Bei Dorrie war das ähnlich. Man konnte einfach nicht aufhören, sie anzusehen.

Damals war ich gerade ein Jahr an der Columbia gewesen,

arbeitete im Büro des Fachbereichs, weniger wegen des Gehalts, sondern weil man als College-Angestellter kostenlos Seminare besuchen darf. Ich wusste nicht, was ich mit mir anfangen sollte, und der Besuch von Seminaren schien mir nicht die schlechteste Möglichkeit, es herauszufinden. Mein erster Gedanke war, dass mich die Jahre als Ermittler auf eine Karriere im investigativen Journalismus vorbereitet hatten, aber auf der Journalistenschule wurde ich nicht angenommen und landete irgendwie im Fachbereich für kreatives Schreiben, was mir ein bisschen so vorkam, als sei ich im Medizinstudium durchgefallen und stattdessen Bestatter geworden. Da ich gute zehn Jahre über dem durchschnittlichen College-Alter lag, waren meine Seminare einer euphemistisch als Institut für Allgemeine Studien bezeichneten Einrichtung zugeordnet, die von Managern besucht wurde, die sich abends in Wirtschaftswissenschaften weiterbildeten, und von Frauen, die nach dem Auszug der Kinder ihre Nachmittage sinnvoller als mit Talkshows verbringen wollten. Doch einige der Studenten unseres Instituts waren dem College-Alter noch gar nicht allzu lange entwachsen – sie waren zu einem Zeitpunkt abgegangen, als ihnen nur noch wenige Scheine bis zum Abschluss fehlten. Nach ein oder zwei Jahren waren sie bereit für die Prüfung. Zu dieser Kategorie gehörte Dorrie. Und in einem Raum, in dem das Durchschnittsalter bei circa vierzig Jahren lag, fiel sie noch mehr auf.

»Ms. Burke, nehme ich an«, sagte Stu Kennedy und beugte sich, auf die knochigen Unterarme gestützt, über den Seminartisch. Parkinson im Früh- und Alkoholismus im Endstadium ließen seine Hände zittern. Er konnte nicht mehr tippen, hatte er mir bei einem Drink im West End erzählt, und war nun dazu übergegangen, seine Romane in einen Kassettenrekorder zu diktieren.

Dorrie strich sich das Haar aus dem Gesicht und nickte.

»Dann sind wir ja alle da und können anfangen.« Er lehnte

sich auf seinem Stuhl zurück, presste die Finger aneinander und formte ein Zelt. »Der Titel des Seminars lautet ›Kreatives Sachbuch‹. Was das heißt? Es bedeutet, dass man mithilfe wohlüberlegter Lügen die Wahrheit mitteilt.« Seine Stimme bebte, allerdings mit voller Absicht – wie bei einem verlotterten Schauspieler der Royal Shakespeare Company. »Weshalb sind wir hier? *Ich* bin hier, weil es die Universität für angebracht erachtet, mir ein mageres Gehalt zu zahlen, und zwar einzig aufgrund einiger großzügiger Kritiken, die ungefähr zum Zeitpunkt Ihrer Zeugung anlässlich des Erscheinens meiner Bücher veröffentlicht wurden. Sie allerdings sind aus einem sehr viel ambitionierteren Grund hier: Sie hegen den Wunsch, bessere Autoren zu werden. Und sie wollen einander dabei helfen.« Er wandte sich an den Mann neben mir, ein muskulöser Großstadttyp mit Wollmütze und zwei T-Shirts übereinander, Dreitagebart und groben Tätowierungen in dunkelblauer Tinte auf den Unterarmen.

»Was erwarten Sie von diesem Seminar, Mr. Wessels?«

Ich erinnerte mich an den Aufsatz, mit dem er sich beworben hatte. Kurland Wessels war unser ehemaliger Knacki; er hatte drei Jahre wegen bewaffneten Raubüberfalls und Körperverletzung gesessen, bis das Urteil aufgehoben wurde und er freikam. Für uns alle war dies eine zweite Chance.

»Ich möchte mein Buch fertig schreiben«, sagte er mit nervöser Stimme, in der immer noch das Donnern zuschlagender Zellentüren mitschwang.

»Und Sie«, fragte Professor Kennedy und wandte sich an Dorrie, »Ms. Burke? Was versprechen Sie sich davon?«

Sie zuckte mit den Schultern und sah sich betreten im Raum um.

»Ich will Ihnen sagen, was Sie voneinander lernen können: Geschichten.« Er hustete feucht und wischte sich mit dem Handrücken über den Mund. »Junge Autoren – Sie sind nicht mehr alle ganz so jung, aber Sie sind alle junge *Auto-*

ren – schreiben über nichts lieber als über sich selbst. Aber das genügt nicht. Sie müssen ihre Bandbreite erweitern. Jeder von Ihnen braucht frisches Material, und zufällig haben Sie alle frisches Material zu bieten. Ihnen selbst ist Ihr eigenes Leben vertraut, aber einer anderen Person nicht. Es ist unbekannt, eine Geschichte, die erst noch erzählt werden muss. Also. Ich möchte, dass Sie sich in Zweiergruppen zusammensetzen und sich gegenseitig Ihre Geschichten erzählen. Das ist die Aufgabe. Werden Sie ihr gerecht.« Er betrachtete die Teilnehmerliste auf dem Tisch und fing an, paarweise Namen in keiner erkennbaren Reihenfolge herunterzurattern. Dabei versah er jeden Namen mit einem Bleistiftkreuzchen am Rande. »Ms. Waithaka, Ms. Gross. Ms. Fenner, Mr. Reynolds. Mr. Wessels, Mr. Breen.« Und so weiter, acht Paare lang, bis nur noch Dorrie Burke und ich übrig blieben. »Mr. Blake, Ms. Burke.« Der Professor schlug mit der flachen Hand auf den Tisch. »Das war's.«

Einige Abende später, als wir im West End zusammen tranken und sich die Zeiger der Uhr auf die Sperrstunde zu bewegten, fragte ich ihn, welcher Methode er bei der Bildung der Zweiergruppen gefolgt war, und er lächelte mich an. »Ach, John. Wem hätte ich sie denn sonst zuteilen sollen? Kurland? Das wäre, als würde man einem Dobermann ein Steak zum Fraß vorwerfen. Nein, du, mein Freund, du wirst nett zu ihr sein. Und mit ein bisschen Glück ist sie auch nett zu dir.«

Wir trafen uns zum Essen im Restaurant *Dan*, einem vierundzwanzig Stunden geöffneten Tempura-Imbiss an der Ecke Broadway und 69th Street. Sie war mir gegenüber ebenso schüchtern, wie sie es im Seminarraum gewesen war, und um kein verlegenes Schweigen aufkommen zu lassen, bombardierte ich sie mit Fragen, als wäre ich aus meinem alten Beruf nie ausgestiegen. Wo war sie geboren? Philadelphia. Wie alt war sie? Dreiundzwanzig. Eltern? Geschieden. Anfangs antwortete sie einsilbig. Aber ich blieb auf sanfte Weise beharrlich, und sie öffnete sich allmählich. Hatte sie Geschwister? Eine Schwester, aber die war gestorben, als Dorrie drei Jahre alt war. Woran war sie gestorben? Wohl eine Art Leukämie. Dorries Mutter hatte nie viel darüber gesprochen. Aber irgendwie hatte ihre Mutter ihren Vater dafür verantwortlich gemacht, und deshalb war die Ehe in die Brüche gegangen.

Welche Schule hatte sie besucht? Ein Semester am Moore College für Kunst und Design zu Hause, gefolgt von zwei Jahren auf dem Hunter College in New York. Weshalb war sie nach New York gezogen? Sie hatte in der Modebranche arbeiten wollen. Und die Modebranche war in New York. Deshalb. Wollte sie noch immer in der Modebranche arbeiten? Sie errötete, bevor sie darauf antwortete, sah auf ihren Teller und kratzte mit der Spitze ihres Essstäbchens die Panade von einer dicken Karottenscheibe.

»Weißt du, mit welchem Job ich der Modewelt am nächsten gekommen bin? In den ganzen fünf Jahren?«

»Nein, was war das für ein Job?«, fragte ich.

Sie schüttelte den Kopf, und das dünne Lächeln, das sich in ihr Gesicht geschlichen hatte, verschwand wieder. »Das war bei FAO Schwarz«, sagte sie. »Dem Spielwarenkaufhaus auf der Fifth Avenue. Ich habe dort als Märchenprinzessin gearbeitet und die Leute am Eingang begrüßt. Das Kostüm war original von Bob Mackie, die hatten Bob Mackie mit dem Entwurf beauftragt! Ein langes Kleid und Satinschuhe, eine Tiara und ein Zauberstab. Ich hatte sogar einen Zauberstab! Wenn mich die kleinen Mädchen sahen, strahlten sie übers ganze Gesicht, und manchmal trauten sie sich nicht, näher zu kommen. Als sei ich das Schönste, das sie je gesehen hatten.«

Als sie aufsah, bemerkte ich, dass ihre Augen glasig wurden. »Und dann war es drei Uhr. Ich zog das Kostüm aus, meine Jeans wieder an und verließ den Laden. Auf dem Weg nach draußen sah ich die Prinzessin von der Nachmittagsschicht in demselben Kostüm, und alle kleinen Mädchen sahen jetzt sie an, als sei sie das Schönste, das sie je gesehen hatten.«

Sie tupfte sich mit der Papierserviette die Augen ab, zerknüllte sie und warf sie auf ihren Teller.

»Tut mir leid«, sagte ich.

»Was denn? Dass ich die Modewelt nicht ausschließlich durch Glück und gutes Aussehen erobern konnte? Im Lotto habe ich auch nie gewonnen. Tut dir das auch leid?«

»Nein«, sagte ich.

Sie schüttelte den Kopf. »Entschuldigung.« Und nachdem wir eine Zeit lang geschwiegen hatten, sagte sie: »Ich glaube, ich rede einfach nicht gerne über mich.«

»Das erleichtert unsere Aufgabe nicht unbedingt.«

»Na ja, jedenfalls zur Hälfte«, sagte sie und lächelte zum zweiten Mal an jenem Abend. »Was hast du gemacht, bevor du am Columbia College angefangen hast? Lass mich raten. Du warst Radiomoderator.«

»Nein.«

»Psychotherapeut.«

»Nein.«

»Priester?« Darüber mussten wir beide lachen, und sie beugte sich vor, näher zu mir herüber. »Du bist ein guter Zuhörer, John.«

»Willst du weiterraten?«, fragte ich.

»Nein«, sagte sie. »Ich geb's auf.«

»Na schön«, sagte ich. »Ich war Detektiv. Privatdetektiv. Da lernt man, den Menschen zuzuhören.«

»Detektiv?«

»Ganz genau.«

»Klingt aufregend.«

»War's aber nicht. Man verbringt viel Zeit am Computer.«

»Und mit Zuhören.«

»Ja.«

»Hast du vielen Menschen geholfen?«

»Ein paar.« Jetzt war es an mir, einsilbig zu antworten.

»Warum hast du aufgehört, als Detektiv zu arbeiten?«, fragte sie.

»Warum hast du aufgehört, als Märchenprinzessin zu arbeiten?«

»Ich habe zuerst gefragt.«

Darüber musste ich ein Weile nachdenken. Schließlich sagte ich: »Eine Frau, die ich mal geliebt habe, musste wegen mir sterben, eine andere wäre beinahe gestorben. Ich konnte nicht mehr.«

Ich entdeckte etwas in ihrem Gesicht, etwas Mitfühlendes, etwas Verletztes, und sie erkannte dasselbe bei mir. Sie sah mir in die Augen, wich meinem Blick nicht aus. Sie sagte nichts und ich auch nicht.

»Willst du's mir erzählen?«, fragte sie.

Ich merkte, dass ich wollte. Aber es gibt Dinge, die sagt man nicht in einem Restaurant, in dem Kellnerinnen gelangweilt herumstehen und so tun, als würden sie nicht mithören. Wir bezahlten die Rechnung, holten unsere Jacken und machten uns auf den Rückweg zum Campus.

Kurz vor Mitternacht liefen wir allein in der Dunkelheit über den Broadway. Es war seltsam still, sodass die wenigen Geräusche – ein einzelnes Taxi flüsterte auf der Straße vorüber, ein Koch putzte in einer durchgehend geöffneten Bodega Karotten für die Salate am folgenden Tag – gespenstisch wirkten, wie eine einschläfernde Totenklage.

Ich erzählte ihr von Miranda, meiner Freundin aus Highschool-Zeiten, und dem Mord auf dem Dach des Stripklubs. Ich erzählte ihr von Susan und dass auch sie fast ermordet worden wäre. Ich erzählte ihr, wie alles ausgegangen war und dass an meinen Händen das Blut beider Frauen klebte. Ich erzählte ihr mehr, als ich jemals jemandem erzählt hatte. Mir war gar nicht bewusst gewesen, wie sehr ich es hatte erzählen wollen.

Ich spürte, wie mir Tränen in die Augen stiegen und erinnere mich, wie froh ich war, dass sie die Tränen in der Dunkelheit nicht sehen konnte, diese wunderschöne Frau an meiner Seite, die Fremde, der ich meine Geheimnisse anvertraute. Sie muss es an meiner Stimme gehört haben, denn sie blieb stehen und ich spürte ihre Fingerspitzen auf meinen Wangen, dann lag ich in ihren Armen, und wir weinten beide um das, was wir verloren hatten, und um die, die wir einst waren.

»John«, flüsterte sie mir ins Ohr, »ich erzähl dir, warum ich aufgehört habe, als Märchenprinzessin zu arbeiten.«

»Das musst du nicht«, sagte ich.

Aber sie erzählte es mir. Sie erzählte mir, weshalb sie aufgehört hatte und auch, was sie stattdessen tat.

Dorrie starb an einem Sonntagmorgen, wenige Stunden vor Sonnenaufgang. Ihr Vermieter hatte keinen Schlüssel für das obere Schloss, deshalb musste die Polizei die Tür aufbrechen. Sie fanden eine makellose Wohnung vor, als hätte Dorrie extra aufgeräumt, bevor die Gäste kamen. Alles befand sich an seinem Platz: kein schmutziges Geschirr in der Spüle, keine Kleidung auf dem Teppichboden. Es fehlten ein paar Sachen, aber das konnte niemand wissen.

Die Polizisten fanden die Wohnung so vor, weil ich sie so verlassen hatte. Ich hatte einen Schlüssel, auch für das obere Schloss, und das bereits seit Monaten.

Ich fand sie in der Badewanne, die Tür stand offen, das Wasser war still und kalt. Die Plastiktüte war fest mit Isolierband um ihren Hals geklebt, die Luft ihrer letzten Atemzüge befand sich noch darin. Ihre Augen waren geschlossen.

Das leere Pillenfläschchen lag auf dem Rand des Waschbeckens, der Deckel daneben. In ihrem Zahnputzbecher stand noch etwas Wasser.

Ich weiß nicht, wie lange ich dort stand, sie ansah und wusste, dass es nicht das war, wonach es aussah, dass es das gar nicht sein konnte. Ich wusste, dass ich die Person finden musste, die dafür verantwortlich war. Aber zuerst tat ich, was ich versprochen hatte zu tun, falls dieser Tag jemals eintreffen würde und von dem ich gehofft hatte, es niemals tun zu müssen. Ich suchte ihren Laptop und ihr Handy und verstaute beides in meiner Tasche. Ich fand die Fläschchen und Röhrchen in der Nachttischschublade, ein ganzes Dutzend. Auch fand ich die durchsichtigen Negligés, die ordentlich gefaltet in ihrem Kleiderschrank lagen, die Tangas und Spitzenbodys mit Bügel-BH und das lange Unterkleid mit Leopardenmuster, das ihr ein Kunde geschenkt hatte, der sie so gern darin sah, wie sie mir erzählt hatte. Ich nahm all das zusammen mit den wenigen Papieren, die ich noch ungeschreddert in ihrem Schrank fand. Ganz unten im Abfalleimer, unter den Klingen des Aktenvernichters, den sie bei Staples erstanden hatte, fand ich einen Haufen Konfetti, das nach alten Telefonrechnungen, Kontoauszügen und Fotos aussah. Ich holte eine Plastiktüte unter der Spüle hervor und packte die Schnipsel ein, achtete darauf, keine noch so winzigen Fetzen liegen zu lassen.

Ein großer blauer Teddybär saß gegen eines der Kissen gelehnt auf ihrem Bett, die Stummelarme ausgebreitet, als wollte er gedrückt werden. Quer über eine seiner Fußsohlen waren die Buchstaben »FAO« mit Goldfaden gestickt. Sie hatte ihn von ihrem ersten Lohn als Märchenprinzessin gekauft, das hatte sie mir erzählt. Selbst nach Abzug des Mitarbeiterrabatts war noch der Großteil ihres Lohns dafür draufgegangen. Aber er war flauschig, etwas Besonderes und teuer. Einer College-Abbrecherin aus Philly, die in einer Wohnung ohne Fahrstuhl in einem üblen Viertel wohnte, war es offenbar wichtig, wenigstens einen Gegenstand zu besitzen, der flauschig, etwas Besonderes und teuer war. Eine andere Frau hätte vielleicht einen Kunstdruck gekauft und ihn rahmen lassen oder ein hübsches Kleid. Dorrie kaufte sich den Bären.

In der Küchenspüle standen ein Becher und ein Teller, ich wusch beide ab, rieb sie trocken und räumte sie weg. Auf dem Anrufbeantworter waren drei Nachrichten. Ich hatte sie am Morgen darauf gesprochen, und nun löschte ich sie. Ich dachte an Fingerabdrücke, wusste aber, dass es sinnlos sein würde, alles abzuwischen. Ich war oft zu Besuch hier gewesen, meine Fingerabdrücke waren überall. Ich dachte auch an die Strafe, die darauf stand, sich am Tatort eines Verbrechens zu schaffen zu machen. Aber nicht lange. Die Polizei würde es nicht als solches erkennen, weil sie nicht wusste, was ich wusste. Sie würde nicht ermitteln, weder mit noch ohne die Dinge, die ich entfernte. Ließe ich sie dort, käme einzig und allein heraus, dass Dorrie noch ein anderes Leben geführt hatte. Eine pikante Fußnote, angesichts derer Kaffee trinkende Zeitungsleser wissend nicken würden, weil sie den Grund zu kennen glaubten, aus dem sich eine schöne junge Frau das Leben nahm. Ich hatte ihr versprochen, das nicht zuzulassen.

Mit der Hand am Lichtschalter zögerte ich an der Wohnungstür. Dann ging ich noch einmal ins Schlafzimmer und kam mit dem Bären unter dem Arm zurück. Von einer Telefonzelle ein paar Straßenecken weiter rief ich die Notrufnummer 911. Ich behauptete, ich sei ein Nachbar von gegenüber und hätte etwas durchs Fenster gesehen, das mir Angst eingejagt hätte – eine Frau, die sich eine Plastiktüte über den Kopf gezogen und festgeklebt hätte. Ich nannte die Adresse und legte auf, als man mich nach meinem Namen fragte.

Ich wartete, bis ich die Sirene hörte, und stieg dann die Stufen zur U-Bahn an der 125th Street hinauf. Als ich einstieg, saß außer mir nur noch eine einzige andere Person im Waggon, ein grauhaariger Mann in einem khakifarbenen Overall, wie ihn Mitarbeiter von Reinigungsfirmen tragen. Er zeigte auf den Bären. »Für Ihre Tochter?«, fragte er.

Ich zögerte, nickte dann.

»Ach, da wird sie sich aber freuen«, sagte er. »So ein großer Bär. Da wird sie sich sehr freuen. Ganz bestimmt, sehr freuen. So ein glückliches kleines Mädchen.«

Dann fuhr der Waggon in einen Tunnel, und das Kreischen der Räder auf den Schienen übertönte alles, was er sonst noch über Freude und Glück hatte sagen wollen.

3

Ich stieg an der Houston Street aus der Linie 1 und ging die wenigen Straßenecken weiter bis zur Carmine Ecke Bedford Street zu Fuß. Das ist ziemlich weit von der 125th Street entfernt. Ziemlich weit von egal woher.

Der Buchladen im ersten Stock des Hauses, in dem ich wohnte, hieß »Anti-imperialistische Billigbücher«, was eine recht brauchbare Vorstellung vom Charakter des Viertels vermittelte. Die Straße runter war der Father Demo Square, der nach dem Pfarrer benannt worden war, der nach dem Brand in der Triangle Shirtwaist Factory Kundgebungen zum Gedenken an die Opfer veranstaltet hatte. Um die Ecke befand sich das Little Red Schoolhouse, das nicht nur wegen der Farbe seiner Backsteine so hieß. Jack Kerouac hatte einst viel Zeit dort verbracht, ebenso Allen Ginsberg und Dylan Thomas und viele andere – für den Fall, dass das jemand noch nicht wusste, hatte man Schilder angebracht. Insgesamt ergab sich daraus ein hübsches progressives Wohnviertel, und wenn man die Leute fragte, behaupteten sie, genau deshalb hergezogen zu sein, was aber nicht der Wahrheit entsprach. Es gab nur einen einzigen Grund, weshalb jemand in der Carmine Street wohnen wollte, und zwar aus demselben Grund, aus dem es auch Allen Ginsberg und Jack Kerouac hier gefallen hatte: Es war billig.

Ich schloss die Tür zu meiner Einzimmerwohnung auf, machte Platz auf einem Bücherregal und setzte den Bären hinein. Er teilte sich das Regalbrett mit einem schäbigen Styroporvogel in einem Holzkäfig – Plunder, zu dem ich ebenfalls eine sentimentale Beziehung hatte. Wenn das so weiterging, würde ich bald ein ganzes Trödelkabinett besitzen.

Ich schloss Dorries Handy an das Ladegerät und dieses an die Steckdose, schaltete das Handy ein und begann, akribisch alle Einträge in ihrem Adressbuch und Kalender per Hand abzuschreiben. Ich bin sicher, irgendwie hätte ich auch das Telefon an meinen Computer anschließen und alles per Knopfdruck herunterladen können, aber ich wusste nicht, wie, und außerdem tat mir die mechanische Arbeit gut. Das geistige Pendant weißen Rauschens hielt mein Gehirn auf Trab. Immer noch besser als das, womit ich mich sonst beschäftigt hätte. Ich war wütend. Ich wollte schreien. Ich wollte gegen eine Wand schlagen. Aber das hätte niemandem geholfen, schon gar nicht Dorrie. Also schrieb ich. Allgor, Alison. Avena, George. Ballinger, Max.

Sie hatte sich nicht umgebracht. Nicht, weil sie nicht der Typ dafür gewesen wäre – sie hatte oft genug von Selbstmord gesprochen. Das hatten wir beide. Unglückliche Menschen, die sich für ihre Vergangenheit schämten und nicht sicher waren, was die Zukunft brachte, taten das nun mal. Ich war nicht stolz darauf und sie genauso wenig, aber lieber darüber sprechen, als es tun. Und das war das Versprechen, das wir einander gegeben hatten. Wenn einem von uns beiden jemals ernsthaft danach sein sollte, wollten wir den anderen anrufen und stattdessen darüber reden. Ich war nie an den Punkt gelangt, aber sie schon, mehr als einmal, und sie hatte mich jedes Mal angerufen. Nur dieses Mal nicht. Aber sie hätte es getan. Sie hätte.

Dann war da noch die zweite Hälfte des Deals. Sie hatte mir versprochen, mich vorher anzurufen – und im Gegenzug hatte ich ihr versprochen, dass ich, sollte es mir nicht gelingen, es ihr auszureden und sie es tatsächlich tun würde, dass ich … ich …

Glazier, Lane. Harrison, Melanie. Katz, Maria.

Wenn sie es tun würde, wenn sie sich wirklich umbringen würde, hatte ich ihr versprochen, würde ich kommen und sauber machen, die Spuren ihres Lebens als Professionelle beseitigen, damit ihre Mutter niemals davon erfuhr und auch ihr Vater nicht. Damit keiner von beiden in der Zeitung lesen musste, ihr kleines Mädchen habe sich die Miete mit Dienstleistungen sexueller Art für hundertachtzig Dollar die Stunde plus Trinkgeld verdient. Nein, das hatten sie nicht lesen müssen. Nur, dass sie tot war. Was, weiß Gott, sehr viel leichter zu verkraften war.

Ich öffnete die Einkaufstüte mit dem geschredderten Papier und befingerte die Einzelteile. Irgendjemand hatte das Papier durch den Vernichter gejagt. Dorrie nicht, jemand anders. Jemand, der glaubte, der Selbstmord würde dadurch überzeugender wirken, und der vielleicht etwas zu verbergen hatte. Jemand, dessen Nummer auf einer der geschredderten Telefonrechnungen auftauchte oder dessen Gesicht auf einem der Fotos zu sehen war. Vielleicht. Auf jeden Fall aber war es jemand anders gewesen, nicht Dorrie. Das hätte sie nicht getan. Dafür hatte sie ja mich gehabt.

Wenn – also nur für den Fall, nur mal angenommen – sie aus irgendeinem Grund so aufgebracht gewesen wäre, dass sie sich in wilder Raserei oder Selbstvergessenheit getötet hätte, aus einem so mächtigen Impuls heraus, dass sie sich nicht mehr die Zeit nehmen konnte, mich anzurufen, dann hätte sie verdammt noch mal kaum eine Stunde lang geduldig seitenweise Blätter eines nach dem anderen in einen Aktenvernichter geschoben. Hätte sie die Geistesgegenwart und die Geduld dafür besessen, hätte sie auch die Geistesgegenwart und Geduld besessen, mich anzurufen. Beides gleichzeitig war ausgeschlossen.

Ich war mit dem Adressbuch fertig und fing mit dem Kalender an. Viel gab es da nicht, nur den Seminarplan und verstreut hier und da Einträge unter der Überschrift »Verabredung«. Jeder davon war mit einer Uhrzeit und mit Initialen versehen, vermutlich der Person, die sie treffen wollte. Freitage, Samstage und die halben Sonntage waren jeweils voller Verabredungen. Ab und zu auch mal eine Verabredung an einem Abend unter der Woche. Ich schrieb alles auf.

Die Uhr ließ ich dabei allerdings nicht aus den Augen. Es würde nicht lange dauern, bis die Polizei meinen Namen mit Dorrie in Verbindung brachte. Es war allgemein bekannt, dass wir mehr als nur Kommilitonen gewesen waren. Man hatte uns zusammen gesehen. Und natürlich waren meine Fingerabdrücke aktenkundig. Sie würden vielleicht nicht gleich gegen mich ermitteln, aber ganz bestimmt wollten sie mit mir reden. Was völlig in Ordnung war – sofern sie nicht gleich bei ihrer Ankunft Dorries Papiere und ihren Laptop in meiner Wohnung fanden. Es konnte noch ein oder zwei Tage dauern, aber so genau wusste man das nicht.

Unten im Schrank hatte ich einen Koffer, und den leerte ich aus, warf die Kleidung darin auf den Boden. Dorries Outfits und die Dutzende kleiner Fläschchen Gleitmittel und Massageöl wanderten hinein, ebenso Handy, Ladegerät und die Papiere, die zerkleinerten wie auch die unversehrten.

Ich ließ den Koffer offen, startete Dorries Laptop und überflog ihr Benutzerverzeichnis. Besonders umfangreich war es nicht – Dorrie hatte das Gerät eher selten benutzt. In ihrem »My Music«-Ordner befanden sich einige wenige Songs, und unter »Meine Dateien« lagen einige Texte. Ein Ordner war mit »Kennedy« beschriftet und enthielt verschiedene Entwürfe der Hausaufgabe, die sie in jenem ersten Semester abgegeben hatte, als wir gemeinsam seinen Unterricht besucht hatten, und auch das längere Projekt, an dem sie seitdem für ihn gearbeitet hatte. Wahllos öffnete ich ein paar Dateien. Neben einigen Texten, an die ich mich erinnerte, weil wir sie im Unterricht besprochen hatten, gab es auch einen unfertigen mit dem Titel »Erstes Mal«, den ich nicht kannte. Als ich ihn las, verstand ich, weshalb sie ihn nicht eingereicht hatte.

Die Aufgabe hatte darin bestanden, eine Szene aus der Perspektive des anderen Geschlechts zu schreiben. Soweit ich mich erinnerte, hatte Dorrie einen Text über einen jungen Ehemann abgegeben, der im Krankenhaus den Gang auf und ab geht, während seine Frau im Nebenraum ein Kind per Kaiserschnitt zur Welt bringt – »Geburt« befand sich ebenfalls in dem Ordner und war auf nur zwei Tage später datiert. Grundlage des Textes waren die Erlebnisse eines Cousins gewesen.

Doch anscheinend war »Geburt« nicht ihr erster Versuch gewesen, der Aufgabenstellung gerecht zu werden.

Erstes Mal

»Zieh dich aus, wo du willst. Überall, egal«, sagte sie und zog mit dem Arm einen Halbkreis in die Luft. Es war nicht ganz klar, was sie mit »überall« meinte. Die ganze Wohnung bestand nur aus einem Raum, vielleicht sechs mal dreieinhalb Meter groß, einer Couchgarnitur an einer Wand, Stereoanlage und Räucherstäbchen an der anderen und eine mit hellbraunem Leder gepolsterte Liege ein paar Zentimeter abgerückt von der dritten Wand. Außerdem gab es einen kleinen Eingangsflur und auf einer Seite auch eine hell erleuchtete Nische, in der sich eine winzige Küchenzeile befand. Vielleicht meinte sie, es sei in Ordnung, wenn ich mich in der Küche auszog.

Sie trug mein Geld zu einem Tisch im Flur, zählte es im Gehen. Ich betrachtete ihre unter den Trägern ihres blauen Oberteils angespannten, breiten Schultern und beobachtete ihre Beine, die gerade so stark zitterten, dass man es sehen konnte, wenn man genau hinsah. Ihre Hände bewegten sich flink, fuhren in die Handtasche, die sie aus einer Schublade zog, und kamen leer wieder heraus. Auch alles andere an ihr bewegte sich rasch. Sie verringerte die Distanz zwischen uns mit drei Schritten, ging an mir vorbei und ersetzte die New-Age-CD, die bis jetzt abgespielt wurde, durch noch abgefahrenere New-Age-Musik. Sie prüfte die Räucherstäbchen. Sie qualmten immer noch so vor sich hin, wie sie sie zurückgelassen hatte. Und das Licht war nach wie vor gedämpft. Sie dimmte es noch ein bisschen mehr. »Du kannst dich hinlegen«, sagte sie, »auf den Tisch.«

Ich hatte mir das Hemd aufgeknöpft, legte es aufs Sofa und packte meine Hose zusammengeknäult daneben. Meine Armbanduhr ließ ich in einem meiner Schuhe verschwinden. Sie sah weg, als ich mir die Unterhose herunterzog, und beschäftigte sich mit einer Reihe von Plastikfläschchen neben dem CD-Spieler, während ich mich auf die Liege hievte und hinlegte.

Ich konnte nicht sehen, ob sie rot wurde, als sie sich umdrehte – dazu war es zu düster. »Gesicht nach unten«, sagte sie. Sie ging an mir vorbei und fingerte am Lichtschalter herum.

Ich drehte mich auf den Bauch. Wieder kauerte sie bei den Fläschchen, löste die Kappe von einem und brachte es mit zur Liege.

Jetzt trug sie einen pfirsichfarbenen BH und ein rotes Bikinihöschen – irgendwo unterwegs war ihr das blaue Trägeroberteil abhandengekommen. Als sie hinter mir stand, hörte ich, wie sie ihren BH auszog.

Harfenklänge drangen aus den Lautsprechern. Außerdem Querflöten.

Ihre Hände waren durch die Lotion kühl und feucht. Sie wanderten meinen Rücken rauf und runter, auf und ab, auf und ab. Schließlich blieben sie im unteren Bereich, und endlich sagte sie, ich könne mich auf den Rücken legen, was ich auch tat.

Die Räucherstäbchen verströmten einen süßsauren Duft. Wahrscheinlich sollte es nach Jasmin riechen, roch aber eher nach chinesischem Essen.

»Schließ die Augen«, sagte sie. Sie hatte sich von meinen Fußsohlen her hochgearbeitet und mir so lange wie möglich die Schienbeine massiert. Nun arbeitete sie sich meine Schenkel herauf und zögerte. Eine Sekunde später presste sie noch etwas mehr Lotion auf ihre Handfläche und fuhr fort.

Ich öffnete die Augen. Ihre Beine zitterten nicht mehr. Sie wirkten stocksteif. Sie hatte die Schultern zurückgeworfen und die Ellbogen stachen seitlich heraus. Sie trug noch immer das Bikinihöschen und eine dünne Goldkette mit einem kleinen Kreuz daran, sonst nichts. Gänsehaut bedeckte ihre Brüste.

Eine ihrer Hände ruhte bewegungslos auf meinem Arm. Die andere nicht. Weder blieb sie bewegungslos noch ruhte sie auf meinem Arm. Ich sah ihr ins Gesicht. Sie blickte quer durch den Raum auf ein Poster der Metropolitan Oper aus dem Jahr 1988. Sie starrte es so sehr an, dass man sie für eine echte Opernliebhaberin hätte halten können.

Viel länger dauerte es nicht …

Die Geschichte hatte sie mir erzählt, als wir um Mitternacht auf einem Bürgersteig standen. Auch wie eine ihrer ehemaligen Mitstudentinnen vom Hunter College sie von einer offenen Teilzeitstelle am Empfang eines Massagesalons hatte wissen lassen – nur am Empfang –, telefonieren, Preisauskünfte erteilen, Termine vereinbaren. Und wie ihr nach wenigen Wochen die neun Dollar, die sie pro Stunde verdiente, läppisch vorkamen im Vergleich zu den neunzig Dollar, die die anderen Frauen jeweils von hundertachtzig eingenommenen behielten, ganz zu schweigen vom Trinkgeld. Und wofür? Dafür, dass man fünfundfünfzig Minuten lang nichts anderes tat, als was auch in den feinsten Badehäusern Manhattans üblich war, und fünf Minuten lang etwas, das man nach einer mittelmäßigen Verabredung auch getan hätte, vorausgesetzt, der Kerl hatte einem zwei Getränke und einen Teller Chicken Marsala ausgegeben. Kein Sex, nicht mal oral, nur eine Massage mit glücklichem Ausgang, Handentspannung, nenn es, wie du willst. Eine *Ganzkörpermassage* und, mein Gott, Mädchen, was war daran verkehrt? Willst du mir erzählen – hatte eine ihrer Kolleginnen gefragt –, dass es okay ist, wenn man einem Typen eine Stunde lang die Schenkel, die Schulter und die Käsefüße massiert, aber nicht, wenn man ihm neunzig Sekunden lang den Schwanz knetet? Das ist Blödsinn. Ist auch nur Haut.

Und das kam von der Frau, die den Job am Empfang unmittelbar vor Dorrie gemacht hatte und seither zur Masseuse aufgestiegen war. Später hörte Dorrie den Witz, den jeder in der Branche kannte: Was unterscheidet eine Telefonistin von einer Masseuse? Dreißig Tage.

Es gab Zeiten, in denen mir all das mehr Sorgen gemacht hätte als jetzt – damals, bevor meine Highschool-Freundin, die eigentlich Medizin hatte studieren und Augenärztin werden wollen, als Stripperin und Schlimmeres geendet war. Damals, Jahre bevor ich, frisch von der New York University, Botengänge für Leo Hauser übernommen und im Verlauf nur eines einzigen Tages so ziemlich jeden Scheiß zu Gesicht bekommen hatte, den Menschen anderen Menschen anzutun in der Lage sind. Zum Teufel, was soll's, wenn es Männer gab, die es nötig hatten, Frauen dafür zu bezahlen, angefasst zu werden, und wenn es Frauen gab, die bereit waren, das Geld anzunehmen, prima. Wenn beide die Erfahrung als erniedrigend empfanden, na ja, dann konnten sie's ja in Zukunft bleiben lassen. Ich bin kein Missionar. Ich habe nicht versucht, Dorrie dazu zu bewegen, den Job an den Nagel zu hängen.

Aber jetzt konnte ich nicht anders, als mich fragen, ob es einen Unterschied gemacht hätte, wenn ich es probiert hätte? War es einer ihrer Kunden gewesen, ein gerissener Soziopath mit ausgeprägter Beobachtungsgabe, der *In Würde Sterben* auf ihrem Bücherregal und das Mirtazapin in ihrem Arzneischränkchen entdeckt hatte?

Ich schloss das Textverarbeitungsprogramm und öffnete den Webbrowser. An ihrer Lesezeichenliste mit den Websites, die sie am häufigsten besuchte, war nichts auffällig, abgesehen vielleicht von Craigslist, der Seite, auf der alle Frauen aus dem Gewerbe der Stadt Anzeigen schalteten und Kunden akquirierten. Früher annoncierten Bordelle und Massagesalons in Zeitungen, die am Kiosk unter dem Tresen verkauft wurden – oder wenn sie zur besseren, feineren Sorte gehörten, dann inserierten sie verschlüsselt hinten im *New York Magazine*. Diese Anzeigen gab es noch immer, aber wir befanden uns im Zeitalter des Internets, und im Sex-Gewerbe war ein DSL-Anschluss inzwischen ebenso unverzichtbar wie ein Päckchen Kondome. Der Großteil der Geschäfte spielte sich online ab. Craigslist war eine Art eBay für Sex. Dort fand man mehr oder weniger jederzeit genau das, was man wollte. Notgeile Kerle konnten es zunächst umsonst unter »Persönliches – Zwanglose Treffen« versuchen, und wenn das keinen Erfolg brachte, für ein gewisses Entgelt unter »Dienstleistungen – Erotik«.

Genau dorthin klickte ich mich. Es gab ein Suchfenster, und ich gab den Namen ein, unter dem Dorrie gearbeitet hatte: Cassandra. Fünfzehn Links tauchten auf, möglicherweise gehörte aber keiner zu ihr. Auf Craigslist gab es jede Menge Cassandras. Mir blieb nichts anderes übrig, als sie eine nach der anderen durchzugehen …

Anfangs hörte ich es nur ganz entfernt auf einem Ohr, das schwache *klickklick, klickklick* meiner kaputten Türklingel.

Meine Finger hingen über den Tasten. Ich bewegte mich nicht.

Klickklick.

Dann wurde kräftig mit der Faust gegen die Tür gehämmert.

»Mr. Blake?« Es war die nasale und schneidende Stimme eines Mannes.

»Wir möchten uns mit Ihnen unterhalten. Hier spricht James Mirsky vom New York Police Department.«

4

Mirsky sah aus wie ein Cop, und das lag nicht allein an der Uniform. Wenn er an seinen freien Tagen in Shorts und Polohemd am Gartengrill stand, würde er trotzdem noch wie ein Cop aussehen. Wie einer, der vorhatte, Burger zu verhören. Der jüngere Mann war ganz klar Anfänger, scheinbar kaum alt genug, um sich zu rasieren. Allerdings war er alt genug, um eine Pistole an der Hüfte zu tragen. Und was das Bullenaussehen anging, würde er in die Rolle bestimmt noch hineinwachsen. Das taten sie alle.

Die beiden standen da und sahen sich gründlich im Zimmer um. Natürlich hatte das nichts zu bedeuten. Auf der Akademie lernte man, wie man sich in Zimmern umsah. Man geht ins Badezimmer, betrachtet alles einmal links und rechts, dann erst zieht man den Reißverschluss herunter. Sie sahen den Bären, den Vogel, mein Bett, meinen Schreibtisch und meinen Computer auf dem Schreibtisch, aber Dorries Laptop und den Koffer sahen sie nicht. Während Mirsky und der Anfänger in jeweils entgegengesetzte Richtungen stierten, schob ich ihn mit dem Absatz unters Bett.

»Mr. Blake, ich fürchte, wir haben schlechte Nachrichten für Sie«, sagte Mirsky, wobei ihm die förmliche Formulierung nur mit Mühe über die Lippen kam. Man hatte ihm beigebracht, trauernden Angehörigen gegenüber so zu sprechen. Wäre es nach ihm gegangen, hätte er eher wie ein Bierkutscher geredet. »Wollen Sie sich setzen?«

»Schon okay«, sagte ich und überlegte, wie überrascht ich tun sollte, wenn er mir die Neuigkeiten eröffnete. Ich bin ein miserabler Schauspieler. »Worum geht's?«

»Kennen Sie eine gewisse Dorothy Burke?«

»Ja, klar kenne ich Dorrie.«

»Setzen Sie sich lieber, Mr. Blake, wieso denn nicht?«

»Ich will mich nicht setzen. Was ist los mit Dorrie? Hat sie was ausgefressen?«

»Sieht so aus«, sagte Mirsky. Geistesabwesend nestelte er an seiner Mütze herum. Dieser Aspekt seines Berufs gefiel ihm nicht, Leuten in beengten, stickigen Wohnungen mitteilen zu müssen, dass ihre Lieben tot waren. »Man hat sie heute früh gefunden. Sie ist tot. Ihre Nummer war die einzige abgespeicherte Kurzwahl.«

Kurzwahl. Ich hatte den Anrufbeantworter gelöscht und das Handy mitgenommen, aber nicht im Traum daran gedacht, das Telefon an der Wand zu checken.

Ich setzte mich. »Wie ist sie gestorben?«

»Das wissen wir erst, wenn wir den Bericht aus der Gerichtsmedizin haben, aber unter uns ...«, angesichts der geballten Sinnlosigkeit der gesamten Angelegenheit schüttelte er den Kopf, »... sieht aus, als hätte sich die Dame selbst das Leben genommen.«

Ich wusste nicht, was ich sagen oder wie ich reagieren sollte und beschloss, dass genau dies eine ausgezeichnete Reaktion war. Menschen sind manchmal sprachlos, wenn sie schlechte Nachrichten erhalten.

Mirsky schlug einen Notizblock mit Spiralbindung auf, fingerte einen Kugelschreiber aus den Metallwindungen und drückte die Mine runter. »Ich muss Ihnen ein paar Fragen stellen ...«

In der Zwischenzeit tapste der Anfänger behutsam im Raum herum, betrachtete dies und das. Ich sah, wie er an meinem Schreibtisch haltmachte und das Telefonkabel anhob, das, als die beiden angeklopft hatten, noch mit dem Laptop verbunden gewesen war. Er legte die flache Hand auf die Schreibtischplatte, hob sie wieder und rieb sich die Finger. Die Hitze. Ein Laptop wird heiß, wenn er benutzt wird, und die Tischplatte musste noch warm sein.

»Wie gut kannten Sie Ms. Burke?«

»Ziemlich gut. Wir waren befreundet.«

»Eng befreundet?«

»Könnte man so sagen.«

»Machte sie einen depressiven Eindruck auf Sie?«

»Manchmal«, sagte ich. »Sie hatte einen Therapeuten, den sie regelmäßig besuchte. Er hat ihr Medikamente verschrieben.«

»Ja, das haben wir gesehen. Hat sie je Selbstmordabsichten geäußert?«

Ich schüttelte den Kopf und log ihm ins Gesicht. »Nein.«

»Nein? Heißt das überhaupt nie oder nur nicht sehr häufig? Verstehen Sie, ohne der jungen Dame zu nahe treten zu wollen, es scheint ziemlich klar, was hier geschehen ist. Wir versuchen nur kleinere Ungereimtheiten aufzuklären.«

»Vielleicht ein- oder zweimal«, sagte ich, »aber jeder hat mal einen schlechten Tag.«

»Genau, ganz recht«, sagte Mirsky. »Würden Sie sagen, dass sie deprimiert wirkte, als Sie das letzte Mal mit ihr sprachen? Wann war das übrigens?«

Allerdings hatte sie deprimiert gewirkt. Deshalb hatte ich sie ja heute Morgen drei Mal angerufen und war in die Stadt gerast, als sie nicht dranging. »Gestern Abend habe ich mit ihr gesprochen. Sie wirkte ein bisschen niedergeschlagen.«

»Niedergeschlagen.« Er schrieb etwas auf.

Der Anfänger war inzwischen an meinem Schrank angekommen. Ich hatte gute Lust, ihn nach seinem Durchsuchungsbefehl zu fragen, hielt aber den Mund. Vorsichtig stieg er über die Klamotten aus dem Koffer, die auf dem Boden lagen. Ich setzte mich um, sodass meine Füße jetzt vor dem Koffer standen.

»Mr. Blake, unterwegs habe ich Ihren Namen in den Computer eingegeben und festgestellt, dass Sie vor einigen Jahren schon mal mit uns zu tun hatten.«

»Die Anklage wurde fallen gelassen.«

»Das ist richtig. Aber wenn es Ihnen nichts ausmacht, würde ich Sie gerne fragen, wo Sie heute Morgen zwischen, sagen wir mal, Mitternacht und sechs Uhr früh waren? Nur der Vollständigkeit halber.«

»Nur der Vollständigkeit halber«, sagte ich, »lag ich im Bett.«

»Allein?«

»Nur der Vollständigkeit halber«, sagte ich, »ja.«

»Schon gut, schon gut«, sagte Mirsky. »Ich muss das fragen. Sie wissen ja, wie das ist.«

Das wusste ich und sagte es ihm auch.

»Unter uns gesagt, der Fall ist klar wie Kloßbrühe«, sagte Mirsky. »Leere Pillenpackung, Tüte auf dem Kopf, entschuldigen Sie, wenn ich so offen spreche. Buch auf dem Boden. Apropos, haben Sie dieses Buch schon mal gesehen?« Er griff hinter sich und ließ sich wortlos von dem Anfänger eine durchsichtige Asservatentüte reichen, in der sich meine Ausgabe von *In Würde Sterben* befand. Meine Fingerabdrücke befanden sich auf dem Hochglanzumschlag, und sie würden sie finden, wenn sie das nicht bereits getan hatten.

»Ja, sicher, wir haben es beide gelesen.«

»Und trotzdem haben Sie behauptet, wo war das …«, er blätterte ein oder zwei Seiten zurück, »… die junge Dame habe nie von Selbstmord gesprochen. Dabei haben wir hier ein Buch, das ausschließlich davon handelt, wie man Selbstmord begeht.« Er spreizte seine Hände.

»Sie hat auch *Die Kunst des Krieges* gelesen«, sagte ich. »Das bedeutet aber nicht, dass sie vorhatte, China zu erobern.«

Die gutmütige Fassade brach weg, stattdessen kam ein misstrauisches Glotzen zum Vorschein. Auch der Anfänger glotzte. Er lernte schnell.

»Spielen Sie hier nicht den Superschlauen, Blake. Wenn der Fall nicht so eindeutig wäre, würden wir zuallererst gegen Sie ermitteln.«

Ich hielt die Hände hoch, Handflächen nach oben. »Tut mir leid. Ist nur ... ist eine Menge auf einmal zu verdauen.«

Mirsky ließ die Augenlider wieder sinken. Den harten Macker zu markieren kostete ihn größere Anstrengung, als er bereit war zu investieren. »Wir werden die nächsten Angehörigen der Verstorbenen informieren müssen. Wissen Sie, wer das ist?«

»Ihre Mutter«, sagte ich. »Sie lebt in Philadelphia. Ihr Name ist Eva.«

»Hat sie niemanden in New York?«

Doch, hatte sie: ihren Vater. Ich wusste, wie sie darüber gedacht hätte. »Nein. Nicht dass ich wüsste.«

Mirsky klappte seinen Notizblock zu. Der Anfänger steckte *In Würde Sterben* wieder in die Tasche, die ihm von der Schulter hing.

»Gut, Mr. Blake«, sagte Mirsky. »Es tut uns leid, Sie am Sonntagmorgen gestört zu haben. Unser herzliches Beileid. Wenn Ihnen irgendetwas einfällt, das wir wissen sollten, rufen Sie bitte unter dieser Nummer hier an.« Er hielt mir eine Visitenkarte hin. Ich nahm sie. Auf der Rückseite stand mit Bleistift eine Handynummer.

»Einen schönen Tag noch.« Und auf dem Weg nach draußen: »Sie sollten Ihre Klingel reparieren lassen.« Er stocherte mit seinem kurzen dicken Zeigefinger darauf herum. *Klickklick*.

Der Anfänger stand hinter ihm, starrte noch einmal, über meine Schulter hinweg, in die Wohnung. Ich drehte mich ebenfalls um. Man konnte gerade so den Koffergriff unter dem Bett erkennen.

»Das mach ich«, sagte ich. »Danke.«

Sie marschierten davon, und ich lauschte dem Stampfen ihrer Schritte auf der Treppe, das durch die Dienstschuhe und die dreißig Pfund ihrer Ausrüstung noch verstärkt wurde. Sie hatten keinen leichten Job. Mein Mitgefühl hielt sich allerdings in Grenzen.

Ich ging wieder an mein Bett, zog den Koffer darunter hervor und öffnete ihn. Vielleicht litt ich ja unter Verfolgungswahn, aber nur zur Sicherheit leerte ich den Koffer aus und packte den kompletten Inhalt in einen Leinenrucksack. Ich nahm eine Handvoll Hemden hinten aus dem Schrank, die der Anfänger vielleicht nicht gesehen hatte, legte sie in den Koffer und schob ihn wieder unter das Bett. Nur für den Fall, dass sie mit einem Durchsuchungsbefehl zurückkamen. Realistisch betrachtet, würde das wahrscheinlich nicht passieren, realistisch betrachtet, war Dorries Tod in ihren Augen wahrscheinlich wirklich ein klarer Fall und sie würden die Ermittlungen nur allzu gern abschließen und sich dem nächsten Fall zuwenden. Aber wäre es nicht einfach wunderbar, wenn sie zu der Ansicht gelangten, es handelte sich doch um Mord und versuchten, diesen ausgerechnet mir anzuhängen?

Ich hob den Rucksack an. Im Hinterzimmer des *Barking Boat* auf der Straßenseite gegenüber, eingeklemmt hinter riesigen Tomatendosen oder Reissäcken für den Gastronomiebedarf, wäre er sicher. Michael würde für mich darauf aufpassen. Wahrscheinlich würde er glauben, dass ich Gras verstecken wollte oder so, aber er würde darauf aufpassen. Ich hatte schon auf Schlimmeres für ihn aufgepasst.

Ich sah aus dem Fenster und verrenkte mir den Hals, um so weit wie möglich die Carmine Street auf und ab sehen zu können. Sie schienen nicht zu warten und das Haus zu beobachten, weder zu Fuß noch vom Wagen aus. Aber ich würde ihnen trotzdem noch ein paar Minuten geben, nur um sicherzugehen.

Ich rief Craigslist auf meinem eigenen Computer auf, suchte erneut unter »Dienstleistungen – Erotik« und klickte einen nach dem anderen alle Cassandra-Links an. Zwei davon saßen auf Long Island, hinter einem verbarg sich eine Frau in Queens, eine andere ging ihren Geschäften auf der Wall Street nach. Eine begann mit »Süße schwarze Schwester, zu allem bereit ...« Die anderen befanden sich in Midtown, wo auch Dorrie gearbeitet hatte, und die Hälfte von ihnen hatte auch Fotos ins Netz gestellt. Die konnte ich ausschließen: Keine der Frauen sah Dorrie auch nur entfernt ähnlich. Blieben die fünf ohne Fotos übrig, deren Telefonnummern schrieb ich ab.

Ganz unten stand in einer Anzeige: »Lesen Sie meine Bewertungen auf The Erotic Review!« Ich klickte das unterstrichene Wort »Bewertungen« an. Ein neues Fenster öffnete sich. Die Website, die nun erschien, sah aus wie die Katalogkarte einer Online-Bibliothek. Dutzende akribischer Einträge mit Beschreibungen in winzig kleiner Schrift. Nur dass hier Frauen beschrieben wurden. »Statur«, »Ethnische Zugehörigkeit«, »Alter«, »Haarfarbe« – und das war erst der Anfang. »Piercings: keine«, »Transsexuell: nein«. »Brustumfang«, »Körbchengröße«, »Brustimplantate«, »Brustform«, »Tätowierungen«.

Und auch das war immer noch erst der Anfang. Im nächsten Abschnitt wurde liebevoll detailliert ausgeführt, was diese Frau – eine der fünfzehn in der Stadt berufstätigen Cassandras – für einen Dollar zu tun bereit war.

»Massage«, »Sex«, »SM«, »Anal«. Und schüchtern versteckt auf halber Höhe der Liste: »Küssen«. Es musste dieses »Küssen« gewesen sein, das mir das Herz brach.

Ich erinnerte mich, wie Dorrie über ihre Arbeit gesprochen hatte. Sie redete nicht oft davon, und ich drängte sie nicht, aber eines Abends wirkte sie besonders angespannt, und als ich ihr die Schulter und den Nacken knetete, sagte sie leise: »Wieso wollen die immer das, was man nicht verkaufen will?«

Ich massierte ihre verspannten Muskeln kräftig mit den Daumen. »Schlimmer Kunde?«

Sie nickte. »Bietet man normale Massagen an, wollen sie, dass man ihnen einen runterholt. Geht man oben ohne, wollen sie unten ohne. Macht man es ihnen mit der Hand, wollen sie, dass man ihnen einen bläst. Egal, wo man die Grenze zieht, sie wollen das, was darüber hinausgeht.«

»Liegt in der Natur des Menschen«, sagte ich. »Wir wollen, was wir nicht haben können.«

»Das hat nichts mit der Natur des Menschen zu tun«, sagte sie. »Es geht um Macht. Als würde es sie aufgeilen, wenn sie dich dazu bringen, etwas zu tun, das du nicht tun willst.«

»Ich glaube, damit hast du gerade die Natur des Menschen beschrieben«, sagte ich.

Sie griff hinter sich und legte ihre Hand auf meine. »Weißt du, was der Kerl heute von mir wollte? Er wollte, dass ich ihn bepisse.«

»Was hast du gesagt?«

»Ich habe behauptet, ich könne gerade nicht, ich müsse nicht aufs Klo. Er schleppte eine Flasche Wasser an und meinte, er könne warten.« Sie schüttelte langsam den Kopf. »Und wenn ich Ja gesagt und mich auf Natursekt eingelassen hätte, wäre ihm bestimmt was anderes eingefallen, das er unbedingt haben wollte, da bin ich sicher. So läuft das ständig. Denen fällt immer noch was anderes ein.«

In jener Nacht schlief sie bei mir in der Wohnung. Wir lagen einander schweigend in den Armen. Ich betrachtete sie im schwachen Mondlicht, das durch meine Jalousien sickerte, lag wach, während ihre Atemzüge tiefer und langsamer wurden, ihr Kopf ruhte beruhigend und schwer auf meiner Brust. Ich verspürte den überwältigenden Wunsch, sie zu beschützen, Schaden von ihr abzuwenden. Doch dann kam der Morgen und damit auch die Erinnerung daran, wie hundsmiserabel ich als Beschützer war, und ich war froh, dass ich in der Nacht zuvor nichts gesagt hatte. Ihr nicht geschworen hatte, dafür zu sorgen, dass sie in Sicherheit war – so wie ich es anderen Frauen versprochen hatte, die nun tot waren.

Sie war nicht die richtige Cassandra. In der Sparte »Aussehen« erfuhr man unter anderem auch Alter und Haarlänge: »31 bis 35« und »superkurz«. Per Suchbefehl erfuhr ich, dass acht weitere Cassandras von den pflichtbewussten Mitgliedern des Erotic Review gewogen und vermessen worden waren. Ich ging sie alle durch, angefangen beim jüngsten Eintrag bis zum ältesten vor mehreren Monaten.

Dorrie war die letzte.

Sie hatte insgesamt eine »9« für ihr Aussehen bekommen und eine »8« für ihre Dienste. Sie wurde so ausführlich beschrieben, dass sie ganz eindeutig zu erkennen war. Größe: eins achtundsiebzig bis eins achtzig. Haarfarbe: braun. Tätowierungen: keine. Und so weiter.

Hätten doch noch Zweifel bestanden, wären sie spätestens ausgeräumt gewesen, als ich den Link oben auf der Seite anklickte. Darüber gelangte ich auf ihre eigene Website, die sie sich offenbar mit vier Frauen teilte, die alle unter derselben Adresse in der Innenstadt arbeiteten: Cassandra, Julie, Rodeo und Belle. (Rodeo?) Ich klickte »Cassandra« an und da war sie.

Auf dem größten der drei Fotos trug Dorrie einen breitkrempigen Hut, den sie so weit ins Gesicht gezogen hatte, dass nur noch ihre Lippen und das Kinn zu sehen waren. Sie stand mit seitlich ausgestreckten Armen und gespreizten Fingern an einer Wand. Die Füße am unteren Ende ihrer unglaublich langen Beine hielt sie über Kreuz, und sie trug Stöckelschuhe aus Kunstleder, deren schmale Riemchen sich im Zickzack an ihren Schienbeinen hochwanden. Ein pinkfarbener Tanga war ansonsten das einzige Zugeständnis an die Regeln des

Anstands. Ihre Brüste waren entblößt, die Nippel hart, ihre nackte Haut wirkte blass und zart.

Die anderen beiden Fotos waren Nahaufnahmen, verschwommen, damit ihr Gesicht nicht zu erkennen war. Auf einem lag sie mit ihrem Körper seitlich im Bett, schmiegte sich an ein Kissen, das andere zeigte sie mit gespreizten Beinen auf einem Barhocker.

Unter dem Foto gab es eine Grafikanimation, eine Telefonnummer, die sich langsam im Kreis drehte. Es war eine von den fünf auf meiner Liste. Ich strich die anderen vier durch und griff zum Telefon.

5

Die U-Bahn spuckte mich an der 28th Street aus, und ich ging zu Fuß Richtung Osten zur Madison Avenue. Ich befand mich in einem Geschäftsviertel, inmitten alter Bürogebäude mit schmutzigen Fensterscheiben, die an diesem Sonntagnachmittag fast menschenleer wirkten. Als ich an einer Bar vorbeiging, hörte ich Beifall und Jubel, weil irgendein Athlet im Fernsehen etwas hinbekommen hatte, aber abgesehen davon, hätte ich auch in einer alten Folge von *Twilight Zone* mitspielen können, in der ein Typ aufwacht und entdeckt, dass alle anderen aus der Stadt verschwunden sind. Dass New York City jemals menschenleer sein könnte, ist unvorstellbar, nicht einmal ein einziger Straßenzug, trotzdem kommt es vor. Und eine verlassene Straße mit heruntergelassenen Rollläden vor den Schaufenstern wirkt hier mindestens so trostlos wie in einer Geisterstadt des Wilden Westens.

An der Ecke zur Madison Avenue standen zwei Münztelefone, und ich wählte noch einmal die Nummer. Die Frau, die abhob, klang jung und gelangweilt, obwohl sie wahrscheinlich sinnlich wirken wollte. »Hallo, Süßer. Wer ist denn da?«

»Hier ist John«, sagte ich. »Ich habe vorhin schon mal angerufen. Sie meinten, ich solle mich noch mal melden, wenn ich an der Ecke 28th und Madison angekommen bin.«

»Ja, na klar, Süßer. Willst du hochkommen?«

Ich bejahte.

»Es ist Hausnummer 44. Klingle im vierten Stock, okay?«

»Vierundvierzig, vierter Stock«, sagte ich. »Das kann ich mir merken.«

Sie lachte und legte auf.

Wohlwollend hätte man das Gebäude als *Brownstone* bezeichnen können, bloß dass es gar keine Steine gab, nur glatte Betonplattenwände. Es sah aus wie von einem ungewöhnlich fantasielosen Kind aus Bauklötzen zusammengesetzt: vier Wände, vier Stockwerke, zwei Fenster pro Stockwerk. Ich klingelte. Ein Summer summte, und ich drückte die Tür auf.

Der Fahrstuhl, der dank seiner Metallgittertür eher wie ein Lastenaufzug aussah, trug mich in den vierten Stock. Als er ächzend zum Stehen kam, schob ich die Gittertür zurück, drückte die Tür auf und befand mich in einem düsteren Flur mit einem Schild an der Wand, auf dem »Sunset Entertainment« stand. Es gab nur eine Tür. Das Schild wirkte professionell, als handelte es sich um ein unabhängiges Filmstudio oder eine Castingagentur, doch kaum war die Tür aufgegangen, verschwand der schöne Schein. Im Eingangsbereich befand sich nichts außer einem Sessel, auf dem eine graue Katze schlief.

Die Frau, die die Tür geöffnet hatte, blieb dahinter stehen, und ich sah sie erst, als sie sie hinter mir wieder zuwarf. »Hi ..., John?«

Sie war ungefähr so groß wie ich und schlank, hatte blonde Haare, und an ihrem Ohrläppchen zog sich eine Reihe silberner Ringe entlang, fünf oder sechs. Auf eine ihrer Schultern hatte sie einen keltischen Knoten tätowiert, was ich sehen konnte, weil sie ein Neckholder-Top trug. Ein Wickelrock und Pumps rundeten das Outfit ab. Sie schob die Schultern zurück, um ihren bescheidenen Vorbau zu präsentieren, und lächelte. Es war ein unsicheres Lächeln.

Sie streckte mir eine Hand entgegen und führte mich einen kurzen Gang entlang. Weiter hinten befanden sich zwei Türen, vorne eine, die sie öffnete. Das Licht in dem Raum war gedämpft. Eine gepolsterte, hüfthohe Massageliege, ein Gettoblaster auf dem Boden, aus dem Enya dudelte, ein Metallregal, auf dem eine Rolle Papiertücher stand, einige Gläser, eine Spraydose und eine dicke Kerze. Es roch nach Vanille.

Ich fragte mich, welche sie wohl war – Julie, Belle oder Rodeo?

»Samantha«, sagte sie, als ich sie nach ihrem Namen fragte.

»Du stehst nicht auf der Website.«

Sie verdrehte die Augen. »Ja, die Website wurde seit Ewigkeiten nicht mehr aktualisiert. Cassie ist schon monatelang nicht mehr aufgetaucht und Julie ...«

»Was?«

Das Lächeln hatte einen Augenblick lang geflackert, aber jetzt war es wieder da. »Ach, nichts. Ich bin sicher, dass die Seite bald aktualisiert wird. Aber bis dahin ...« Sie hob die Hände und ließ sie seitlich fallen. »Ich bin hier, du bist hier, also ...« Sie nickte in Richtung eines Klappstuhls in der Ecke. »Vielleicht möchtest du deine Sachen dort ablegen?« Ich zog eine Handvoll Zwanziger aus der Tasche, die ich unterwegs an einem Bankautomaten gezogen hatte. »Samantha«, sagte ich, »ich muss dir etwas ...«

Sie schüttelte den Kopf. »Zieh dich erst aus.«

»Ich bin nicht ...«

Sie legte mir einen Zeigefinger auf die Lippen. »Ich darf erst mit dir sprechen, wenn du dich ausgezogen hast, Süßer.«

Weil ich Cop und verkabelt hätte sein können. Eine vernünftige Vorsichtsmaßnahme, wenn man Geld gegen Sex kassierte. Aber ich wollte keinen Sex.

Ich drückte ihr das Geld in die Hand und schloss ihre Finger darum. »Ich bin nicht wegen einer Massage gekommen, Samantha. Oder wegen Sex oder sonst etwas, das dich in Schwierigkeiten bringen könnte. Ich bin auch kein Cop. Ich bin ein Freund von Cassandra. Ihr ist etwas Schlimmes zugestoßen, und ich brauche deine Hilfe.«

Sie riss die Augen auf, ihre Hand fuhr mitsamt Geld erschrocken zum Mund. »Geht's ihr gut?«

»Nein.«

»Ach, du Scheiße. Ach, du Scheiße.« Samantha öffnete die Zimmertür. »Di?«, rief sie. »Komm mal her!«

Eine der anderen Türen ging auf, und eine schwarze Frau in Jeans und Nike-T-Shirt kam angerannt. »Was? Was ist los?« Sie sah mich grimmig an. Ich erkannte ihre Stimme vom Telefon. Jetzt klang sie nicht mehr gelangweilt. »Hast du was versucht, du Arschloch?«

»Nein, nein, es geht um Cassie«, sagte Samantha. »Er sagt, es ist ihr was passiert.«

Di griff schnell in die Gesäßtasche ihrer Jeans und hielt mir eine kleine schwarze Sprühdose drohend vor die Nase, den Daumen oben, bereit draufzudrücken und mir das Gesicht mit irgendetwas Schmerzhaftem einzunebeln. »Du verschwindest jetzt verdammt noch mal sofort, oder ich schwöre bei Gott, dass ich dir die Eier abschneiden und ins Maul stopfen werde.«

»Di!« Samantha hielt die Hand vor die Düse. »Er sagt, er ist ein Freund von Cassie.«

»Und du bist so bescheuert und glaubst ihm?« Sie schob Samanthas Hand weg.

»Ich zähle jetzt bis drei, und wenn du schlau bist, hast du die Kurve gekratzt, bevor ich fertig bin. Eins ...«

Ich setzte mich auf die Massageliege, streckte beide Hände aus und hielt ihnen die Handflächen hin. Mir hatte noch nie jemand gesagt, dass ich gefährlich aussehe – ganz im Gegenteil –, aber unter diesen Umständen wollte ich lieber sichergehen. »Es tut mir leid, wenn ich euch Angst gemacht habe. Ich muss nur ein paar Minuten mit euch reden, dann gehe ich.«

»Zwei«, sagte Di. Sie trat einen Schritt näher an mich heran und streckte mir die Sprühdose entgegen. »Steh auf.«

»Hört mir zu, bitte«, sagte ich. »Cassandra ist tot. Die Polizei hat heute Morgen ihre Leiche gefunden. In ihrer Wohnung.«

Dis Hand zitterte, und Samantha fing an zu weinen. »Sie sind zu mir gekommen, weil Cassie meine Nummer im Telefon gespeichert hatte. Sie war eine Freundin von mir. Das ist die Wahrheit.«

»Ja?«, fragte Di. »Wie war ihr richtiger Name?«

»Dorrie. Dorrie Burke. Wir waren zusammen am Columbia College. Daher kenne ich sie.«

»Woher hast du die Nummer hier?«

»Craigslist«, sagte ich. »Sie hat mir gesagt, unter welchem Namen sie gearbeitet hat.«

Samantha sah von Di zu mir und wieder zurück. Langsam ließ Di die Hand sinken.

»Wie lautet dein richtiger Name?«, fragte sie.

»Ich heiße John«, sagte ich. »John Blake. Ich habe nicht gelogen.«

Samantha wischte sich mit dem Handballen über ein Auge. »Was ... was ist Cassie zugestoßen?«

»Sie wissen es noch nicht genau. Es hieß, es habe wie Selbstmord ausgesehen. Ich glaube aber, dass jemand in ihre Wohnung eingedrungen ist, sie bewusstlos gemacht und dafür gesorgt hat, dass es nach Selbstmord aussieht. Scheinbar wurde sie gezwungen, Pillen zu schlucken.«

»War's eine Überdosis?«

Ich schüttelte den Kopf. »Sie lag in der Badewanne. Erstickt.«

Ich beschrieb ihnen, wie sie gefunden wurde. Ich tat das nicht gern. Ich sah, wie Samantha blass wurde, und beide schienen in sich zusammenzusacken. So mutig Di sein mochte, auch sie hatte Angst. Und warum sollte sie keine haben? Falls einer ihrer Kunden es getan hatte, dann hätte genauso gut Di tot in der Badewanne liegen können.

»Du hast gesagt, Dorrie hat seit Monaten nicht mehr hier gearbeitet«, sagte ich. »Seit wie vielen Monaten?«

Samantha sagte: »Zwei? Drei?« Sie sah zu Di herüber.

»Zwei«, sagte Di.

»Warum hat sie aufgehört?«

Sie wechselten einen weiteren Blick. »Das war, nachdem das mit Julie passiert ist«, sagte Samantha.

Ich wartete.

»Da war so ein Typ«, sagte Di. »Ein Mann, wahrscheinlich einen Kopf größer als du, dünn, aber mit großen Händen, richtig langen Fingern. Die Mädchen nannten ihn E.T.« Sie streckte einen Zeigefinger aus: *Nach Hause telefonieren.* »Er war Stammkunde, kam einmal im Monat, manchmal zweimal. Sam hatte ihn auch öfter.« Samantha zitterte und nickte.

»Er gab gerne damit an, was für hervorragende Beziehungen er hätte und so was«, sagte Di. »Erzählte von den Typen, für die er arbeitete – das waren Russen oder Slawen oder so. Aber er war nie fies zu irgendjemandem hier. Und er gab gutes Trinkgeld.«

»Einmal hat er mich gepackt«, sagte Samantha. Sie zeigte auf ihr Handgelenk. »Der blaue Fleck hielt eine Woche.«

»Hervorragende Beziehungen«, fragte ich, »meinst du, er ...«

»Was glaubst du wohl, was ich meine?«

»Gut. Was ist dann passiert?«

»Der Mann ruft an und lässt sich einen Termin geben«, sagte Di. »Er wollte um fünf Uhr vorbeikommen, und ich meinte, dann könne sich ja Cassie um ihn kümmern, aber er sagte, nein, er wolle Julie. Vorher hatte er nie ausdrücklich nach ihr verlangt. Ich sagte, in Ordnung, aber sie sei erst um sechs hier. Er meinte, er wolle warten.«

Ich drehte mich zur Seite. Samantha hatte die Arme um sich geschlungen und weinte wieder.

»Er tauchte also um Viertel vor sechs auf. Ich setzte ihn

hier rein, in dieses Zimmer. Als Julie kam, sagte ich ihr, dass er hier drin sei und auf sie warte. Sie brachte ihre Sachen nach hinten, zog sich um und ging zu ihm. Cassie war mit mir hinten. Wir sahen uns irgendeine Spieleshow an und quatschten.

Dann, vielleicht fünf Minuten später, hörten wir die Tür knallen. Und plötzlich schrie Julie. Ich meine, sie schrie nicht, als würde sie jemanden anbrüllen, sondern sie schrie so laut sie konnte. Wie ...« Sie schüttelte den Kopf. »Ich weiß nicht, wie. So was hatte ich noch nie erlebt. Dann hörten wir wieder die Tür knallen – *Peng*. Richtig laut.« Samantha schluchzte.

»Wir rannten also raus. Und da stand er, hier, im Zimmer, die Hand an der Türklinke. Julie lag am Boden.« Sie machte einen Schritt auf die Tür und den Lichtschalter zu. »Genau hier. Mit dem Gesicht nach unten. Er hatte sie mit der rechten Hand am Handgelenk gepackt und hielt ihren Arm hoch, so. Ihre Hand blutete. Die Wand war voller Blut. Die Tür auch. Sein Hemd.«

»Was hast du gemacht?«

»Was ich gemacht habe? Ich stand da. Und er sah mir ins Gesicht. Cassie war hinter mir, und wieder ließ er die Tür knallen. Er hielt Julies Arm hoch und steckte ihre Hand hier rein ...«, sie berührte den Türrahmen, »... und ließ die Tür draufknallen. Man konnte die Knochen brechen hören.«

Sie wartete, dass ich etwas erwiderte. Ich sagte: »Das ist entsetzlich.«

»Ja. Das ist es. Als die Tür wieder aufging, ließ er ihren Arm fallen, zog eine Pistole und zielte auf uns. Ich erinnere mich, dass Cassie fragte: ›Warum?‹, und er sagte: ›Sie weiß, warum.‹«

»Du hast ihn gehen lassen?«, fragte ich.

»Der Mann hatte eine Scheißknarre! Ich hatte Pfefferspray!«

»Habt ihr die Polizei gerufen?«

»Glaubst du, die Polizei interessiert sich dafür, wenn einem

Mädchen in einem Massagesalon die Hand gebrochen wird? Nein, wir haben die Polizei nicht gerufen. Wir haben ein Taxi geholt und sie in die Notaufnahme gebracht.«

»Und dann hat Cassie gekündigt?«

Di schüttelte den Kopf. »So läuft das nicht. Wir sind nicht Proctor and Gamble. Man kündigt nicht. Sie kam einfach nicht mehr. Und irgendwann haben wir auch nicht mehr mit ihr gerechnet.«

»Aber du bist noch gekommen.«

»Ja«, sagte Di. »Die Stromgesellschaft hat ja auch nicht aufgehört, mir Rechnungen zu schicken. Babybrei hat nicht aufgehört, Geld zu kosten. Ich habe zwei Jobs und kann mir den Luxus nicht leisten, irgendwo zu kündigen.«

»Aber du bist auch nicht auf Cassies Stelle nachgerückt. Macht man das in der Branche nicht normalerweise so? Gibt doch mehr Geld.«

»Das ist nichts für mich«, sagte Di und warf einen entschuldigenden Blick auf Samantha. »Ich muss meine Tochter mit diesen Händen versorgen.«

Samantha sagte mit gebrochener Stimme: »Was soll man machen?« Das war keine rhetorische Frage. Sie wollte es wissen.

Ich stand von der Liege auf. »Ich werde herausfinden, wer Dorrie getötet hat. Und ich werde dafür sorgen, dass er nie wieder einer anderen Frau wehtut.«

»Wenn es E.T. war«, sagte Di, »dann besorgst du dir lieber auch eine Knarre.«

»Ich kann Schusswaffen nicht leiden«, sagte ich.

»Aber dein Leben kannst du schon leiden, oder?«

»Manchmal«, sagte ich.

6

Montagmorgen stand es in den Zeitungen. An der Columbia sprachen alle darüber. Die Wagen von News 7 und Channel 2 parkten auf dem Kopfsteinpflaster, über das einst Franklin D. Roosevelt gewandelt war. Vor der Statue der Alma Mater führten Kamerateams von jeweils zwei Personen Befragungen durch, und die Studenten beteuerten, wie überrascht sie seien und wie traurig es war. Sie hatten Dorrie nicht gekannt, wussten nichts Bedeutendes zu sagen, wollten sich aber die Chance nicht entgehen lassen, ins Fernsehen zu kommen.

Ich erzählte Lane, was mir die Polizei erzählt hatte, und er erzählte es den anderen Mitarbeitern des Fachbereichs. Im Verlauf des Vormittags sickerte es zu den Studenten durch, und einer nach dem anderen kam zu mir an meinen Schreibtisch im Hauptsaal im fünften Stock und sprach mir sein Beileid aus. Ich bedankte mich bei ihnen. Dann gingen sie wieder.

Da es September war, hatte ich kaum Arbeit – die Neueingeschriebenen waren registriert, die Noten für den Sommer eingetragen und abgeheftet, und es war so früh im Semester, dass noch niemand das Seminar abbrechen oder wechseln wollte. Ich hatte einige Telefonate zu führen und Post zu öffnen, aber auch das hielt sich zum Glück in Grenzen. Wenn nicht, hätte ich mich ohnehin nicht konzentrieren können. Die Seminare, die ich eigentlich hätte besuchen sollen, fanden auch ganz gut ohne mich statt.

Jedes Mal, wenn ich die Augen schloss und manchmal auch, wenn ich sie geöffnet hielt, sah ich Dorrie in der Wanne liegen. Und obwohl ich gar nicht dabei gewesen war, auch die Szene, die Di beschrieben hatte: Julies Hand, die brutal im Türrahmen zerschmettert wurde, vermutlich als Strafe für irgendetwas. Gab es eine Verbindung? Wahrscheinlich schon. Dorrie war Zeugin des Angriffs auf Julie geworden, und jetzt war sie tot. Aber auch Di hatte alles gesehen. Bedeutete das, dass sie die Nächste auf der Liste des Mörders war?

Die Schlussfolgerung ließ sich kaum vermeiden. Das hieß aber noch lange nicht, dass sie richtig war. Di setzte jedenfalls darauf, dass sie nicht stimmte, denn sie hatte vor, wie gewohnt zur Arbeit bei Sunset Entertainment zu erscheinen und die steuerfreien neun Dollar die Stunde zu kassieren, die sie dort bekam. Zumindest hatte sie selten direkt mit den Kunden zu tun – ihr Job fand hinter verschlossener Tür am Telefon statt. Doch der Mann, der Julies Hand verstümmelt hatte, würde sich von keiner verschlossenen Tür abhalten lassen. Ebenso wenig wie Dorries Mörder, der trotz verschlossener Tür in ihre Wohnung eingedrungen war.

Um elf Uhr, als die ersten Kurse vorbei waren, kam Stu Kennedy bei mir vorbei und ließ sich langsam auf meinem Besucherstuhl nieder. Er bewegte sich ausgesprochen vorsichtig, wie ein Betrunkener eine Treppe heruntergeht. Abends lag dies teilweise daran, dass er tatsächlich betrunken war, nicht aber um elf Uhr morgens und niemals bei der Arbeit. Es schien ihn ungeheure Anstrengung zu kosten, einfach nur still zu sitzen.

»Mein Junge«, flüsterte er und schob mir seine Hand zittrig über den Tisch entgegen. »Ich hab davon gehört.«

Ich griff über den Tisch und drückte ihm die Hand, die unter meiner bebte.

»John«, sagte er. »Ich hoffe, du machst dir keine Vorwürfe. Ich glaube, du hast ihr sehr gutgetan. Es ist nicht deine

Schuld, dass sie sich das Leben genommen hat ... ist nicht deine Schuld.«

»Nein«, sagte ich. »Ich weiß.«

»Sie hat sich toll entwickelt, weißt du. So einiges von dem, was sie für mich geschrieben hat, war wirklich gut.«

Er zog seine Hand weg, kramte in der Mappe, die er ständig mit sich herumschleppte, nahm zwei Manuskripte heraus und legte sie mir hin. »Ich dachte, vielleicht würdest du gerne ihre beiden jüngsten Kapitel lesen«, sagte er. »Wir haben sie noch nicht durchgearbeitet, aber ich dachte ... na ja, ich dachte, du würdest sie vielleicht sehen wollen.«

Die beiden Manuskripte waren jeweils ungefähr zwölf Seiten lang. Ich wusste, worum es ging, obwohl ich die Texte nicht gelesen hatte: Sie hatte mir von der Aufgabe erzählt, als sie sie im Januar bekommen hatte, und ich hatte getan, was ich konnte, um ihr dabei zu helfen. Man musste sich nur Stus eigene Bücher über seine Kindheit in Bristol ansehen, um zu wissen, dass Familiengeschichte zu seinen Lieblingsthemen gehörte. Dorrie fiel das Thema schwer. Die Beziehung zu ihrer Mutter war im besten Falle angespannt, mein Vorschlag, sie solle stattdessen über ihren Vater schreiben, hatte ungefähr genauso gut funktioniert, wie sie es vorausgeahnt hatte. Zum Schluss hatte sie über ihre Schwester geschrieben, die sie natürlich gar nicht gekannt hatte, und da ihre Mutter ihr nicht viel erzählte, blieb ihr nichts anderes übrig, als das Ganze zu erfinden. Stu war das recht – es bedeutete lediglich weniger Wahrheit und mehr wohlüberlegte Lügen –, aber ich wusste, dass sie deshalb frustriert war.

Ich nahm die Manuskripte und bedankte mich bei ihm.

»Meinst du, es wird eine Trauerfeier geben?«, fragte er.

»Ja, bestimmt«, sagte ich. »Ich habe aber noch nichts gehört.«

»Wir sollten etwas organisieren«, sagte er. »Hier. Für ihre Kommilitonen. Meinst du nicht?«

Hätte sie noch gelebt, wäre ihr nichts unangenehmer gewesen, als im Zentrum der Aufmerksamkeit zu stehen. Aber sie lebte nicht mehr, nur wir lebten noch, und ich konnte mir vorstellen, dass sich einige Leute, darunter offenbar auch Stu, nach einer Trauerfeier besser fühlen würden. »Ich rede mal mit Lane«, sagte ich.

Stu nickte ernst und erhob sich schwerfällig aus dem Stuhl. An ihm vorbei sah ich jemanden vom Fahrstuhl aus näher kommen. Eine Studentin, ihrem Erscheinungsbild nach zu urteilen, wenn auch eine, die ich nicht wiedererkannte. Asiatin, vielleicht etwas über ein Meter fünfzig, schulterlange schwarze Haare, beigefarbene Militärhose und ein ärmelloses T-Shirt mit der Aufschrift »FCUK style«. Stus Weg kreuzte ihren, und sie hielt ihn auf, um etwas zu fragen. Ich sah, wie er den Arm hob und mit dem Finger auf mich zeigte.

Sie kam zu mir herüber, und ich erwartete, dass sie mich um Bewerbungsunterlagen bitten oder nach dem Weg zu einem bestimmten Seminarraum fragen würde. Dann fiel mir der gefütterte Handschuh auf, den sie an der rechten Hand trug.

»Bist du John Blake?«, fragte sie und überraschte mich mit einem britischen Akzent.

»Das bin ich«, sagte ich und zog meine Jacke von der Stuhllehne. »Danke, dass du gekommen bist, Julie.«

»Di meinte, ich solle lieber nicht herkommen«, sagte Julie und fischte eine Zigarette und ein Streichholzbriefchen aus der Tasche. »Sie sagte, ich solle mich lieber am Telefon mit dir unterhalten. Ich meinte, scheiß drauf, ist ja ein öffentlicher Ort, was kann er mir hier schon antun?« Sie schob sich die Zigarette zwischen die Lippen und ließ sie beim Sprechen auf und ab wippen. Mit einer Handbewegung, die erkennen ließ, dass sie dies Manöver oft geübt hatte, zog sie ein Streichholz herunter, bog es nach hinten und strich es mit dem Daumen über die Reibefläche auf der Rückseite. Es flammte auf, und sie zündete sich die Zigarette an. Ich musste rennen, um mit ihr Schritt zu halten, so schnell sprang sie die Treppe herunter.

Sie steckte das Streichholzbriefchen wieder ein, stieß die Tür auf, und plötzlich standen wir im Sonnenlicht auf der Westseite des Campus. Um uns herum lauter Menschen, was ihre Annahme bestätigte. Selbst wenn ich derart schlimme Absichten gehabt hätte, wie Di offenbar immer noch fürchtete – was hätte ich ihr hier antun können? Deshalb hatte ich vorgeschlagen, dass wir uns hier trafen, als mich kurz vor Mitternacht Julies E-Mail erreichte. Und zweifellos war sie deshalb einverstanden gewesen.

»Außerdem«, sagte sie, »siehst du nicht nach der Sorte Mann aus.« Sie wedelte mit der Zigarette vor meiner Nase, packte mich mit derselben Hand am Hemdkragen und aschte mir dabei versehentlich auf die Schulter. »Tut mir leid, Schatz. Guck doch nicht so geknickt. Ich bin sicher, wenn's drauf ankommt, bist du ein echter Tiger.«

Das musste ich mir schon mein Leben lang anhören. Mit achtzehn sah ich aus wie fünfzehn. Mit fünfundzwanzig wurde ich immer noch nach dem Ausweis gefragt. Jetzt war ich einunddreißig und konnte zwar etwas zu trinken bestellen, ohne mich ausweisen zu müssen, aber wenn die Leute mich sahen, meine schmale Statur, meine Brille und mein an der Seite gescheiteltes strohblondes Haar, dann glaubten sie nicht, die Straße wechseln und mir aus dem Weg gehen zu müssen. Manchmal war das gut. Es fiel mir leichter, Fremde dazu zu bringen, mir gegenüber offen zu sein. Aber manchmal war es auch schlecht. Kommt ganz drauf an, welchen Eindruck man vermitteln möchte.

»Hör zu«, sagte ich, nahm Julie am Arm und lenkte sie zu den Stufen vor der Bibliothek. Wir brauchten einen Ort, an dem wir reden konnten, ohne dass uns ein Dutzend neugierige vorbeispazierende Studenten und der ein oder andere Professor belauschten. »Ich möchte, dass du mir genau erzählst, was dir passiert ist. Man kann nicht vorher wissen, was wichtig ist – du musst mir die ganze Geschichte erzählen.«

Sie machte sich von mir los. »Wer mich anfassen will, bezahlt dafür, Schatz.« Sie zog an der Zigarette und blies einen Rauchfaden aus. »Jedenfalls war das früher so.«

Ich zeigte auf ein Stück Rasen im Schatten eines roten Backsteingebäudes, eines kleinen Häuschens mit Giebeldach, das gar nicht zu den eleganten, monumentalen Gebäuden passte, die ansonsten das Erscheinungsbild des Campus prägten. Es war das älteste Haus auf dem Campus, ein Überbleibsel aus der Zeit vor knapp zweihundert Jahren, als sich hier noch keine Universität, sondern die Irrenanstalt von Bloomingdale befand. Das Gebäude, das Buell Hall hieß, beherbergte einst, je nachdem, wen man fragte, die Wohnräume des Anstaltswärters oder die seiner wohlhabendsten männlichen Patienten. Vielleicht auch beides. Niemand wollte es abreißen, aber irgendwie wollte auch niemand so richtig etwas damit anfangen, sieht man einmal von ein paar Französischseminaren ab, für die sonst nirgends Platz war. Wir setzten uns in den Schatten eines der Dachvorsprünge. Der einzige Mensch in unserer Nähe war ein muskulöser Latino, der außer Hörweite unter einem Baum Mittagspause machte.

»Also«, sagte Julie. »Die Geschichte.« Sie hob die Hand. »Sechs Wochen Gips, drei Wochen Physiotherapie, sieben Schrauben halten das Ganze zusammen, und besser haben sie's nicht hingekriegt.« Mit der linken Hand riss sie zwei Klettverschlüsse auf, einen am Handgelenk und den anderen an der Handinnenfläche. Sie zog den Handschuh herunter, so grob, dass ich zusammenzuckte. Die Hand war rosafarben und weiß gesprenkelt wegen der vielen Narben, und die Finger standen in bizarren Winkeln ab. Ihre Fingernägel waren zwar kurz geschnitten, aber in einer dunklen Pflaumenfarbe lackiert.

»Hübsch, oder? Von so einer schönen Hand würdest du's dir doch bestimmt gerne machen lassen.«

Sie wollte die Finger bewegen, kam dabei aber nicht sehr weit.

»So sieht das aus, wenn ich eine Faust mache«, sagte sie. »Das muss ich fünfzig Mal am Tag üben. Tut höllisch weh. Aber ich bin ein braves Mädchen, ja das bin ich, und ich mache, was mir der Arzt sagt.« Ihre Stimme klang jetzt eine Oktave höher und hatte eine Cockney-Färbung bekommen. Sie starrte mich an. »Himmel, was muss ich denn tun, damit du mal lachst?«

»Tut mir leid«, sagte ich. »Ich find's nur gar nicht witzig.«

»Ja, ich auch nicht. Aber entweder man lacht oder man heult, stimmt's? Und geheult hab ich jetzt genug.«

»Wer hat dir das angetan?«

»Di hat dir schon erzählt, was passiert ist, oder? Großer Kerl, heißt Miklos, in der Branche kennt man ihn als E.T. Wie der kleine Außerirdische aus dem Film, weil er solche Finger hat ...«

»Klar«, sagte ich. »Schon kapiert, E.T., der mit den Fingern. Aber wer hat ihn geschickt und warum?«

Sie nahm einen langen Zug von ihrer Zigarette. Sie war fast bis auf den Filter heruntergebrannt. »Wieso denkst du, dass ihn jemand geschickt hat?«

»Das ist doch sein Job, oder nicht? Er arbeitet für die Mafia, als Mann fürs Grobe.«

Sie zuckte mit den Schultern. »Wenn man ihm glauben will.«

»Und du glaubst ihm nicht?«

»Das mag überraschend für dich sein, Mr. Blake, aber Männer, die Frauen wie uns dafür bezahlen, dass wir ihnen einen runterholen, sagen nicht immer die Wahrheit darüber, womit sie ihren Lebensunterhalt bestreiten.«

»Di meinte, Dorrie – Cassandra – habe ihn gefragt, weshalb er das getan habe und er habe gesagt: ›Sie weiß, warum.‹ Womit er dich meinte.«

»Daran kann ich mich nicht erinnern.«

»Ich glaube, du warst bewusstlos.«

»Man muss auch für die kleinen Dinge dankbar sein«, sagte Julie. »›Sie weiß, warum.‹ Und wenn ich dir sage, dass ich es nicht weiß?«

»Dann würde ich behaupten, dass du lügst.«

Sie hob ihre schlimme Hand, und die Finger neigten sich ein klitzekleines bisschen. »So sieht es aus, wenn ich dir den Stinkefinger zeige.«

Ich lächelte nicht.

»Ach ... komm schon«, sagte sie. »Das war lustig. Erzähl mir nicht, dass es das nicht war.«

»Warum hat er das getan, Julie? Es ist wichtig.«

»Warum er das getan hat? Er wollte mir ›eine Lektion erteilen‹.« Beide Hände fuhren hoch, um Anführungszeichen in die Luft zu machen, doch nur die zwei Finger ihrer linken Hand bogen sich nach unten. »Verdammte Scheiße«, sagte sie. »Ich kann nicht mal mehr Anführungszeichen machen.«

»Was für eine Lektion?«, fragte ich.

»Du sollst nicht stehlen, könnte man wohl sagen.«

»Warum? Was hast du gestohlen?«

Statt zu antworten, drückte Julie ihre Zigarette aus und beugte sich vor, der T-Shirt-Stoff spannte unter dem Gewicht ihrer Brüste. »Du findest mich hübsch, oder?«

Sie war mehr als hübsch. Sie hatte einiges von dem, was auch Dorrie besessen hatte. Aber ich wusste nicht, worauf sie hinauswollte. »Ja«, sagte ich vorsichtig.

»Genau. Männer finden mich hübsch. Das war schon immer so, und ich habe sagenhaft massiert. Das wirst du mir glauben müssen, mit links kann ich's nämlich nicht, aber als ich noch gearbeitet habe, war ich die Beste. Wer einmal bei mir war, wollte immer mehr. Kapiert?«

»Was hast du geklaut, Julie?«

Sie legte mir einen Zeigefinger auf die Lippen, ähnlich wie Samantha es getan hatte. Ich fragte mich, ob sich Samantha die Geste bei ihr abgeguckt hatte.

»Du willst doch die ganze Geschichte hören, Schatz, da wirst du ein bisschen Geduld haben müssen.«

Geduld. Dorrie lag im Leichenschauhaus. Mir war nicht nach Geduld zumute.

Ich sah mich um, und wieder fiel mir der Latino unter dem Baum auf. Sein Sandwich war verschwunden, und die Flasche Gatorade neben ihm schien leer, aber er saß noch immer dort und sah in unsere Richtung. Zweifellos genoss er den Anblick, aber wer konnte schon sicher sein, dass man auf zwölf Meter Entfernung nicht doch auch unser Gespräch über Handmassagen belauschen konnte?

Ich stand auf und gab Julie stumm zu verstehen, dass auch sie aufstehen sollte.

»Was?«, fragte sie.

»Komm, wir gehen da rüber«, sagte ich. »Da sind wir ungestörter.«

Sie hob ihren Handschuh auf, und ich führte sie um die Ecke zur Rückseite des Gebäudes.

Als wir wieder saßen, sagte ich leise: »Julie, der Mann, der dir das angetan hat, hat vielleicht auch Cassandra ermordet. Und ich bin ganz und gar nicht davon überzeugt, dass das schon alles war. Di könnte in Gefahr sein, Samantha und, ehrlich gesagt, du auch. Ich versuche, möglichst nicht die Geduld zu verlieren, Julie, aber bitte – du musst meine Fragen beantworten.«

Sie zog den Handschuh wieder an, schob jeden Finger einzeln hinein und zog die Klettverschlüsse fest. Sie benötigte ein paar Versuche, bis sie es so hinbekam, wie sie es haben wollte. Ich sagte nichts. Ich hatte so viel Druck ausgeübt, wie ich konnte. Sie würde entweder reden oder es bleiben lassen.

»Die ganze Geschichte«, sagte sie endlich. »Da gibt's nicht viel zu erzählen, und ich bin sicher, du hast solche Geschichten schon mal gehört. Weißt du, ich war erst siebzehn, als ich hierherkam. Direkt aus dem Flieger von London, ich hatte einen Rucksack dabei und einen Reiseführer, keine Übernachtungsmöglichkeit, und ich brauchte Geld. Ich hatte keine große Lust dafür zu arbeiten. Das ist keine besonders originelle Geschichte, Mr. Blake. Nicht im Entferntesten. Aber so war's nun mal.«

Sie sah mich aufmüpfig an, aber ich setzte weiterhin eine neutrale Miene auf.

»In der ersten Woche, die ich hier war, machte ich eine Bestandsaufnahme meiner Fähigkeiten. Nicht viele davon ließen sich in Dollar umsetzen, schon gar nicht ohne Arbeitserlaubnis. Aber wie meine Mutter gesagt hatte, ein Mädchen mit hübschen Titten muss nicht hungern. Meinen ersten Job bekam ich in einem Laden in der 32nd Street. Da hast du deine Überraschung – sie war Koreanerin. Ein Schönheitssalon für Männer, hieß Yi Kun. Ich wette, den gibt's immer noch. Er lag nur eine Etage über dem Schönheitssalon für Frauen, der denselben Leuten gehörte. Wir haben den Männern oben dieselben Dienstleistungen angeboten wie den Frauen unten, abgesehen von einigen Extras, die wir schlecht auf die Tafel im Eingang hätten schreiben können. Und wie hätte es anders kommen können? Jeder Typ, der zu uns kam, wollte die Extras. Aber ich war naiv. Ich erinnere mich, dass ich am ersten Tag dachte, als mich ein Typ um eine Gesichtspackung bat, dass er so was meinte, wie man es bei Elizabeth Arden bekommt. Na ja, was willst du machen? Ich war siebzehn.«

»Wie alt bist du jetzt?«

»Keine siebzehn mehr«, sagte sie. »Ich hab's fünf Monate bei Yi Kun ausgehalten. Länger ging nicht. Das war der schlimmste Laden, den man sich vorstellen kann, in einem Gebäude, das schon vor fünfzig Jahren hätte abgerissen werden müssen. Ich nahm den erstbesten Job, den ich angeboten bekam. Es war einfach nur die Straße runter, aber eine Wahnsinnsverbesserung – ich meine, eigentlich war es ein feuchter Keller, wie in einem YMCA, und wir haben zu dritt in einem Raum gearbeitet, nicht mal Vorhänge gab es zwischen den Liegen, und jedes Mal, wenn die U-Bahn vorbeifuhr, wackelte das ganze Haus, aber immerhin gab es keine Mäuse auf dem Klo, der Laden war insgesamt relativ sauber und die Männer nicht halb so grässlich. Dort bin ich ein knappes Jahr geblieben.«

»Und dann hast du bei Sunset angefangen?«

»Ich hab nicht da ›angefangen‹, ich hab Sunset *aufgezogen*«, sagte sie. »Aber nein, das war später. Erst mal bin ich zu Vivacia.«

»Vivacia?«

»Der beste Wellnesssalon in Little Korea«, sagte sie. »Würde dir gefallen. Ist sogar ganz legal – jedenfalls zu neunzig Prozent. Das ist so ein hübsches kleines Versteck, vierundzwanzig Stunden geöffnet, sieben Tage die Woche. Da kann man die ganze Nacht rumsitzen, niemand belästigt einen. Es gibt eine Sauna komplett aus Jade, ein Dampfbad in einem rautenförmigen Raum mit Glaswänden, das Wasser ist mit Ginseng und Sake versetzt, und ein Dutzend hübsche Damen schrubben dich auf koreanische Art ein. Erst mal rubbeln sie einem die ganzen toten Hautschüppchen ab, dann gibt's eine luxuriöse Massage mit Babyöl. Und was da passiert, wenn keiner guckt – na ja, das geht niemanden was an.

Es ist unglaublich vornehm. Nichts mit ›60 Dollar Spezialanwendung‹. Bei Vivacia kostet allein der Eintritt siebzig Dollar und jede einzelne Anwendung extra.« Sie senkte ihre Stimme und wurde unvorsichtig. »Ich hatte einen Job dort ergattert und das Gefühl, Glück gehabt zu haben. Das gelingt nur den bestaussehendsten Mädchen. Bei Vivacia gibt's keine *Ajummas*.«

»*Ajummas*?«

»Du weißt schon, reifes Fleisch«, sagte sie. »MKFWs – Muttis, die keiner ficken will.«

Das war mir neu.

»Willst du wissen, wie lange ich dort geblieben bin?«, fragte sie. »Drei Jahre. Willst du wissen, wieso ich aufgehört habe? Mir wurde langweilig. Und ich wollte mehr Geld. Ich dachte, ich würde mehr verdienen, wenn ich meinen eigenen Laden aufmache. Deshalb hab ich Sunset aufgezogen, ungefähr vor einem Jahr. Jetzt kannst du dir ausrechnen, wie alt ich bin, wenn du's unbedingt wissen willst.«

Ich wollte nicht. Ich sah mich um. Der Kerl, der uns beobachtet hatte, war wieder in Sichtweite gerückt, hatte seinen Abfall zu einer ungefähr dreißig Meter entfernten Mülltonne getragen. Nachdem er ihn weggeworfen hatte, lungerte er noch ein bisschen herum, machte träge ein paar Dehnübungen auf dem Rasen, als wollte er sich auf einen Lauf vorbereiten. Aber er lief nicht los.

»Ich hoffe, du hältst mich nicht für ungeduldig«, sagte ich.

»Aber du willst wissen, was ich gestohlen habe«, sagte Julie. »Gut, Mr. Blake. Ich sag's dir, weil du so nett gewartet hast. Ich habe meine Kunden gestohlen. Nicht deren Kunden – *meine* Kunden. Wenn es ihre Kunden gewesen wären, dann wären sie ja nicht mit mir weggegangen. Richtig? Wenn sie auf die Jadesauna und das Ginsengbad und das Dutzend anderer Mädchen gestanden hätten, dann wären sie weiterhin zu Vivacia gegangen und hätten auf mich gepfiffen. Stimmt's? Aber nein, im Gegenteil. Sie riefen mich an. Sie schickten mir Mails. Obwohl ich nicht mehr hatte als ein Zimmer mit einer Liege in der 28th Street. Keine Sauna, kein Dampfbad, nur mich und meine beiden kleinen Hände. Und irgendwann dann auch noch ein paar andere Hände, die ich eingestellt hatte, um mit der Nachfrage Schritt halten zu können.«

»Wie konnten die bei dir anrufen? Wie sind die an deine Nummer gekommen?«

»Was glaubst du wohl? Ich hab sie ihnen gegeben«, sagte sie. »Als ich wusste, dass ich meinen eigenen Laden aufmachen wollte, habe ich all meinen Stammkunden erzählt, dass ich weggehe und wo sie mich erreichen können. Ich bin eine gute kleine Unternehmerin. Ich ließ Visitenkarten mit Telefonnummer, Mail-Adresse und einem klitzekleinen Foto von mir drucken und achtete darauf, dass jeder Kunde eine bekam.«

»Und einer von ihnen hat's deinem alten Chef erzählt«, sagte ich.

Sie nickte. »Muss wohl so gewesen sein.«

»Und das hättest du nicht tun dürfen.«

»Auf keinen Fall«, sagte Julie. »Das gilt als Todsünde. Regel Nummer eins. Allen neuen Mädchen erzählen sie gleich am ersten Tag, dass sie niemals ihre persönlichen Kontaktdaten an einen Kunden, den sie bei der Arbeit kennenlernen, herausgeben dürfen. Niemals. Manchmal behaupten sie, es ginge um die eigene Sicherheit, als ob die sich wegen unserer Sicherheit Sorgen machen würden. Es geht natürlich um deren Sicherheit. Wenn Kunden und Mädchen untereinander Verabredungen treffen, bleibt das Haus außen vor. Bist du im Bilde?« Allmählich war ich das. »Du bist also weggegangen, um deinen eigenen Laden aufzumachen und hast ihre Kunden mitgenommen, sie haben irgendwann davon erfahren und dir dann eine Lektion erteilt.«

Sie tippte sich mit dem Finger an den Nasenflügel. »Du bist ja ein Naturtalent, Johnny.«

»Also, wer war's? Wer ist der Geschäftsführer von Vivacia?«

Sie schlug die Augen nieder und strich über das Gras. Mit dem Zeigefinger schob ich ihr Kinn hoch, sie schlug meine Hand weg.

»Nicht anfassen.«

Sie hatte die Stimme erhoben, und ein paar Leute sahen in unsere Richtung. In der Ferne, über ihre Schulter hinweg, sah ich, dass sich unser muskulöser Freund erhob.

»Julie, wer ist der Geschäftsführer?«, fragte ich noch einmal.

Auch Julie stand jetzt auf. Sie fuchtelte mir mit ihrer Handschuhhand vor dem Gesicht herum. »Willst du so enden?«

»So? Cassandra ist *tot*. Sie wurde umgebracht, Julie. Kapierst du das?«

»Wenn du weiter danach fragst, wer's getan hat, bringen sie dich auch noch um.«

»Das Risiko nehme ich auf mich«, sagte ich.

»Schön«, sagte sie. »Mach das. Ich verstreu deine Asche – was ist dir lieber, East River oder Hudson?«

»Verdammt noch mal, Julie, wer ist der Geschäftsführer von Vivacia?«

»Willst du das wirklich wissen? Ich sag dir den Namen. Ardo. Der Ungar. Ach, von dem hast du schon gehört? Schön für dich. Schön für dich. Dann weißt du ja, mit wem du's zu tun hast. Dann kannst du wieder in dein hübsches kleines Büro gehen, Johnny, zurück zu deinen Bleistiften und den Gedichten und abends, wenn du nach Hause gehst, Gott auf Knien dafür danken, dass du keine größeren Probleme hast als Prüfungsnoten und dass du dich nicht mit einem Mann wie – lass mich los! Nimm deine verdammten Hände von mir!«

Aber das tat ich nicht. Ich zerrte sie mit Gewalt hoch, stieß sie um die Ecke des Gebäudes und sprang hinterher. Sie dachte, ich sei blass geworden, weil sie den Namen Ardo erwähnt hatte, dachte, ich wüsste, von wem die Rede war, aber das war es nicht – ich hatte nur gesehen, was sie nicht hatte sehen können, und das war der Mann hinter ihr gewesen, der mit langen Laufschritten die Distanz zwischen ihm und uns verringerte und plötzlich, kurz bevor ich sie um die Ecke schubste, eine Pistole hinten aus seinem Hosenbund zog.

7

»Was machst du?«, schrie sie.

»Er hat eine Pistole.« Ich sprach leise, zog sie am Ellbogen weiter. »Wir müssen weg hier.«

»Wer hat eine Pistole?«

»Beweg dich!« Wir bogen um eine weitere Ecke – Buell Hall bestand dank der Architektur des 19. Jahrhunderts aus lauter Ecken. Überall Ecken und Nischen, in denen sich die Irren verstecken konnten.

Doch hinter uns und nicht sehr weit entfernt hörte ich stampfende Schritte. Noch immer waren Menschen um uns herum, und es war helllichter Tag. Der rationale Teil meines Gehirns sagte, er müsste ein Idiot sein, wenn er vor so vielen Zeugen auf uns schießen wollte. Aber er hatte die Pistole in aller Öffentlichkeit gezogen. Ich wollte nicht drauf wetten, dass er nicht auch schießen würde.

Ich trat die Vordertür ein und zog Julie hinter mir her. Eine breite Treppe führte in den ersten Stock und eine nicht ganz so breite in den Keller. »Runter«, sagte ich.

»Nein!«

»Doch, los.« Ich schlang einen Arm um sie und hob sie auf meine Hüfte gestützt hoch. Ihre Brüste pressten sich gegen meinen Arm, und sie hämmerte auf mich ein, damit ich sie losließ. Sie war schwer – auf dem Treppenabsatz nach unten musste ich sie auf halbem Wege absetzen.

»Wenn du mich noch einmal anfasst ...«, sagte sie.

Die Eingangstür oben wurde aufgerissen und donnerte gegen die Wand.

»Er hat eine Knarre«, zischte ich. »Willst du abwarten, ob er sie benutzt?«

Ich zerrte sie in die hinterste Ecke des Kellers, wo sich eine niedrige Metalltür befand. Sie hätte aufrecht durchgepasst, aber ich würde mich bücken müssen. Mit beiden Händen packte ich den Griff und zog fest daran. Sie gab nicht nach.

»Julie!« Die Stimme über uns klang heiser, wütend. *»Julie!«*

Die Tür war überstrichen worden, seitdem ich das erste Mal unter der Anleitung eines urbanen Höhlenforschers namens ›Benoit‹ hier unten gewesen war. Auch dafür war die Columbia berühmt, und ich dachte, wenn ich hier schon studierte, wollte ich auch das volle Programm mitbekommen. Schreiben Sie's meinem Forschergeist zu. Aber all das würde mir kein verdammtes bisschen nutzen, wenn ich die Scheißtür nicht aufbekam. Ich stemmte mich mit einem Fuß gegen die Wand und zog. Die Tür öffnete sich mit kreischenden Scharnieren, die kundtaten, wo wir uns befanden. Ich duckte mich hinein. Ein langer schmaler Tunnel, von einem schwachen orangefarbenen Glühen beleuchtet, erstreckte sich vor mir. Ich hielt Julie durch die Tür die Hand hin. Hinter uns hörten wir Getrappel auf den Treppenstufen. Sie nahm meine Hand und folgte mir in den Tunnel.

Wir rannten. So schnell wir auf dem unebenen Boden rennen konnten. Ich zog die Schultern ein und hielt den Kopf gesenkt. Der einzige Trost war, dass unser Verfolger es mit seinem breiten Kreuz und seiner Körpergröße noch schwerer haben würde.

An der ersten Wegscheide rannten wir links weiter. Rostige Rohre liefen über uns zu mehreren gebündelt an einer Wand entlang. Heizungsrohre, Wasserrohre, wer zum Teufel wusste das schon. Der Boden war schmutzig und an manchen Stellen matschig, aufgeweicht von der Flüssigkeit, die aus den undichten Rohren trat, manchmal sank man knöcheltief ein. Wir rannten hindurch. Über eine besonders tiefe Pfütze hatte irgendeine gute Seele ein verzogenes Holzbrett gelegt. Ich zog es hoch, nachdem wir darüber hinweggerannt waren, lehnte es an die Wand und wollte es stehen lassen, überlegte es mir dann aber doch anders und nahm es mit.

Ich weiß nicht, wer die Tunnel unter der Columbia gebaut hat. Ich weiß nicht, ob das überhaupt irgendwer weiß. Sie sind sehr alt, gehen auf die Zeit zurück, als die Gebäude noch mit Kohle und Wasserdampf beheizt wurden, und manche Leute behaupten, sie wurden für den Transport von Brennstoffen zwischen den einzelnen Gebäuden verwendet. Mag stimmen. Was ich aber weiß, ist, dass sie die Hälfte der Gebäude auf dem Campus durch ein verzweigtes Labyrinth verbinden, das die Studenten faszinierte und deren Eltern über Jahrzehnte hinweg in Angst und Schrecken versetzte. Während der Studentenunruhen in den Sechzigerjahren trieben sich hier die Studenten herum. In den Achtzigern wurde ein Junge namens Ken Hechtman der Universität verwiesen, weil er Uran aus dem Physiklabor in Pupin Hall gestohlen hatte, wo vier Jahrzehnte zuvor der Hauptsitz des Manhattan Project untergebracht war. Die Tunnel steckten voller Geschichte. Nichts davon bedeutete mir im Moment etwas. Wichtig war einzig und allein einen Ausgang zu finden.

Ich hörte Atemgeräusche, unsere und seine, stoßweise hallte das Geräusch durch den schmalen Gang. Auch Schritte. Wir änderten die Richtung so oft wie möglich. Alles, nur um zu verhindern, dass Sichtkontakt entstand – bloß keine Schusslinie bilden.

Vor uns wurde der Tunnel breiter, und wir konnten nebeneinander her rennen. Wir befanden uns unter Fayerweather Hall, wenn ich mich richtig erinnerte und wir uns nicht verirrt hatten. Vor uns gabelte sich der Tunnel: Ein kurzes Stück links führte zu zwei schmalen Stufen und einer Tür, während der längere Arm rechts in der Finsternis verschwand. Ich stieg die Stufen hinauf und warf mich gegen die Tür, an der sich kein Griff befand. Abgeschlossen. Ich rammte mit der Schulter dagegen. Nichts. Ich legte das Brett ab und versuchte es noch einmal mit so viel Anlauf, wie in der Enge möglich war. Ich spürte, wie die Tür unter der Wucht wackelte, aber sie hielt stand.

»Komm schon«, sagte Julie zu laut. In der Ferne hörten wir Schritte innehalten, dann schneller weiterlaufen. Ich nahm das Brett, und wir rannten rechts in den Tunnel.

Die unterirdische Beleuchtung war ungleichmäßig. Mal gab es flackernde Neonröhren, dann wieder über eine längere Strecke nichts, und plötzlich strahlte eine Glühbirne hinter einem Plastikgitter trübes gelbliches Licht aus. Als wir jetzt einen längeren Verbindungsgang durchquerten, gab es gar kein Licht, und wir tasteten uns vorsichtig voran, konnten einander nicht mal aus wenigen Zentimetern Entfernung sehen. Ich stieß auf Knöchelhöhe gegen ein herausragendes Rohr und hörte, wie Julie auf der gegenüberliegenden Seite an dessen anderes Ende stieß. Sie unterdrückte einen Fluch. Ich griff nach ihrem Ärmel und zog sie näher an mich heran. Dieses Mal beschwerte sie sich nicht.

Ich beugte mich herüber, suchte mit meinen Lippen ihr Ohr. Es war seltsam intim, wie ein Kuss in der Dunkelheit. »Ich glaube, gleich kommt eine Abzweigung«, sagte ich, kaum ein Geräusch verursachend. »Taste auf deiner Seite danach.«

Einen Augenblick später spürte ich ihre Hand an meinem Ärmel. Ich ging auf ihre Seite des Tunnels hinüber, berührte die raue Steinwand mit den Fingerspitzen. Ich griff an die Ecke, die sie gefunden hatte und machte ein paar kurze Schritte vorwärts, bis ich an der gegenüberliegenden Seite angekommen war. Die Öffnung war ungefähr einen Meter breit. Mehr als nur eine Nische. Ich ging fünf oder sechs Schritte weit hinein und kam wieder zurück. Erneut suchte ich ihr Ohr. »Streichhölzer.«

Sie zog das Streichholzbriefchen aus der Tasche. Ich hörte ein Kratzen, und ein kleines orangefarbenes Licht flackerte zwischen uns auf, zu schwach, um mehr als ihre Hand und ihr Gesicht zu beleuchten, das von zahlreichen Schatten überzogen wurde, als sie die Flamme hob. Sie wirkte ängstlich. Ich auch, da bin ich sicher.

Ich nahm ihr das Streichholzbriefchen ab und ging damit tiefer in den Tunnel hinein. Er mündete ungefähr dreieinhalb Meter weiter an einer soliden Mauer. In dem Augenblick, als das Streichholz ausging, sah ich, dass die Mauer relativ neu war, Betonziegel waren von einer Seite des grob in Stein gehauenen Tunnels zur anderen aufgeschichtet. Vielleicht war sie nach Hechtmans Eskapaden gebaut worden, um Leute von Pupin Hall fernzuhalten. Aber das war egal – ganz und gar nicht egal war, dass wir hier nicht weiterkamen.

Ich kehrte zu Julie zurück und wollte mich gerade über sie beugen und ihr etwas zuflüstern, als ein donnernder Schrei die Luft durchzuckte.

»Julie!«

Er war ganz nah.

Ich drückte Julie mit dem Arm gegen die Steinwand. Gott sei Dank machte sie keinen Mucks.

Aus einer Entfernung von nur wenigen Metern hörten wir: *»Wo bist du?«*

Mit meiner linken Hand bog ich die vier verbliebenen Streichhölzer herunter, wie ich es Julie hatte tun sehen. Mit dem anderen Arm hob ich das Holzbrett. Ich drückte die Streichholzköpfe mit dem Daumen herunter. Aus dem Haupttunnel waren Schritte zu hören.

Ich strich die Streichhölzer über die Reibefläche. Alle vier flammten gleichzeitig auf, verbrannten mir den Daumen. Im plötzlich auflodernden Licht sah ich ihn, etwas weiter weg, als ich gedacht hatte. Er wirbelte zu mir herum. Ein Arm ausgestreckt. Den Finger am Abzug.

Ich warf ihm die Streichhölzer ins Gesicht und holte mit dem Brett aus.

Bevor die Flamme erlosch, sah ich Blitze und Reflektionen. Die Seitenansicht seiner Waffe verkürzte sich und verschwand, als er sie in meine Richtung herumriss. Sein Gesicht war voller Zorn. Die Kante des Bretts kam in hohem Bogen auf ihn zu, traf ihn am Unterarm.

Dann war es dunkel. Ein Schuss löste sich.

Die Explosion war wie ein ohrenbetäubender Donnerschlag, in dessen Nachklang ich das metallische Surren der Kugel hörte, die von Wand zu Wand prallte. Auf so begrenztem Raum schien es beinahe wahrscheinlicher, dass er sich selbst traf, als dass er mich oder Julie erwischte. Vielleicht wurde ihm das bewusst, denn er feuerte nicht noch einmal.

Ich hörte, wie er auf mich zukam. Wieder versuchte ich, mit dem Brett nach ihm auszuholen, wurde aber auf halber Höhe gebremst, und mir wurde das Brett aus der Hand gerissen. Ich hörte, wie es irgendwo in der Ferne krachend zu Boden fiel. Dann schlangen sich zwei muskulöse Arme um meinen Torso, und seine Stirn schlug gegen meine. Meine Knie gaben nach, ich spürte, wie mir Galle in den Rachen stieg. Nur der Druck seiner Arme hielt mich aufrecht. Ich konnte seinen Schweiß und seinen Atem riechen. Auch sein Sandwich – vermutlich Salami. Mit Zwiebeln. O Gott. Sein Kopf donnerte erneut gegen meinen.

Ich schmeckte Blut in meinem Mund an der Stelle, auf die ich gebissen hatte. Ich versuchte, einen klaren Kopf zu bekommen, indem ich ihn hin und her rollte, mich gegen seinen Griff wehrte, aber ich spürte, wie ich vom Boden gehoben wurde. Meine Beine baumelten in der Luft. All dies in beinahe vollständiger Dunkelheit. Bei Julie war es ein intimes Gefühl gewesen, ihr Haar und ihre Haut mit den Lippen zu streifen. Bei diesem Mann war es ein Albtraum – lebendig begraben, zu zweit in einem Sarg, nach Luft ringend.

Er drückte und ich fühlte, wie eine meiner Rippen nachgab. Ich schnappte nach Luft, schrie auf.

Ich versuchte, ihm mein Knie in den Schritt zu rammen, aber ich konnte mich nicht abstützen.

Ich senkte den Kopf, berührte sein Kinn mit meinem, seine Wange, seine Nase. Mit den Zähnen bekam ich seine Nase zu fassen und biss zu. Er jaulte auf und ließ los, ließ mich fallen.

Ich versuchte, von ihm wegzurollen, doch etwas rammte sich mir mit voller Wucht in die Seite: ein Fuß. Einen Augenblick lang konnte ich nicht denken. Ich bestand nur aus Schmerz.

Dann hörte ich Julies Stimme, die »Hey!« rief, und ich hörte, dass der Mann einen Schritt auf sie zuging. Dann ein Schlag, das Geräusch von splitterndem Holz. Ich hörte ihn aufstöhnen, gefolgt von etwas, das nach einem schweren Wäschesack klang, der zu Boden klatscht.

Mehrere Streichhölzer flammten auf. Julie stand über dem bewegungslosen Mann, das halbe Brett in ihrer Armbeuge liegend. Ich sah Schweißperlen auf ihrem Gesicht. Sie sah nicht gut aus.

»Meine Hand«, sagte sie. »Ich brauche einen Arzt.«

Ich kam auf die Knie, spürte, wie die Rippe in meinem Brustkorb knackte. Ich sagte nichts. Die Streichhölzer verloschen. Sie zündete ein paar mehr an.

»Wie viele hast du davon?«, fragte ich.

»Ich rauche zwei Päckchen am Tag«, sagte sie und wich zurück.

»Na, toll«, sagte ich.

»Halt die Klappe«, sagte sie. »Lass uns so schnell wie möglich von hier verschwinden.«

8

Julie wurde in den Operationssaal gebracht. Wir waren im St. Vincent's Hospital, wo sie auch schon beim ersten Mal operiert worden war. Wir gaben ihren echten Namen an, der, wie ich feststellte, tatsächlich Julie war, Julie Park. Die Stripperinnen und Frauen aus dem Gewerbe, die ich kannte, verwendeten meist Pseudonyme, um Privat- und Berufsleben zu trennen. Aber Julie meinte: »Ich schäme mich nicht dafür, John. Ich will nicht sagen, dass ich *stolz* drauf bin – aber ich schäme mich auch nicht.«

Als wir ankommen, war ihr Arzt nicht da, wurde aber angepiepst und traf zwanzig Minuten später vor Ort ein. Ich musste länger warten. Der Arzt, der mir schließlich den Brustkorb verband, erklärte mir, was mit Julie los war, während er mir Verbandsrollen um den Körper wickelte. Zwei Brüche, nur ansatzweise wieder zusammengewachsene Frakturen waren offensichtlich wieder gebrochen, eine Schraube hatte sich verschoben. Die Knochen mussten wieder zurechtgerückt und die Hand erneut stillgelegt werden. Mein Arzt ließ sich in aller Ausführlichkeit über Mittelhand- und Fingerknochen aus. Er war froh, einen Zuhörer gefunden zu haben, der nicht davonlaufen konnte.

Erst drei Stunden später bekam ich Julie wieder zu Gesicht. Ihre rechte Hand war vollkommen eingegipst. Sie lag in einem Krankenhausbett. Sie hob mir den Gips entgegen, als ich eintrat.

»So sieht das jetzt aus, wenn ich dir den Stinkefinger zeige«, sagte sie.

»Du hast mir wahrscheinlich das Leben gerettet«, sagte ich.

»Hab's nicht nur dir zuliebe getan. Wenn er mit dir fertig gewesen wäre, hätte er sich auf mich gestürzt.«

»Na ja«, sagte ich. »Trotzdem danke.«

»Wie geht's deinen Rippen?«

»Besser als deiner Hand«, sagte ich.

Wir hatten nicht lange gebraucht, um aus den Tunneln herauszukommen, aber es war uns wie Stunden vorgekommen. Irgendwann gelangten wir in den Keller des Havemeyer-Hauses, in dem der Fachbereich Chemie untergebracht war, nur wenige hundert Meter vom Broadway entfernt. Julie hielt sich die verletzte Hand, während ich auf der 116th Street stand und ein Taxi heranzuwinken versuchte, ohne dabei den Arm zu heben.

Und was war mit Jorge Ramos geschehen, dem Mann, der Julies Jahrhundertschlag abbekommen hatte? Dank seiner Brieftasche kannten wir seinen Namen; als wir ihn verließen, hat er noch geatmet, wenn auch ungleichmäßig. Er lebte, und das war alles, was wir über ihn wussten oder im Moment wissen wollten.

»Ich hätte mich nie bereit erklären sollen, dich zu treffen«, sagte Julie. »Di hatte recht.«

»Pass auf ...«

»Nicht mal am Telefon. Und als sie mir deine Mail-Adresse geschickt hat, hätte ich sie löschen sollen.«

»Vielleicht hätte Ardo dir seine Leute trotzdem auf den Hals gehetzt.«

»Die waren doch längst fertig mit mir«, sagte sie.

»So wie sie mit Dorrie fertig waren?«

»Du weißt nicht, ob die überhaupt etwas mit ihrem Tod zu tun haben.«

»Nein«, sagte ich. »Ich weiß auch nicht, ob sie überhaupt irgendwas mit dem Mann zu tun haben, der uns mit einer Knarre in der Hand durch das Tunnelsystem gejagt hat, aber ich halte es für eine naheliegende Vermutung.«

»Woher wussten die wohl, dass ich mich mit dir treffen wollte? Können die meine Mails lesen?«

»Das möchte ich bezweifeln«, sagte ich. »Wahrscheinlicher ist, dass Jorge Ramos dein Haus beobachtet.«

»Wieso? Wieso sollten die mich verfolgen lassen?«

»Ich weiß es nicht, Julie. Es muss irgendeinen Zusammenhang mit Dorries Tod geben. Hast du eine Ahnung, weshalb die es auf sie abgesehen haben könnten? *Sie* hat denen doch keine Kunden geklaut, oder?«

»Wie hätte sie das machen sollen?«, erwiderte Julie. »Sie hat ja nie dort gearbeitet. Bevor ich sie eingestellt habe, war sie bei Spellbound – das ist ein Laden an der Ecke 51st und Second. Den hatte eine Brasilianerin aufgemacht, und ich weiß, dass Dorrie keine Kunden von dort mitgebracht hat, weil sie nämlich überhaupt keine hatte, als sie bei mir anfing.«

»Wie war das, als Dorrie bei dir aufgehört hat?«, fragte ich. »Was hat sie dann gemacht?«

»Das weißt du nicht?«, fragte Julie. »Hat sie dir das nicht erzählt?«

Ich schüttelte den Kopf. Sie hatte mir nichts von alldem erzählt. Weder von dem Überfall auf Julie, noch dass sie aus Angst vor einem langfingrigen Gangster mit sadistischer Ader ihren Job aufgegeben hatte. Ich hatte keine Ahnung, warum, außer vielleicht, dass sie mich nicht hatte beunruhigen wollen. Oder aus Angst, dass ich darauf bestanden hätte, etwas zu unternehmen – was ich auf jeden Fall getan hätte.

»Sie machte unabhängig weiter«, sagte Julie. »Komplett solo.«

»Was heißt das?«, fragte ich.

»Ausschließlich Hausbesuche. Keine Wohnung, kein Salon,

kein fester Laden. Keine Miete, keine Agentur, kein Mädchen am Telefon. Nicht mal eine Telefonnummer. Man schaltet eine Anzeige über eine anonyme E-Mail-Adresse, dann beantwortet man die Mails selbst, und wenn der Kunde okay zu sein scheint, besucht man ihn zu Hause. Oder verabredet sich in einem Hotelzimmer, wenn ihm das lieber ist. Ich denke mal, den meisten ist das lieber.«

Ich stellte mir vor, wie Dorrie in irgendeinem schmierigen Hotel einen schlecht beleuchteten Gang entlang zu einer Verabredung mit einem Fremden ging. »Ist das nicht gefährlich?«

»Das kann es sein. Aber nicht, wenn man es richtig anstellt. Du triffst dich nie mit jemandem, den du nicht vorher per Mail auf Herz und Nieren geprüft hast, und meistens erkennt man die fiesen Typen. Man muss auch nicht allzu viele neue Kunden annehmen, wenn man erst mal mit Stammkunden anfängt, die man bereits gut kennt.«

»Aber die hatte Dorrie nicht«, sagte ich.

Sie sagte nichts.

»Woher hätte sie die haben sollen?«, fragte ich. »Hat sie denn nicht bei null angefangen?«

Julie wirkte plötzlich sehr müde. »Sie hat mich in einem schwachen Moment erwischt, John. Ich lag im Krankenhaus, vollgedröhnt mit Oxygesic und ich dachte, dass ich Sunset wahrscheinlich sowieso würde dichtmachen müssen. Und sie wollte unbedingt weg. Es war meine Schuld, dass sie wegwollte. Und außerdem hatte ich dadurch die Chance, weißt du, zu beweisen, dass ich eben nicht so ein Arsch bin wie Ardo. Ich habe ihr gesagt, sie soll ruhig loslegen und ihre Stammkunden mitnehmen. Das waren sowieso nicht viele, vielleicht drei oder vier, aber das ist ja ein Anfang, oder? Ich habe ihr gesagt, sie solle sie fragen, und wenn sie mitgehen wollen, dann gehörten sie ihr. Das war für mich keine große Sache, und für sie war es sehr wichtig. Was? Wieso siehst du mich so an?«

»Die Stammkunden, die sie mitgenommen hat«, fragte ich, »waren da auch welche dabei, die vorher mit dir von Vivacia gekommen waren?«

»Glaube nicht.«

»Glaubst du's oder weißt du's?«

»Herrgott, John, mir wurde gerade die Hand aufgeschnitten und wie ein verfluchtes Puzzlespiel wieder zusammengesetzt ... Ich kann's bloß vermuten, mehr geht nicht.«

»Willst du später noch mal darüber nachdenken?«

»Klar«, sagte sie. »Klar. Ich denk noch mal darüber nach. Aber heute Abend nicht mehr.«

Ich wollte sie noch mehr fragen. Zum Beispiel: Wieso führt ausgerechnet ein Ungar den besten Wellnesssalon von Little Korea? Aber ihre Lider wurden schwer. Die Medikamente, die sie nach der Operation bekommen hatte, zeigten Wirkung.

»Noch ein Letztes, Julie. Julie?« Sie riss die Augen auf. »Wenn ich die Anzeigen suchen möchte, die Dorrie nach ihrem Weggang bei Sunset geschaltet hat – die sie als Unabhängige aufgegeben hat –, unter welchem Namen muss ich dann suchen?«

»Unter demselben Namen«, sagte Julie. Ihre Stimme klang benommen. »Cassandra.«

»Ich hab alle Cassandras auf Craigslist durch«, sagte ich. »Da standen überall Telefonnummern dabei – keine hatte nur E-Mail.«

Sie lächelte. »Hast du unter ›Zwanglose Treffen‹ nachgesehen?«

»Nein«, sagte ich. »Wieso sollte ich? Das sind doch keine Professionellen, sondern ganz normale Leute, die ein Abenteuer suchen.«

Sie schloss wieder die Augen, sank tief in die Krankenhauskissen, die man ihr unter den Kopf gestopft hatte. »Du bist so verdammt unschuldig«, sagte sie.

Wieder in der Carmine Street, warf ich meinen Computer an und rief erneut Craigslist auf. »Zwanglose Treffen« war eine andere Welt im Vergleich zu »Dienstleistungen – Erotik«. Auf den ersten Blick hatte es nicht den Anschein, als seien hier Professionelle unterwegs – es gab nur wenige Fotos, Geld wurde nicht verlangt, und nirgendwo war aufgelistet, was die Inserentin für Geld zu tun bereit war. Aber wenn man genau genug hinsah, fand man sehr wohl Hinweise darauf, dass sich erfahrene Mitstreiterinnen unter die Amateure gemischt hatten.

College-Schülerin, einsam, hübsch, sucht gut situierten Geschäftsmann für besondere Beziehung …

Sie will ihn, 31, sinnlich, offen, mit exklusivem Geschmack, sucht Luxus liebenden Mann, der alle ihre Bedürfnisse befriedigt …

Es ist Montagabend, und ich sehne mich nach jemandem, der mich von den Rechnungen ablenkt, die sich hier stapeln …

Ich fragte mich, ob jeder, der hier suchte, die verschlüsselte Sprache verstand, oder ob gelegentlich peinliche Situationen entstanden, wenn Privatpersonen, die bei anderen Privatpersonen landen wollten, unwissentlich auf die Anzeige einer Professionellen antworteten. Womöglich ja. Aber wahrscheinlich waren die Professionellen gut darin, so etwas schon im E-Mail-Stadium herauszufinden. Bevor sich eine Professionelle in einem Hotelzimmer oder einer Wohnung mit jemandem traf, würde sie das Thema Bezahlung sicherlich angesprochen und abgeklärt haben.

Ich gab »Cassandra« in das Suchfenster ein und erhielt sechs Ergebnisse. Es stellte sich heraus, dass es sich um sechs verschiedene Ausgaben derselben Anzeige handelte, die jeweils zu Beginn der vorangegangenen sechs Wochen aufgegeben worden waren:

Schönheit, groß, in tantrischer Massage versiert, sucht freundlichen, großzügigen Gentleman für leidenschaftliche Abende zu zweit. Keine langfristige Beziehung, nur beiderseitig befriedigende ein- bis zweistündige Treffen. Zuwendungen zur Fortsetzung der Massageausbildung werden gern entgegengenommen.

Deutlicher hatte niemand in der Sparte »Zwanglose Treffen« Geld verlangt, aber Dorrie war auch noch nicht lange im Geschäft gewesen, als sie den Text verfasst hatte.

Ich klickte auf »Antworten« und tippte »Das ist ein Test« in das leere Nachrichtenfeld, klickte dann auf »Senden« und schoss die Botschaft in den Äther. Dorrie war nicht mehr – aber automatisierte Systeme wie dieses funktionierten meist einfach weiter, bis sie abgeschaltet wurden. Ein bisschen so wie Dorries Anrufbeantworter, der auch noch Nachrichten aufzeichnete, lange nachdem sie ihr nicht mehr helfen konnten.

Nach fünfzehn Sekunden ertönte ein Klingelton, und auf meinem Desktop erschien die Nachricht, dass ich eine E-Mail erhalten hatte. Absender war »Cassie 19934@yahoo.com«.

Danke, dass du dich auf meine Anzeige gemeldet hast! Ich biete eine außergewöhnliche Massage mit sinnlichem Abschluss, die dir warme Schauer über den Rücken laufen lässt. Darüber hinausgehende Dienstleistungen sind nicht möglich, also, bitte frag nicht danach, aber ich verspreche dir, dass du nicht enttäuscht sein wirst. Ich berechne 150 Dollar die Stunde, 200 Dollar für luxuriöse 90 Minuten. Ich mache ausschließlich Hausbesuche in Manhattan. Ein Foto von mir hängt an, damit du weißt, wie ich aussehe. Bevor du einen Termin bei mir buchst, benötige ich ein Bild von dir, dazu Name und Telefonnummer. (Bitte keine Rufnummernunterdrückung.) Diese Maßnahmen sind aus Sicherheitsgründen notwendig – ich pflege ausschließlich Kontakte zu einem kleinen Kreis erlesener Klienten und möchte ein gutes Gefühl haben, bevor wir uns kennenlernen. Sämtliche Einsendungen werden selbstverständlich streng vertraulich behandelt.

Ich hoffe, bald von dir zu hören – und freue mich darauf, dich so sinnlich zu massieren, dass du es niemals vergisst!

Liebe Grüße
Cassandra

Angehängt war das Foto mit dem Hut und dem pinkfarbenen Tanga. Ich fragte mich, wie viele Bilder sie wohl von Männern erhalten hatte. Wie viele Männer würden einer vollkommen Fremden ein Foto von sich über das Internet schicken – und nicht nur einer Fremden, sondern auch noch einer »tantrischen Masseuse«?

Mit etwas Glück würde ich es bald herausfinden.

Ich besuchte die Homepage von Yahoo und klickte auf »Mail«. Als ein Benutzername verlangt wurde, gab ich »Cassie 19934« ein. Dann wurde ein Passwort gefordert. Der Cursor blinkte geduldig und wartete, dass ich etwas eintippte.

Einige wenige Eingaben war ich von Dorries E-Mail-Account und von den Informationen entfernt, die er enthielt. Nicht nur Fotos, sondern den ganzen Schriftverkehr mit ihren Kunden und wer weiß was noch.

Doch diese wenigen Eingaben waren ein ebenso großes Hindernis wie die Safekombination einer Bank. Welches Passwort hätte sie genommen? Ich glaubte nicht, dass es funktionieren würde, aber ich gab »Dorrie« ein und klickte auf den »Log In«-Button. Eine Sekunde später tauchte »Ungültiges

Pass- oder Benutzerkennwort« in roten Buchstaben auf dem Bildschirm auf. Ich versuchte es mit »Cassie«. Ich versuchte es mit »Burke«. Ich schrieb ihren Namen rückwärts. Ich versuchte es mit ihrem Geburtsdatum, vorwärts und rückwärts. Alle waren ungültig.

Verdammt noch mal, was war ihr als Erstes eingefallen, als sie sich ein Passwort ausdenken musste? Es konnte natürlich alles und nichts sein, vielleicht sogar eine vollkommen willkürliche Buchstabenfolge, in dem Fall würde ich es nie erraten. Aber sie selbst hätte sie sich auch nicht merken können. Es musste etwas sein, das sie sich problemlos merken konnte.

Ich probierte verschiedene Möglichkeiten aus. Eva, den Namen ihrer Mutter. Douglas, den ihres Vaters. Ich sah den Teddybären in meinem Regal an und versuchte »FAO«. Ich versuchte es sogar mit meinem eigenen Namen. Nichts.

Es gab zu viele Möglichkeiten. Mir fielen nicht alle ein und selbst wenn, würde es bis in alle Ewigkeit dauern, sie auszuprobieren. Es musste einen anderen Weg geben. Vielleicht hatte sie das Passwort irgendwo aufgeschrieben. Vielleicht in irgendeiner Datei auf ihrem Computer oder ...

Ihr Computer.

Die Hoffnung schien fast vermessen. Aber ich erinnerte mich an die spärlichen Verzeichnisse, die ich auf Dorries Laptop gefunden hatte. Sie hatte ihren Computer allenfalls gelegentlich benutzt und sich vielleicht Abkürzungen zunutze gemacht, sofern sie ihr angeboten worden waren. Vielleicht sogar die, an die ich jetzt gerade dachte.

Ich fuhr meinen Computer herunter und ging auf die Straße.

9

Bevor Michael Florio das *Barking Boat* von seinem Vater geerbt hatte, war es ein ganz normales Teehaus mit acht Tischen in der Innenstadt gewesen, das früher von arbeitslosen Beatniks aufgesucht wurde, die ihre Rechnung gern beglichen, indem sie Skizzen und unzusammenhängende Gedichtfragmente auf Servietten kritzelten. Florio ließ ihnen das offenbar durchgehen, weshalb ich mich fragte, wie es ihm gelungen war, sich dreißig Jahre lang mit dem Laden über Wasser zu halten. Michael weihte mich in sein Geheimnis ein: Sein Vater hatte lange mit dem Segen einer gewissen Genueser Familie ein alteingesessenes Wettbüro betrieben. Damals genossen Männer mit Namen wie Vincent Florio noch das Protektorat derjenigen, die das organisierte Verbrechen kontrollierten. Heute profitierten eher Leute wie ein Dimitri oder ein Nguyen von deren Unterstützung – oder auch ein Miklos.

Michael hatte das Wettbüro dichtgemacht, als er den Laden übernahm. Er renovierte die Küche und den Gastraum und bemühte sich nach Kräften, ein echtes Restaurant aus dem *Boat* zu machen. Das bedeutete aber nicht, dass unter seinem Dach nur noch ehrliche Geschäfte abgewickelt wurden. Wenn er nicht kochte, verstand sich Michael als Vermittler, als Förderer der Liquidität. Leo, mein alter Chef, der noch zu Zeiten Bulle gewesen war, als man Leuten wie James Mirsky noch keine Schulungen in Einfühlsamkeit verordnete, hatte ihn kurz und bündig als Hehler und Wucherer bezeichnet. Michael nahm einem Sachen für einen Bruchteil dessen ab, was sie wert waren, und lieh einem Geld, wenn man es so dringend brauchte, dass man bereit war, später sehr viel mehr zurückzuzahlen. Ständig wurde gegen ihn ermittelt. Als ich vor drei Jahren eine neue Wohnung brauchte, hatte er mir von dem Gebäude gegenüber erzählt und dem Vermieter gut zugeredet, damit er mir einen fairen Vertrag gab. Die Bedingung war, dass er meinen Wandschrank immer mal wieder als ausgelagerten Stauraum nutzen durfte, wenn er was besonders Heißes hatte. Damit konnte ich leben. Bei der Miete, die ich zahlte, konnte ich mit vielem leben.

An den Wochenenden reichte die Schlange derer, die Michaels Florentiner Eier kosten wollten, bis an die Ecke, aber jetzt war früher Abend, mitten in der Woche, die tote Zeit nach dem Mittagessen und vor dem Abendbrot. Es war niemand da, abgesehen von Michaels einziger Kellnerin, einer 24-Jährigen, die sich wohl weniger wegen ihrer Fähigkeiten als Bedienung so lange in dem Job hatte halten können, sondern vielmehr weil sie in dem *Barking-Boat*-T-Shirt umwerfend aussah. Er vertraute ihr und würde auch in ihrer Gegenwart über Geschäftliches sprechen. Ich vertraute ihr nicht und wollte in ihrer Gegenwart über nichts Wichtiges sprechen. Ich stieß die Schwingtür zum Lagerraum auf und gab ihm Zeichen, mir zu folgen.

Auf den Metallregalen, die vom Boden bis zur Decke reichten, standen Säcke, Dosen und Flaschen verschiedensten Inhalts: grobmaschige rote Säcke mit Zwiebeln und Kartoffeln, 25-Liter-Kanister mit »Nativem Olivenöl Extra«, Gläser mit geschälten ganzen Ananas in Sirup und Kisten voller Obst und Gemüse. Ich ging in die von der Tür am weitesten entfernte Ecke und griff hinter eine Kiste mit der kaum noch lesbaren Magic-Marker-Aufschrift »Löffel«. Mein Rucksack lag noch da. Ich zog ihn hervor.

»Was?«, fragte Michael. »Was willst du?«

Ich öffnete die beiden Schnallen, die den Rucksack verschlossen, schob die Plastiktüte mit dem Papierstroh beiseite und zog Dorries Laptop heraus. »Wo ist die Steckdose?«, fragte ich. Noch bevor er antworten konnte, hatte ich eine entdeckt und ging darauf zu. Ich schloss den Computer an und schaltete ihn ein. Leise summend erwachte er zum Leben.

»Hör zu, Michael«, sagte ich, »ich muss dich was fragen, du darfst aber nicht wissen wollen, warum. Okay?«

Er wirkte unsicher. »Okay.«

»Hast du schon mal was von einem gewissen Ardo gehört?«

Ich sah, wie seine Augenbrauen die Stirn hochwanderten, und da ihm schon sehr lange die Haare ausgingen, hatten sie sehr viel Stirn zum Wandern.

»Klar«, sagte er. »Hab von ihm gehört. Du auch. Alle in der Stadt kennen ihn, auch wenn sie's nicht wissen. Erinnerst du dich an die Bishop-Morde letzten Sommer?«

Ich schüttelte den Kopf.

»Doch, tust du. Freizeitheim, draußen in Red Hook, elf Menschen niedergemäht? Marty Bishop und seine beiden Brüder, ein paar Leute, die für sie gearbeitet haben, zwei Barmänner? Die Kellnerin?«

Es klingelte. Entfernt. »Ich glaube, ich hab was drüber gelesen. Das war Ardo?«

»In der Zeitung tauchte sein Name nicht auf. Aber unter uns: Er war's so sicher wie das Amen in der Kirche. Verdammter ungarischer Irrer.«

Der Bildschirm des Laptops leuchtete blassblau auf, und kleine Symbole sprossen wie Unkraut hervor. Eines zeigte das kabellose Modem, das eine Internetverbindung suchte. Ich doppelklickte auf ein anderes Symbol, um Dorries Webbrowser aufzurufen. Der Computer surrte wieder leise.

»Ich dachte, das war eine Sache zwischen Straßengangs«,

sagte ich und stocherte in der kalten Asche meiner Erinnerung, in der Hoffnung, dass irgendwo Funken sprühten.

»Die Kerle, die abgedrückt haben, gehörten zu einer Gang, na klar. Aber wer hat ihnen die Knarren gegeben und gesagt, wohin sie gehen sollen?«

»Ardo?«

Er nickte. »Und warum? Weil Marty Bishop nicht den Anteil an seinen Häusern an Ardo abdrücken wollte, den er verlangt hatte. Und wir sprechen hier von Häusern draußen in Brooklyn, verdammt noch mal.«

»Häuser?«

»Puffs«, sagte Marty. »College-Jungs wie du sagen wohl ›Bordell‹ dazu. Das ist Ardos Branche – Puffs, Massagesalons, diese chinesischen Tuina-Läden. Wenn's was zum Aufgeilen ist und es sich in New York befindet, dann hat Ardo seine Finger drin.«

»Das kann nicht sein. Es muss Hunderte ...«

»Mindestens an der Hälfte ist er beteiligt. An einem Drittel. Ich weiß es nicht. Aber ich weiß, dass er sich am liebsten alle unter den Nagel reißen würde. Wenn er's hinbekäme, würde er meiner Frau Kohle dafür abknöpfen, wenn sie mir einen bläst. Nicht dass ihn das reich machen würde, weiß Gott.« Er beugte sich über meine Schulter. »Was machst du da? Pornos suchen?«

»Ich checke meine Mails«, sagte ich und drehte den Bildschirm weg von ihm. Gerade war die Homepage von Yahoo erschienen. Ich gab »Cassie 19934« ein und tippte auf Eingabe.

Im Feld für das Passwort tauchte automatisch eine Reihe Sternchen auf, genau acht.

»Was?«, fragte Michael noch einmal. Er hatte mein Gesicht und meine Reaktion gesehen. Verdammt noch mal, wahrscheinlich hatte er sogar meinen Herzschlag gehört, der wie ein kleines Hammerwerk raste. Genau darauf hatte ich gehofft. Damit man sich nicht die Mühe machen und jedes Mal erneut sein Passwort eingeben muss, besteht bei einigen Webbrowsern die Möglichkeit, das Passwort zu speichern und automatisch aufzurufen. Das ist eine Abkürzung und sicherheitstechnisch ein Kompromiss, aber viele Menschen entscheiden sich dafür, den Kompromiss einzugehen. So offenbar auch Dorrie.

Ich klickte auf »Log In« und wartete, bis die Seite geladen wurde.

»Das muss ja eine tolle E-Mail sein«, sagte Michael. »Du siehst aus, als hättest du den Jackpot geknackt.«

»Michael«, sagte ich, »hast du eine Ahnung, wo ich Ardo finden könnte, wenn ich wollte?«

»Ich glaube nicht, dass du das willst«, sagte er. »Ganz im Ernst. Das willst du nicht.«

»Aber wenn doch?« Allmählich erschien die Yahoo-Mailseite auf dem Bildschirm.

»Willst du nicht. Weißt du, was der Mann getan hat? Hör mir zu, deine Mails kannst du später lesen. Was er Bishop angetan hat? Er hat nicht einfach nur diese Typen bezahlt, damit sie den Klub zusammenschießen. Er hat ihnen nicht nur den Auftrag gegeben, jeden Einzelnen im Laden über den Haufen zu ballern, nicht nur Marty und seine Brüder, sondern jeden, der sich gerade in dem Scheißladen aufhielt. Auch das hat ihm nicht genügt. Erinnerst du dich an die Kellnerin, die überlebt hat? Zwei Kugeln im Bauch und eine im Bein, trotzdem war sie nicht tot. Sie lag im New York Methodist Hospital. Erinnerst du dich, was passiert ist?«

Er schob mir seinen Zeigefinger unters Kinn und hob es an, damit ich nicht mehr auf den Bildschirm starrte.

»Nein«, sagte ich. »Ich erinnere mich nicht, was passiert ist.«

»Er hat sie umgebracht, das ist passiert. Kaum einen Tag aus der Intensivstation entlassen, prompt gab es einen Unfall, hoppla. Mitten in der Nacht zog jemand die Kabel aus dem Monitor, an dem sie hing. Sie hatte einen Herzinfarkt und starb. Einen Herzinfarkt! Mitten im verdammten Krankenhaus, mitten in der Nacht, eine Frau von 42 Jahren, und keiner hatte was gesehen, keiner wusste was.«

»Vielleicht hat sie ja wirklich einen Herzinfarkt gehabt.«

»Vielleicht habe ich einen dreißig Zentimeter langen Schwanz und fick Einhörner im Hinterhof – was ist los mit dir? Bist du auf einmal blöde geworden, Johnny? Ich sage dir, der Mann hinterlässt verbrannte Erde. Wir reden hier von einer Kellnerin, sie wusste nichts, sie war überhaupt niemand. Er wollte ein Zeichen setzen. Dass niemand vor ihm sicher ist. Niemand kommt lebend raus. Weißt du, wie er auf der Straße genannt wird? Black Ardo. Nicht weil er *schwarz* ist. Sondern weil er die Pest ist, der Schwarze Tod, er bringt jeden um, jeden, das ist ihm ganz egal. Der Mann tickt nicht richtig. Und du fragst mich, wo du ihn finden kannst. Wieso legst du dich nicht einfach auf die Schienen? Das ist sicherer.« Michael war ganz rot im Gesicht, regte sich auf. Ich konnte nicht anders, als mich fragen, was Ardo ihm angetan haben mochte oder Leuten, die er kannte.

»John, hör mir zu. Ernsthaft. Leg die Karten auf den Tisch. Du weißt doch, was vor zehn Jahren in den Zeitungen stand, dass die russische Mafia der italienischen überlegen ist. Und dass die Russen fiese Schweine sind, aber mit den Südamerikanern nicht mithalten können? Und dass sich sogar die Südamerikaner noch vor den Asiaten fürchten? Und was glaubst du, wovor die Asiaten Schiss haben?«

»Vor den Ungarn?«

»Scheiß auf die Ungarn. Die haben Angst vor Ardo.«

Die Seite war endlich vollständig geladen. Aber ich sah nicht hin. Plötzlich schoss mir Julie in den Kopf, die unter Einfluss von Beruhigungsmitteln schlafend im Krankenhaus lag, ohne dass jemand ihre Zimmertür bewachte. Niemand konnte verhindern, dass irgendwer hereinspazierte und ihr ein Kopfkissen aufs Gesicht drückte.

Michael sah mich an und nickte zufrieden, weil er endlich zu mir durchgedrungen war. Vielleicht war Ardo nicht ganz so blutrünstig, wie Michael ihn darstellte – aber außer den fiesen Bösewichtern in den Comics war das niemand. Natürlich glaubte ich, dass Ardo jederzeit bereit war, extreme Maßnahmen zu ergreifen. Julies Hand hatte dies längst ausreichend belegt. Wenn er herausbekam, wo sie war, traute ich ihm zu, dass er jemanden vorbeischickte, um den angefangenen Job zu Ende zu bringen. Und da sie unter ihrem richtigen Namen angemeldet war ...

»Hör zu«, sagte ich. »Da liegt eine Frau im Krankenhaus. Jetzt, meine ich. Eine, die ich kenne. Ardo hatte es schon zweimal auf sie abgesehen. Ich brauche jemanden, der heute Nacht ihr Zimmer bewacht. Kennst du einen ...?«

Er schüttelte den Kopf und hörte damit auch nicht auf, als er sagte: »Nein. Nein, John. Jemand, der sich Ardo in den Weg stellt? Wer sollte das machen?«

»Es muss jemanden geben.«

»Du kannst einen Leibwächter engagieren, klar, aber in Anbetracht der Tatsache, mit wem du's hier zu tun hast, wird dich das einen Wahnsinnshaufen Geld kosten. Hast du so viel?«

»Ich hab überhaupt nichts«, sagte ich. »Deshalb frage ich ja dich, ob du jemanden kennst.«

»Selbst wenn, würde das auch was kosten. Und da Ardo mit von der Partie ist, kostet es einen Riesenbatzen.«

»Und als Gefallen?«

»Das mit deiner Wohnung ist ein Gefallen«, sagte Michael. »Dass ich deine Tasche hierbehalte, ist ein Gefallen. Dir jemanden zu besorgen, der vielleicht eine Kugel abbekommt, ist kein Gefallen.«

Ich überlegte, wen ich stattdessen fragen konnte. Da war

Leo – aber mit Leo hatte ich nicht mehr gesprochen, seitdem ich bei ihm aufgehört hatte, und das war drei Jahre her. Wenn ich ihn jetzt anrief ... Na ja, entweder erklärte er sich bereit zu helfen, oder er legte auf. Und ich war nicht sicher, was schlimmer wäre. Wenn er sich bereit erklärte zu helfen, würde Leo selbst an der Tür zu Julies Zimmer sitzen, und wenn stimmte, was Michael erzählt hatte, dann standen die Chancen nicht schlecht, dass Leo es mit Leuten zu tun bekam, mit denen Leute in seinem Alter nichts mehr zu tun haben sollten.

Damit blieb nur ... wer? Ich konnte selbst gehen, aber das wäre höchstens eine sinnlose Geste gewesen. Auch ohne gebrochene Rippe hätte ich wohl kaum eine Person, wie Ardo sie schicken würde, an irgendetwas hindern können. Ich brauchte jemanden, der sich zu behaupten wusste, der Angst einflößend aussah und, wenn nötig, nicht zögern würde, Taten folgen zu lassen. Und zwar jemanden, der nichts dafür haben wollte – jedenfalls kein Geld.

Ich nahm mein Handy aus der Halterung am Gürtel, klickte mich durchs Adressbuch bis zum Buchstaben W und wartete, bis das Telefon am anderen Ende zweimal, dreimal klingelte.

Beim vierten Klingeln wurde der Anruf angenommen – jedenfalls hörte es auf zu tuten. Allerdings sagte die Person am anderen Ende nichts. Ich hoffte, dass ich nicht mit der Mailbox verbunden war.

»Kurland?«, fragte ich. »Hier ist John Blake.«

»Ja?« Er klang, als sei er draußen im Freien. Im Hintergrund hörte ich Verkehrslärm.

»Ich rufe an, weil ich dich um einen Gefallen bitten möchte«, sagte ich. »Es ist wichtig. Du bist der Einzige, der mir helfen kann.« Schweigen. »Eine Freundin von mir liegt im Krankenhaus. Ihr Name ist Julie. Sie wurde heute von einem Mann überfallen. Vielleicht versucht er es noch mal. Ich brauche jemanden, der heute Nacht bei ihr bleibt.«

Am anderen Ende wurde weitergeschwiegen. Ich stellte mir vor, wie Kurland Wessels mit dem Handy am Ohr an einer Straßenecke stand, sich sein Bizeps unter den T-Shirt-Ärmeln abzeichnete und die Knasttätowierungen jedermann in die Flucht schlugen, der sich ihm weit genug näherte, um sie erkennen zu können. Er war ein sehr ernsthafter autobiografischer Autor und eigentlich auch als Lyriker gar nicht so schlecht, aber man musste erst eine Schreibwerkstatt mit dem Mann besucht haben, um das zu kapieren. Auf den ersten Blick glaubte man, sein Schreibtalent müsste sich darin erschöpfen, sich »LOVE« auf die Finger der einen und »HATE« auf die Finger der anderen Hand stechen zu lassen.

Wir waren nicht befreundet. Wir wären nicht einmal so weit gegangen, zu behaupten, dass wir einander mochten. Aber in den zwei Jahren, die wir jetzt schon gemeinsam Seminare besuchten, hatten wir uns kennengelernt. Beim Schreiben kommt einiges ans Tageslicht, auch bei so zurückhaltenden Menschen wie Kurland. Und er und ich hatten im Leben Ähnliches durchgemacht. Erlebnisse, die den meisten anderen erspart geblieben waren. Es gab ein gewisses Verständnis füreinander.

Außerdem würde seiner Aufmerksamkeit nicht entgangen sein, dass ich dank meines Jobs gewisse Privilegien auf Verwaltungsebene genoss, die ihm irgendwann nützlich sein konnten. Ich hatte weiß Gott nichts zu sagen – ich war eher so eine Art Kalfaktor im Knast, ein Mitgefangener, der eine gewisse Autorität genießt, Zugang zum Vorratsschrank und Einfluss darauf hat, ob der Aufenthalt erträglich oder beschwerlich verläuft. Ich war sicher, Kurland Wessels hatte seinerzeit ausreichend Erfahrungen mit Knastkalfaktoren sammeln dürfen.

»Wieso sollte ich das tun?«, fragte er.

»Weil ich deine Hilfe brauche«, sagte ich. »Und du vielleicht eines Tages meine Hilfe brauchst.«

Er machte ein unverbindliches Geräusch.

»Bitte«, sagte ich. »Sie ist eins zweiundfünfzig und wiegt höchstens fünfzig Kilo. Der Kerl, der sie krankenhausreif geschlagen hat, ist so groß wie du.« Mir fiel der erste Text wieder ein, den er abgegeben hatte, eine kurze Charakterbeschreibung mit dem Titel »Die ganze Familie« über ein zehnjähriges Mädchen, ihren älteren Bruder und deren Vater, der die beiden schlug. Es war nicht das letzte Mal, dass er sich mit dem Thema beschäftigt hatte. »Ihr wurde jeder Knochen in ihrer Hand gebrochen. Jeder einzelne Knochen, Kurland. Er hat ihre Hand genommen und sie in einem Türrahmen zertrümmert. Drei Mal.«

»Okay«, sagte er. »Okay. Das reicht.« Ich hörte ihn schwer atmen und nachdenken. »Ich muss einfach nur dasitzen?«

»Hoffentlich«, sagte ich.

Er klang nicht glücklich, als er das sagte, aber er klang eigentlich nie glücklich. »Dafür bist du mir was schuldig, oder?«

Das war keine Frage. »Ja, na klar«, sagte ich. »Ich revanchiere mich, irgendwie.« Ich gab ihm die Adresse und die Zimmernummer und sagte ihm, er solle mich anrufen, wenn irgendwas passierte.

»Danke«, sagte ich, aber er hatte schon aufgelegt.

»Na wunderbar«, sagte Michael, als ich mein Handy wieder verstaute, »das klang, als hätte ihr Freund sie verdroschen.«

»Das hab ich nicht gesagt.«

»Weißt du, was du außerdem nicht gesagt hast? Ein Wort. Buchstabiert sich A-R-D-O.«

»Kurland hat drei Jahre wegen Körperverletzung und bewaffnetem Raubüberfall auf Rikers Island gesessen. Der kann auf sich aufpassen.«

»Das hoffst du wohl«, sagte Michael. »Hoff lieber auch, dass er nicht allzu sauer auf dich ist, wenn er rauskriegt, was du ihm alles nicht erzählt hast.«

»Ja, mach ich«, sagte ich. »Aber erst mal bin ich froh, dass ich mir keine Sorgen mehr machen muss, ob Julie die Nacht überlebt.«

Er hob die Hände zu einer Geste, mit der er sagen wollte: »Ich bin nicht schuld.« Oder: »Deine Sache.« Er deutete auf den Bildschirm. »Na dann, hey, was ist das für eine Geschichte mit der Mail, über die du dich so gefreut hast? Da ist doch gar nichts.«

Er hatte recht. Dorries E-Mail-Account war bereits geknackt. Der Posteingang war leer. Null neue Nachrichten, null alte. Ich klickte schnell alle Ordner durch. Sie waren leer. Als wäre jemand vor mir da gewesen und hätte gründlich sauber gemacht.

10

Das war die einzig mögliche Erklärung.

Selbst wenn man davon ausgehen wollte, Dorrie habe immer alle ihre Mails sofort nach dem Lesen gelöscht und auch keine Kopien ihrer gesendeten Nachrichten aufgehoben, selbst wenn man davon ausgehen wollte, Dorries letzte Anzeige auf Craigslist sei inzwischen so alt, dass keine Anfragen mehr kamen und selbst wenn man davon ausgehen wollte, dass keiner ihrer Kunden, die sie normalerweise unter dieser Adresse kontaktierten, ihr noch einmal geschrieben hatte, seitdem sie ihre E-Mails zum letzten Mal gecheckt hatte – und das waren verdammt viele Voraussetzungen –, so konnte ihr Posteingang trotzdem unmöglich leer sein. Ich kannte jemanden, der ihr definitiv nach ihrem Tod noch eine Nachricht an diese Adresse geschickt hatte. Ich. Vor weniger als einer Stunde.

Und das bedeutete, dass jemand in den vergangenen sechzig Minuten Zugriff auf ihren Account gehabt und den kompletten Inhalt gelöscht haben musste. Ob das viel oder wenig war – ich würde es nie erfahren. Aber egal, was es war, es war weg.

Minuten. Ich war um Minuten zu spät gekommen. Hätte ich ihr Passwort erraten, als ich es versucht hatte, oder wäre mir früher eingefallen, hierherzukommen, oder hätte ich mich nicht so lange mit Michael unterhalten oder Kurland angerufen ... vielleicht wäre ich meinem unsichtbaren Gegenspieler noch zuvorgekommen. Vielleicht aber auch nicht. Vielleicht hatte er irgendeine Hightech-Möglichkeit gefunden, in dem Mail-Account herumzuschnüffeln und war in dem Moment benachrichtigt worden, als meine Nachricht auftauchte, hatte sich schnell eingeloggt und innerhalb von Sekunden alles gelöscht. Entscheidend war aber allein, was ich sah: Der Posteingang war leer. Ich war zu spät gekommen.

Michael beobachtete mich immer noch. Ich sagte ihm, es sei nichts, ich hätte eine Nachricht erwartet, die nicht gekommen sei. Wahrscheinlich klang es nach einer Lüge, aber in der Branche, in der er arbeitete, war er es gewohnt, belogen zu werden. Ich ließ mich auf etwas ein, dem ich nicht gewachsen war, ich wusste, dass er das dachte. Aber schließlich war das mein Problem, nicht seins. Er hatte mich gewarnt, so gut er konnte. Jetzt lag es an mir, auf ihn zu hören oder nicht. Er erhob sich aus seiner Hocke und ging in die Küche, fluchte und humpelte, weil ihm die Beine eingeschlafen waren. Ich machte mich daran, den Laptop zuzuklappen.

Doch eine traurige Versuchung packte mich, und ich hielt inne. Dorrie hatte noch eine weitere E-Mail-Adresse besessen, ihre eigentliche Adresse, diejenige, die sie als Dorrie, nicht als Cassandra benutzte. Und mir fiel ein, dass wenn sie den Computer so eingerichtet hatte, dass er bei der einen Adresse das Passwort automatisch eingab, sie vermutlich bei der anderen Adresse dieselbe Einstellung gewählt hatte.

Ich redete mir ein, dass ich gründlich vorgehen und die Adressen durchsehen und herausfinden musste, ob sich dort vielleicht irgendwelche nützlichen Hinweise verbargen. Das redete ich mir ein und etwas Wahres war auch dran – doch das war nicht der Grund, weshalb ich nachsehen wollte. Eigentlich war er das wirklich nicht.

Ich ging noch einmal auf die Yahoo-Seite und gab »dorrie_burke« in das Feld für das Benutzerkennwort ein. Und tatsächlich tauchten im Passwort-Feld darunter Sternchen auf. Ich klickte auf »Log In«.

Der Posteingang hier war so voll, wie der andere leer gewesen war, die Nachrichten waren teilweise über ein Jahr alt. Es gab welche von ihrer Mutter, von Lane, von Studenten, deren Namen ich wiedererkannte. Automatische Zahlungserinnerungen wegen der Semestergebühren und Spam-Mails, die Kleinaktien und Cialis anpriesen. Auch meine eigene E-Mail-Adresse tauchte hier und da auf. Nachrichten, die ich Dorrie im Verlauf der Monate geschickt hatte. Irgendetwas über die Schule und kurze persönliche Mitteilungen, Antworten auf Fragen, die sie mir gestellt hatte und irgendwelche Links, die ich ihr weitergeleitet hatte, weil ich dachte, sie könnten sie interessieren. Eine der ältesten Nachrichten in dem Ordner (»Betreff: Restaurant Dan?«) und eine der jüngsten – erst vor ein paar Tagen abgeschickt – stammten von mir. Ich hatte ihr endlich alle Materialien geschickt, die ich für ihr Prosa-Projekt zusammengekramt hatte, verschiedene Anmerkungen, Fotos und Google-Treffer, die ich über ihre Eltern und ihre Schwester gefunden hatte. Ich klickte mich durch alle Nachrichten, eine nach der anderen, und es war, als würde ich noch einmal durch ihre Wohnung gehen und ihre persönlichen Dinge durchsehen. Der Unterschied war lediglich, dass es hier kein digitales Gegenstück zu einer Schublade voller Reizwäsche und Massageöl gab. Online hatte sie ihre beiden Leben sauber getrennt – Dorrie stand auf der einen Seite der Mauer, Cassie auf der anderen.

Obwohl ich hier nichts fand, das auf Cassie oder ihren Mörder schließen ließ – ebenso wenig auf Ardo, Miklos oder die Massagekunden, die sie bei ihrem Weggang von Sunset mitgenommen hatte –, gab es doch einiges über Dorrie zu erfahren. Sie anhand der Nachrichten zu betrachten, die sie geschrieben und erhalten hatte, war in gewisser Hinsicht persönlicher als ihre Wohnung. Dadurch war sie auf eine Weise gegenwärtig, wie sie es nicht hätte sein können, wenn sie tot im Nachbarraum gelegen hätte.

Seltsam, wie Internet und Computer nicht nur unser Leben,

sondern auch den Tod verändert haben. Einst hinterließen Tote fassbare Gegenstände, Dinge, die sie berührt, besessen oder gemacht hatten. Heute blieben unter Umständen nur Lichtfitzelchen auf einem Computerbildschirm übrig: digitale Schnappschüsse, elektronische Post. Ich fragte mich, wie viele der Millionen von E-Mail-Konten wie diesem der Schrein einer kürzlich Verstorbenen waren, wie viele trauernde Angehörige E-Mails nach Spuren durchgingen, wie Archäologen auf der Suche nach kostbaren Gegenständen in der Asche von Pompeji. Oder wie viele E-Mail-Adressen nicht als Mittel zur Kommunikation, sondern als Lagerstätte für Erinnerungen genutzt wurden, wie viele Menschen Abschiedsbriefe verschickten, obwohl sie wussten, dass sie keine Antwort mehr erhalten würden.

Die letzte Nachricht im Posteingang stammte von Stu Kennedy. Er hatte sie am Nachmittag von seiner Privatadresse aus abgeschickt, und sein unsicheres Einfingertippsystem war deutlich erkennbar.

»Liebes Märchen«, hatte er geschrieben, »deine stürmische Seele hat nun Ruhe gfunden, wo dir niemand mer etws antun kann.« Ich fragte mich, ob er schon heute früh mit dem Trinken begonnen hatte. Unter den gegebenen Umständen wäre ich nicht allzu schockiert, falls dies tatsächlich so war.

Plötzlich fiel mir auch sein Vorschlag wieder ein, dass wir eine Trauerfeier für Dorrie veranstalten sollten. Ich hatte versprochen, mit Lane darüber zu reden. Ich sah auf die Uhr meines Handys. Es war spät, aber nicht zu spät, nicht an einem Montag. Viele Studenten der Aufbaustudiengänge konnten den Unterricht erst nach Feierabend besuchen, und Lanes letztes Seminar fing erst um zwanzig Uhr an.

Ich wartete noch einen Augenblick. Ich fühlte mich wie der schlimmste Eindringling, zögerte aber loszulassen. Als ich den Laptop schloss, kam es mir vor, als klappte ich einen Sargdeckel zu.

Ich zog den Stecker aus der Steckdose, wickelte das Kabel auf und schob den Computer wieder in den Rucksack. Ich wählte Lanes Nummer in meinem Telefon und klemmte es mir zwischen Schulter und Ohr. Während das Gerät wählte, schob ich den Rucksack hinter die Kiste mit den Löffeln. Lane würde Ja sagen – eine Trauerfeier abzuhalten war eine Idee, die ihm gefallen würde. Es war zu spät, heute Abend noch alle zusammenzutrommeln, aber wir würden es morgen machen. Wir könnten sogar Dorries Mutter einladen, dachte ich. Wir könnten es richtig machen.

Draußen auf der Straße vor dem *Barking Boat* wog ich die verschiedenen Möglichkeiten gegeneinander ab.

Ich wollte nach Hause, ich war müde, mein Brustkorb schmerzte, und der Adrenalinstrom, der mich tagsüber angetrieben hatte, floss nun aus mir heraus wie schmutziges Wasser aus einer Wanne. Aber ich wusste, ich konnte nicht, konnte nicht nach Hause, konnte mich nicht ausruhen. Kurland würde heute Abend bei Julie bleiben, aber was sollte morgen werden?

Irgendwo in der Stadt waren die Männer, die Julie überfallen hatten, und der Mann, der ihnen den Auftrag dazu gegeben hatte. Es stand keinesfalls fest, dass auch der Befehl zum Mord an Dorrie von ihm gekommen war, aber einstweilen fiel mir keine bessere Hypothese ein. Das bedeutete, er war der Mann, den ich finden musste. Ein mordendes Arschloch – na und? Ich hatte früher schon mit mordenden Arschlöchern zu tun gehabt. So war das eben, wenn man ...

Wenn man was? Wenn man früher mal Privatdetektiv war? Fast konnte ich Leos mahnende Stimme hören: Du wirst nicht dafür bezahlt. Das ist nicht mehr dein Job. Du musst das nicht tun.

Aber das Bild von Dorrie trat mir wieder vor Augen, wie sie tot im bewegungslosen Wasser der Badewanne gelegen hatte, und ich hörte ihre Stimme, spürte ihre Arme an meinen Schultern, ihre Tränen auf meiner Wange. Vor zwei Tagen hatte sie noch gelebt, vor zwei Tagen war sie noch auf der Welt gewesen, und heute war sie es nicht mehr und das nur, weil es irgendeinem miesen Schwein so besser gefiel. Ich konnte nicht zulassen, dass jemand mit so etwas davonkam. Das konnte ich nicht. Das hatte nichts damit zu tun, dass ich früher Detektiv war. Das hatte damit zu tun, dass ich ein Mensch war.

Auf der Upper East Side, südlich von Yorktown, wo sich die Deutschen niedergelassen hatten, gab es früher ein großes ungarisches Viertel. Bevor sie sich scheiden ließen, hatten mich meine Eltern manchmal in die Konditoreien mitgenommen, in denen es nach Hefe roch und Strudel und Schoko-Gugelhupf in der Glastheke lagen. Jetzt war es nur noch ein kleines Viertel, die Spuren einer bestimmten ethnischen Zugehörigkeit waren beinahe vollständig verschwunden, doch hier und da sah man noch die letzten hartnäckigen Überbleibsel, die ihren Platz in der New Yorker Geschichte behaupteten. Die Rigo Bäckerei war nicht mehr da und ebenso wenig das Red Tulip, das Mocca, Tibor Meats und der Zeitungskiosk, der nicht mehr als ein Loch in der Wand mit einer Fensterscheibe darin gewesen war. Dort hatte man einst ausländische Zeitungen in ungarischer, rumänischer und tschechischer Sprache kaufen können. Stattdessen sah man nun Dunkin' Donuts, eine Möbelkettenfiliale und eine Bank. Aber weiter oben im *Heidelberg* wurden immer noch Bratwürste und Sauerbraten serviert, und die siebzigjährigen Stammgäste flüsterten sich hinter vorgehaltener Hand und mit teutonischem Stolz Geschichten über die Steuben-Tag-Paraden ihrer Jugendzeit zu – damals, als Deutsche noch etwas hermachten. In den ehemals durch und durch ungarischen Straßenzügen weiter südlich gab es eine Bäckerei, die noch immer wacker *Dobostorte* und *Kifli* anbot, sowie einen Metzger, in dessen Schaufenster lange Schnüre aneinanderhängender Bratwürste, rot wie Paprika, lagen.

Links davon befanden sich eine ungarische Kirche und eine düstere ungarische Bar. Trotz althergebrachter Bebauungsvorschriften teilten sie sich eine Straßenecke, und als ich aus dem Taxi stieg, das ich draußen vor dem *Barking Boat* angehalten hatte, sah ich einen älteren Mann mit zerfurchtem Gesicht vom einen Gebäude ins andere wechseln. Von der Kirche in die Bar, natürlich. Er musste erst einmal ein bisschen sündigen, bis er wieder das Bedürfnis verspürte, Buße zu tun.

Vielleicht kannte man Ardo in der Kirche – oder beim Bäcker oder Metzger –, aber ich ging in die Bar. Dort gab es eine kleine Menschenmenge, acht oder neun Männer, die sich laut in einer Sprache unterhielten, die mit jeder einzelnen Silbe fremd klang. Ein oder zwei weitere Männer saßen in den Ecken und tranken schweigend Bier aus hohen Gläsern. An den Wänden hingen getöpferte Krüge, und über einer Kommode hing die ungarische Flagge – rot, weiß und grün. Beim Eintreten hatte man nicht das Gefühl, sich auf der Upper East Side von Manhattan zu befinden. Abgesehen von den Neonbuchstaben, die spiegelverkehrt im Fenster aufleuchteten und für »Miller Lite« warben, hätte man auch in Budapest sein können.

Der Mann mit dem zerfurchten Gesicht, den ich hatte hineingehen sehen, entpuppte sich als der Barkeeper. Er hängte gerade seine Windjacke an einen Haken neben der Kasse, als ich mich auf einen freien Barhocker setzte und ihm mit dem Finger Zeichen machte. Ich schob meine letzten beiden Zwanziger über den Tresen.

Sein Akzent war nicht so heftig wie der von Bela Lugosi, aber viel fehlte nicht. »Was wollen Sie?«, fragte er. *Was wolle Zie?*

»Dass Sie mir jemanden vorstellen«, sagte ich. »Ich suche einen Mann namens Ardo.«

Langsam krallten sich seine Finger um die Geldscheine. »Ardos gibt es viele«, sagte er. »Das ist ein sehr verbreiteter Name.«

»Aber es gibt nur einen, bei dem es etwas kostet, wenn man ihm vorgestellt werden möchte«, sagte ich.

»Sind Sie da sicher?«

»Ziemlich sicher«, sagte ich.

»Wie heißt er mit Nachnamen?«

Ich hatte angenommen, Ardo sei sein Nachname. »Ich weiß es nicht. Er wird auch Black Ardo genannt.«

»Ardo Fekete«, sagte er. Er schob die Scheine über den Tresen zurück. »Dem wollen Sie nicht vorgestellt werden.«

»Warum nicht?«

»Junger Mann, ich denke, Sie sollten ein Bier trinken und gehen«, sagte er. »Was wollen Sie haben, Beck's, Heineken, Miller? Wir haben auch Dreher, wenn sie was Ungarisches möchten.« Er versuchte gelassen zu wirken, aber die Anspannung war ihm anzumerken, und der Akzent verlieh seiner Stimme etwas Unheilvolles: *wuas Ungarisses*. Mir fiel auf, dass sein Blick kurz nach links schwenkte, dann wieder zurück. Neben mir saß niemand. Aber hinter mir standen Leute. Ich drehte mich nicht um.

»Dieser Mann, Ardo«, sagte ich, »hat eine Freundin von mir schwer verletzt. Eine andere Freundin ist tot. Heute hat mich ein Mann mit einer Knarre durch einen Tunnel gejagt, und zum Dank für all meine Mühe bekam ich das hier.« Ich hob mein Hemd, damit er den Verband sah. »Ich muss mit ihm reden.«

»Du musst gar nichts, außer nach Hause gehen, die Tür abschließen und froh sein, wenn dir nichts Schlimmeres passiert.«

»Das höre ich immer wieder«, sagte ich. »Aber ich kann nicht den Rest meines Lebens hinter verschlossenen Türen verbringen.«

»Wenn du leben willst, dann gehst du jetzt.« Eindringlich legte er mir seine Hand auf den Unterarm. Sie war schwer, wie ein Holzklotz. Ich schob sie weg und nahm mein Geld.

»Ich bin sicher, hier wird mir jemand helfen können. Wenn Sie es nicht tun.«

»Mister«, sagte er leise, »das ist kein Spiel. Man wird Sie töten.«

»Vielleicht«, sagte ich. »Aber ich werde nicht gehen. Ich lasse niemanden mit einem Mord davonkommen.«

»Sie lassen niemanden davonkommen ...?«, wiederholte er. »Wissen Sie eigentlich, was Sie da reden? Jeden Tag kommen Mörder davon.«

»Nicht, wenn sie meine Freunde auf dem Gewissen haben«, sagte ich.

Er beugte sich näher zu mir herüber, sodass ich ihn hören konnte, sonst aber niemand.

»Sie sind jung. Sie sind Amerikaner. Sie wissen es nicht besser. Im Krieg ... wissen Sie überhaupt, welchen Krieg ich meine?«

Ein Ungar über siebzig? Ich wusste, welchen Krieg er meinte.

»Ich war auf der Straße, in der wir wohnten, in der Széchenyi Utca«, sagte er. »Das war 1944. Ich habe gesehen, wie sie meine Schwester abgeholt haben, die Pfeilkreuzler, haben sie an die Donau gebracht, ihr eine Kanone an den Kopf gehalten und sie erschossen, einfach so.«

Er bildete mit Zeigefinger und Daumen eine Pistole, berührte meine Schläfe mit der Fingerspitze und drückte sanft. »Sie sagen, Sie lassen das nicht zu? Da gibt es nichts zuzulassen oder nicht zuzulassen. Es gibt Dinge, die kann man nicht verhindern und auch nicht die Schuldigen bestrafen. Verstehen Sie? Ich wollte die faschistischen Soldaten umbringen – ich hätte sie zu gerne getötet. Aber ich habe mich davor gehütet, es zu versuchen.«

»Sie waren damals noch ein Kind«, sagte ich. »Sie müssen …«

»Das stimmt. Ich war zwölf Jahre alt, hatte einen sechsjährigen Bruder, um den ich mich kümmern musste, und wenn ich irgendetwas unternommen hätte, wären wir beide tot gewesen. Wären neben unserer Schwester die Donau herunter getrieben. Also ging ich weg. Ich nahm meinen Bruder an die Hand, und wir gingen davon.«

»Das ist entsetzlich«, sagte ich.

»Was meiner Schwester angetan wurde? Oder dass ich wegging?«

»Sie waren erst zwölf Jahre alt.«

»Und Sie sind wie alt, vierundzwanzig? Fünfundzwanzig? An einer Kugel sterben Sie ganz genauso. Hören Sie zu, was ich Ihnen sage. Sie sind ein junger Mann, Sie haben noch das ganze Leben vor sich. Gehen Sie.«

Etwas in mir wollte tatsächlich fliehen. Es war derselbe Impuls, der mich vor drei Jahren hatte weggehen lassen, als Murco Khachadurian und sein brutaler Sohn die Treppe zu Mirandas Wohnung hochgestiegen waren. Ich hatte gewusst, was sie tun würden. Ich hatte es ihnen ermöglicht. In jenem Moment hatte ich gedacht, dass ich das wollte. Aber seitdem träumte ich davon, durchlebte es jede Nacht erneut. Man kann nicht immer weglaufen.

»Ich bin Ihnen dankbar dafür, dass Sie mir das sagen«, sagte ich. »Wirklich, ehrlich.«

»Aber Sie hören trotzdem nicht auf mich.«

»Ich kann nicht«, sagte ich. »Ich kann nicht.«

Ich schob den Barhocker, auf dem ich gesessen hatte, zurück und ging in die Mitte des Raums Dort stand ein Tisch mit einem freien Stuhl. Ich zog ihn heran und stellte mich auf den Sitz. Ich nahm Jorge Ramos' Brieftasche und hielt sie mir über den Kopf. Die Gespräche verebbten eines nach dem anderen.

»Ich habe hier etwas für Ardo Fekete«, sagte ich. »Für Black Ardo. Es gehört dem Killer, den er mir auf den Hals gehetzt hat. Wer von Ihnen kann mir sagen, wo ich ihn finde?«

Im Raum herrschte Stille. Eine solche Stille hatte ich nie gehört. Das Tropfen der Zapfhähne, das Knirschen eines Stuhlbeins. Atmen. Flaches, sehr flaches Atmen.

»Wer von Ihnen kann mir sagen, wo ich ihn finde?«

Ich drehte mich um, betrachtete den Raum. Sah jedem einzelnen Mann ins Gesicht. Hinten saß der Mann allein am Tisch. Er hatte immer noch ein halb volles Glas Bier vor sich, und während ich zu ihm hinsah, trank er es leer. Er stellte das Glas mit einem solchen Knall ab, dass es wie ein Schuss klang.

Er hob die Hand. Er hatte die längsten Finger, die ich je gesehen hatte.

11

Miklos erhob sich von seinem Platz und kam näher. Obwohl ich auf einem Stuhl stand, war ich so nur einen halben Kopf größer als er. Er hielt die Hand auf, eine riesengroße Pranke, so groß wie die eines Basketballspielers, und ich ließ die Brieftasche hineinplumpsen. Er sah nicht hin. Seine Augen fixierten meine.

Plötzlich spürte ich Hände an den Ellbogen, die mich fest packten und in die Luft hoben. Noch mehr Hände an meinem Rücken und an meinen Schultern. Sie setzten mich unsanft auf dem Boden ab. Dann wurde mir fester Stoff über das Gesicht gezogen. Ein Sack, vielleicht aus Jute. Er stank nach Whiskey und nassem Seil. Jemand zog ihn an meinem Hals fest, die Schnur schnitt mir in die Haut. Ich spürte eine Hand auf meiner Brust, sie packte fest zu, wirbelte mich im Kreis herum und immer weiter im Kreis. Mein Kopf drehte sich. Ich versuchte etwas zu sagen, konnte mich aber nicht verständlich machen. Der Sack dämpfte meine Stimme, ließ sie vage werden.

Ich schrie: »Ich bin Privatdetektiv. Die Polizei weiß, wo ich bin …« Doch nicht einmal ich verstand meine eigenen Worte, die im Sack dumpf widerhallten. Ich schwitzte im Gesicht und ich hatte Schwierigkeiten zu atmen. Ich wurde ein paar Schritte weit geführt, dann ging es zwei Stufen hinunter. Einen Moment lang war es kühl – ich spürte einen Luftzug.

Ich hatte keine Orientierung, kaum noch Zeitgefühl. Wie weit gingen wir? Ich wusste es nicht. Es war dunkel, der Gestank der nassen Jute stieg mir in die Nase, und mein Herz hämmerte gegen meinen schmerzenden Brustkasten. Wir gingen. Mehr wusste ich nicht.

Nach einer Weile wurde ich am Handgelenk gepackt und noch ein Stück weiter geführt – befanden wir uns noch draußen im Freien? – und dann durch einen hallenden Flur und eine Treppe hinunter, zweimal geriet ich ins Stolpern. Nur der feste Griff an meinem Arm verhinderte, dass ich fiel.

Ich wurde auf einen Stuhl gestoßen, auf einen Stuhl mit Holzlehne, wie es sich anfühlte. Jemand fesselte meine Füße an die Stuhlbeine und meine Arme hinter der Lehne. Das Schwarz um mich herum wurde diffus honigfarben, als jemand das Licht einschaltete.

»Also«, sagte eine Stimme. Der Sack verzerrte ihren Klang, aber ich hörte einen Akzent heraus. Milder als der des Barkeepers, aber ähnlich. »Also. Sie wollen Ardo kennenlernen.«

Jemand trat vor mich, stand im Licht. Ich spürte Metall an meinem Hals. Eine Klinge, dann die Spitze. Sie verletzte die Haut nicht, markierte nur sanft eine Linie. Ich bemühte mich, ruhig zu bleiben, meinen galoppierenden Puls herunterzufahren, versuchte, mich dem Druck, der sich in meiner Blase aufbaute, zu widersetzen.

Ich hatte schon Schlimmeres erlebt. Das sagte ich mir immer wieder: *Ich habe schon Schlimmeres erlebt.* Murco Khachadurian war schlimmer. Sein Sohn. Er quälte Menschen, indem er ihnen die Zähne einzeln mit einer Zange zog. Als ich ihm gegenübersaß, hatte ich mir nicht so in die Hose gemacht.

Aber er hatte mich auch nicht mit Händen und Füßen an einen Stuhl gefesselt, mir einen Sack über den Kopf gezogen und ein Messer an die Kehle gedrückt.

Ich würgte wegen des Gestanks. »Bitte, nehmen Sie mir das Ding ab«, sagte ich.

Keine Reaktion.

Ich sprach lauter. »Ich werde mich übergeben, wenn Sie mir den Sack nicht abnehmen.«

Ich hörte einen Satz auf Ungarisch, und das Messer wurde mir vom Hals genommen. Jemand lockerte die Schnur und zog mir den Sack vom Kopf. Dabei fiel meine Brille herunter, landete einen oder einen halben Meter entfernt auf dem Boden. Ich blinzelte im plötzlich grellen Licht.

Vor mir stand ein Stuhl, und darauf saß ein Mann, aber ich nahm beide nur verschwommen wahr.

»Gib ihm die Brille«, sagte der Mann.

Jemand hob meine Brille vom Boden auf und setzte sie mir auf die Nase.

Jetzt sah ich, dass es Miklos war. In einer Hand hielt er ein langes Küchenmesser mit leicht geschwungener Klinge, wie sie Fernsehköche zum Filetieren von Fleisch verwenden. Er bewegte sich einen Schritt zur Seite, und zum ersten Mal konnte ich einen Blick auf den Mann mir gegenüber werfen.

Er hatte einen Fuß auf die Sitzfläche gestellt, einen Arm lässig aufs Knie gelegt. Sein schulterlanges Haar wirkte schmutzig, ein gelbliches Grau. Ein dichter Schnurrbart hing über seiner Oberlippe, verbarg sie beinahe vollständig. Seine Gesichtszüge waren grobschlächtig und ausgeprägt ein bisschen wie die des Barkeepers: große tief liegende Augen, aufgedunsene Wangen, zwei Schaufeln statt eines Kiefers. Seine Lider hingen wie Vorhänge herunter, doch sein starrer Blick war gnadenlos. Er hätte ein Zigeunerkönig sein können, ein wilder alter Wolf, der zusieht, wie sich sein Feind vor ihm windet.

»Also«, sagte er noch einmal. »Ich habe gehört, dass ich versucht haben soll, Sie zu töten. Dann erklären Sie mir mal, wieso Sie nicht tot sind?«

Ich brauchte einen Augenblick, um zu Stimme zu kommen. »Ich hatte Schwein«, sagte ich.

Er starrte mich an, und nach einer Weile gaben seine Lippen ein tief klaffendes Grinsen frei. »Ja. Sehen Sie sich nur mal an. Ich habe noch nie jemanden erlebt, der mehr Schwein hatte.«

Ich zog an dem Seil, das mir die Hände fesselte. Es gab kein Stück nach.

Ardo nahm etwas von der Stuhllehne. Er warf es mir zu. Es prallte von meiner Brust und landete auf meinem Schoß. Es war die Brieftasche, die ich Miklos in der Bar gegeben hatte.

»Also«, sagte Ardo. »Wer zum Teufel ist Jorge Ramos?«

Ich versuchte, das Zittern in meiner Stimme zu unterdrücken. »Sagen Sie's mir«, erwiderte ich.

»Nein«, sagte er. Er stand auf, ging auf mich zu, nahm mein Kinn in die Hand und drehte mein Gesicht langsam erst zur einen, dann zur anderen Seite. »Nein, Mr. Schweingehabt. Ich erzähl's Ihnen nicht. Sie beantworten mir meine Fragen oder Miklos schneidet Ihnen die Augen heraus.« Er beugte sich vor. Ich roch schweres Eau de Cologne. »Haben Sie das verstanden?«

»Ja«, sagte ich.

Ardo ging um mich herum. Er erinnerte mich an eine Raubkatze in einem Tierfilm, einen Löwen oder einen Puma im sonnendurchfluteten afrikanischen Flachland, der vollkommen träge wirkt, bis zu dem Moment, in dem er angreift.

»Ich habe nie von Jorge Ramos gehört und habe Sie im Leben noch nie gesehen. Aber Sie spazieren in die Bar meines Bruders und verkünden, ich hätte diesen Jorge Ramos bezahlt, damit er Sie tötet. Sie sind doch verrückt, oder?«

»Nein«, sagte ich. Und dachte: die Bar seines Bruders. Ich erinnerte mich an die Worte des Barkeepers – *Ich war zwölf Jahre alt, hatte einen sechsjährigen Bruder, um den ich mich kümmern musste.*

»Nein. Sie sind nicht verrückt«, sagte Ardo. »Und es ist auch nicht so, dass Sie nicht wüssten, wer ich bin. Andras sagt, er hat sie gewarnt, auch wenn ich nicht weiß, warum. Sie sind nicht sein Typ.«

Miklos sagte etwas auf Ungarisch und lachte dreckig. Ardo sah ihn kurz an, und das Lachen erstarb.

»Mein Bruder sagt, Sie wollen sich für eine Freundin rächen, die umgebracht wurde«, sagte Ardo. »Wie heißt Ihre Freundin?«

»Hieß«, sagte ich, »sie hieß Dorrie Burke.«

Er spuckte auf den Boden. »Dorrie Burke. Nie gehört.«

»Vielleicht kannten Sie sie unter dem Namen Cassandra.«

Er schüttelte den Kopf.

»Sie hat bei einer Frau namens Julie gearbeitet, und Julie hat bei Vivacia für Sie gearbeitet.«

Jetzt verengten sich seine Augen unter den schweren Lidern zu Schlitzen. »Julie kenne ich. Julie haben wir eine Lektion erteilt. Sie wird sich hüten, so was noch mal zu machen. Das hätte sie vorher wissen müssen. Sie sagen, Ihre Freundin hat für Julie gearbeitet?«

Ich sah zu Miklos. »Fragen Sie ihn. Dorrie war dabei, als er Julie die Lektion erteilt hat.«

Ardo sah ihn an, und Miklos sagte etwas, das ich nicht verstand.

»Ist Ihre Freundin schwarz?«, fragte Ardo.

»Nein«, sagte ich. »Die andere.«

Ardo beugte sich vor, sodass er nur noch wenige Zentimeter von meinem Gesicht entfernt war. »Ich habe sie nicht getötet. Keine von beiden. Weder die schwarze noch die weiße. Und die Koreanerin auch nicht. Wir bringen keine Frauen um.«

»Was ist mit der Kellnerin vom *Bishops Club*?«, fragte ich. »Die im Krankenhaus lag.«

»Wir«, sagte er, fasste meine Nase und drückte fest zu, »bringen keine Frauen um.« Der Schmerz war heftig. Als er losließ, fiel mein Kopf nach vorne, mein Kinn knallte mir auf die Brust. Vor meinen Augen flimmerten Punkte.

»Die Leute, die für mich arbeiten, machen manchmal Fehler. Und wenn sie das tun, bezahlen sie dafür.«

»Einer von denen hat meine Freundin umgebracht.«

»Nein«, sagte er bestimmt. »Nein. Das wüsste ich.«

»Na ja, jemand hat es getan«, sagte ich. »Und es gibt Leute, die behaupten, dass Sie das waren.«

»*Wer* sagt das?«

Echte Wut schwang in seiner Stimme.

»Auf der Straße«, sagte ich mit klopfendem Herzen. »Man hat mir gesagt, es sei das Werk von Black Ardo. Der würde jeden umbringen.« Ardo machte halt. Er stand vor mir und ich sah, wie sich die Muskeln unter seiner Haut anspannten. »Männer, Frauen, Kinder, er mordet wahllos. Tötet alle ...« Ardos Hand schoss hervor, schlang sich um meine Kehle. »Schlimmer als die Pest«, ich bekam die Worte kaum noch heraus.

Er hielt mich fest. Ich spürte seine schwielige Hand an meinem Adamsapfel. Mir war bewusst, wie wenig Kraft er anwenden musste, um ihn zu zerdrücken. Als er sprach, war seine Stimme kaum mehr als ein kehliges Flüstern. »Wissen Sie, wieso man mich Black Ardo nennt? Wollen Sie das wissen, Sie kleine Ameise? Es ist mein Name. *Fekete*. Das bedeutet schwarz. *Deshalb.*« Ein langer Augenblick verging, dann löste sich sein Griff, und ich bekam wieder Luft. »Die Pest.« Er spuckte wieder. »Ich töte die Menschen, die ich töten muss. Ich verletze die Menschen, die ich verletzen muss. Aber ich gehe nicht wahllos vor.«

Er verschwand aus meinem Blickfeld. Hinter mir hörte ich ihn die Treppe hochstampfen. Von oben rief er Miklos, der einen Moment lang zögerte, weil er mich nur ungern mit zwei perfekt funktionierenden Augen im Kopf und allerhand ungebrochener Knochen zurückließ. Aber Miklos ließ das Messer sinken, nahm die Brieftasche von meinem Schoß und folgte seinem Chef nach oben. Ich hörte, wie sich eine Tür öffnete, und dann ging das Licht aus.

Ich weiß nicht, wie lange ich dort saß. Ich weiß, dass durch meine Arme kein Blut mehr floss. Nach einer Stunde kribbelten Tausende von Stecknadeln darin, und nach einer weiteren Stunde spürte ich gar nichts mehr. Meine Beine schmerzten, mein Rücken tat weh. Ewig lange versuchte ich die Seile zu lösen oder an mein Handy in der Gürteltasche zu kommen, schürfte mir dabei aber nur die Haut auf. Ich dachte daran, den Stuhl zur Seite umzustürzen, tat es aber nicht, aus Angst, nicht wieder aufstehen zu können.

Ich horchte auf Anzeichen irgendeiner Bewegung, Lebenszeichen, irgendeinen Hinweis darauf, wo ich mich befand. Die Rohre in den Wänden machten Geräusche, Wasser rauschte irgendwo von entfernt gelegenen Toiletten herunter, aber sonst nichts. Gott sei Dank, nicht einmal das Getrappel von Ratten oder Insekten. Es war ruhig und kalt, meine verzerrten, verdrehten und aufgeschürften Hände waren taub.

Ich dachte ans Sterben. Nicht zum ersten Mal. Aber dieses Mal war ich dem Tod näher als je zuvor. Sie hätten mich hier töten können, und niemand hätte es je erfahren. Ich würde nicht zur Arbeit erscheinen, und sie würden sich fragen, was aus mir geworden war, aber nach einigen Tagen würden sie mich abschreiben. Lane würde einen anderen Assistenten einstellen. Michael würde jemand Neues für die Wohnung finden. Mein Vater, der draußen in Petaluma lebte, würde sich wundern, weil er keine Weihnachtskarte von mir bekam, aber vielleicht nicht mal das. Die Leute, die sich in Brooklyn um den Friedhof kümmerten, auf dem meine Mutter begraben war, würden sich fragen, weshalb ich nicht mehr vorbeikam. Aber vielleicht auch nicht.

Mein Verschwinden würde keine Schlagzeilen machen. Seit Jahren hatte ich nicht mehr mit Leo gesprochen. Hätte Dorrie noch gelebt, hätte sie sicher etwas unternommen, sie hätte sich für mich eingesetzt, so wie ich mich für sie einsetzte. Aber Dorrie war tot, und wer blieb sonst noch übrig?

Es war so vollkommen dunkel, wie es nur in fensterlosen Räumen dunkel sein kann. Ich fühlte mich haltlos, als wäre mein Stuhl ein kleines Boot, das unter sternenlosem Himmel auf dem Meer trieb. Aus einem ungenutzten Winkel meines Gehirns zerrte ich eine Zeile Coleridge hervor, die ich aus meiner Zeit an der New York University behalten haben musste: *Alone, alone, all, all alone, alone on a wide wide sea! And never a saint took pity on my soul in agony.*

Ich schüttelte den Kopf, kämpfte gegen die Versuchung an, die Leere mit Selbstmitleid zu füllen. Niemand hatte mich gezwungen, Ardo aufzusuchen. Ich hätte mir denken können, dass es so enden würde. Ein Psychologe hätte mir wahrscheinlich sogar bescheinigt, dass ich mich nach diesem Ausgang gesehnt hatte. Wenn man in den Zoo geht und den Löwen in seinem Käfig besucht, darf man sich nicht beschweren, wenn man gebissen wird.

Aber das überließ ich lieber den Psychologen. Die einzige Frage, über die ich jetzt nachzudenken hatte, war, wie ich hier wieder herauskam. Nicht, ob ich es überhaupt wollte, denn ich wollte. Ich hatte eine Aufgabe zu erledigen. Wenn Ardo nicht für Dorries Tod verantwortlich war, dann war es jemand anderes, und wenn ich hier nicht herauskam, würde dieser jemand ungestraft davonkommen. Das ging nicht.

Aber es war dunkel, und ich war wahnsinnig müde. Meine Nase, meine Rippen, meine Beine – ich war eine Symphonie aus Schmerzen. Ein riesiges Gewicht zog mich herunter. Ich merkte nicht, dass mir die Augen zufielen. Auch nicht, dass ich schlief. Ich merkte erst wieder etwas, als ich aufwachte.

Licht schien mir in die Augen. Eine Hand lag auf meiner Schulter und rüttelte mich wach. Ich konnte erst etwas sehen, als die Hand, die das Licht gehalten hatte, zurückwich. Ich blinzelte, versuchte klar zu sehen. Ein Gesicht nahm Konturen an. Der Barkeeper. Andras.

»Was machen Sie ...«

Er hob einen Finger an die Lippen. Dann trat er hinter mich und begann, die Knoten im Seil zu lösen. Als ich heruntersah, entdeckte ich, dass er meine Füße bereits befreit hatte. Ich streckte die Beine aus, versuchte, das Blut wieder fließen zu lassen. Es fühlte sich an, als würden die Muskeln von den Knochen mit Messern getrennt.

Hinter meinem Kopf hörte ich sein kehliges Flüstern. »Wir müssen ...«, *wirr müssän,* »... Sie hier rausschaffen.«

»Ihr Bruder«, sagte ich, und er zischte mich an. Ich senkte meine Stimme. »Ihr Bruder. Wo ist er?«

»Weg. Sie haben ihn sehr wütend gemacht. Er will zeigen, wie vernünftig er ist, indem er jemanden zum Töten sucht.«

»Wieso ...« Ich hörte das Seil zu Boden fallen, meine Hände klappten auseinander. Ich zog sie an mich. Sie waren wie Gegenstände, Steinbrocken, nicht Teil meines Körpers. »Wieso helfen Sie mir?«

Er trat um mich herum, zog mich auf die Beine und legte sich einen meiner Arme über die Schulter. »Sie sind nur ein dummer Junge«, sagte er. »Sie haben es nicht verdient, zu sterben.«

Wir stiegen langsam die Treppe hinauf. Im verhuschten Licht der Taschenlampe sah ich, dass die Tür oben verschlossen war. Ich konnte kaum gehen, und Andras musste mich bis hinauf nach oben stützen. Wir kamen nur sehr langsam voran.

Oben lehnte er mich an eine Wand. Ganz allmählich kam wieder Gefühl in meine Finger. Ein schönes Gefühl war es nicht.

Andras griff nach dem Türknauf, aber es gelang ihm nicht mehr, ihn herumzudrehen. Die Tür wurde aufgerissen, und Licht strömte über uns herein. Miklos stand dort mit einer Pistole in der Hand.

Er sah von einem zum anderen und lächelte Andras spöttisch an. »Was hast du denn vor?«

»Wag bloß nicht, auf mich zu zielen«, sagte Andras, aber seine Stimme bebte. »Mein Bruder ...«

»Dein Bruder. Erzähl mir nichts über deinen Bruder, du ... du *Barkeeper.*« Miklos trat zwischen uns, hielt die Knarre weiterhin erhoben und auf Andras' Brust gerichtet. In seiner anderen Hand hielt er ebenfalls etwas. Ich konnte nicht sehen, was es war.

»Du«, sagte er zu mir. »Nimm das. Ardo will, dass du's hast.« Es gelang mir, den Arm zu heben, aber ich konnte die Finger nicht öffnen.

Miklos drückte mir den Gegenstand an die Brust, wischte ihn mir übers Hemd. Zurück blieb ein dunkler Striemen. Dann klatschte er mir etwas in die Handfläche und bog meine Finger drumherum. Es war die Brieftasche. Der Striemen war Blut.

»Er sagt: Geh nach Hause. Du bekommst ihn geschenkt.« Er schwenkte die Kanone in meine Richtung und schob mir mit dem Lauf das Kinn hoch. »Wenn es nach mir ginge, würde ich dich erschießen.« Eine Sekunde lang schien er es sich zu überlegen. »Aber Ardo meint, diesmal nicht. Wenn ich dich noch mal sehe, darf ich machen, was ich will, hat er gesagt.« Er beugte sich dicht an mich heran. »Ich denke, wir werden uns bald wiedersehen«, sagte er. »Mr. Schweingehabt.«

»Lass die Finger von ihm«, sagte Andras.

Eine Sekunde später bohrte sich der Kanonenlauf in Andras' Stirn.

»Halt sie dir an den eigenen Kopf«, sagte Andras mit ruhiger Stimme. »Das wäre genauso gut.«

»Anyád hátán baszlak ketté«, sagte Miklos voller Abscheu. *»Buzi.«*

Andras wurde blass im Gesicht.

»Ich hätte ihn dich *retten*«, sagte Miklos, »und mit nach Hause nehmen lassen sollen. Vielleicht hast du ja gerne den Schwanz eines alten Mannes im Mund.«

Ich stieß mich von der Wand ab. Andras musste etwas in meinem Gesicht gesehen haben, denn er sagte: »Nein. Geh. Er wird mir nichts tun. Ardo würde ihm bei lebendigem Leib die Haut abziehen. Das weiß er, deshalb kommt er sich so klein vor.«

»Eines Tages, alter Mann«, sagte Miklos, »wird mir das egal sein.«

»Geh«, sagte Andras noch einmal.

Meine Beine waren steif und schmerzten, aber wenn ich mich anstrengte, gelang es mir, sie unter Kontrolle zu bringen. Ich sah zu den beiden Männern zurück, die sich keinen Zentimeter bewegt hatten. Ich ging raus.

Ich befand mich im Mittelschiff einer Kirche. Langsam humpelte ich den langen Mittelgang zwischen den Bankreihen entlang, horchte mit halbem Ohr auf Schritte hinter mir. Oder auf einen Schuss.

12

Ich trat hinaus auf die 81st Street. Andras' Bar befand sich zu meiner Linken, die Kirche hinter mir. Offenbar war früher Nachmittag. Die Sonne brannte.

Ich schaffte es bis zum Bordstein und von dort bis zur Ecke an die Second Avenue, musste mich jedoch unterwegs erst an einen Baum, dann an einen Briefkasten lehnen. Meine Hände brannten, meine Beine hatten sich aber inzwischen so weit erholt, dass sie nur noch wund waren und schmerzten. Ich winkte ein Taxi Richtung Innenstadt heran und ließ mich dankbar auf den Rücksitz fallen. Ich sagte dem Fahrer, er solle umdrehen und die 116th Street hinauffahren – nach Westen, ganz bis zum Ende durch. Dafür würde einer meiner beiden verbliebenen Zwanziger draufgehen, aber ich war nicht in der Lage, die U-Bahn zu nehmen. Ich überlegte, ob ich Kurland anrufen und fragen sollte, ob irgendetwas im Krankenhaus los gewesen war – mein Handyakku war bestimmt noch nicht ganz leer. Meine Hände waren aber immer noch nur nutzlose Gewichte am unteren Ende meiner Arme. Mehr als das Geld aus der Tasche zu ziehen war nicht drin. Ich bat den Fahrer, die Fenster zu öffnen, und lehnte mich an die Tür, streckte die Beine auf dem Sitz aus. Eine halbe Stunde später kamen die weißen und roten Steinmauern und grünen Metalldächer des Columbia-Campus in Sicht – wie eine riesige architektonische Variation der ungarischen Flagge. Oder der italienischen. Von Ungarn hatte ich erst einmal genug.

Bis ich die Lewisohn Hall erreichte, war mein Gang stetig genug, dass ich nicht weiter auffiel. Ich massierte meine Handflächen jeweils mit dem Daumen der anderen Hand. Das Gefühl kehrte zurück, brachte allerdings auch erneut Müdigkeit mit sich. Ich machte einen Abstecher auf die Toilette und putzte meine Brille, wusch mir das Gesicht und kämmte mein Haar. Der braune Schmierstreifen auf meinem Hemd würde nicht mehr rausgehen. In meinen Augen war es eindeutig Blut, aber vielleicht würden es andere Leute nicht sofort erkennen. So oder so, ich konnte es nicht ändern.

Ich begutachtete Ramos' Brieftasche. Abgesehen von dem Blut daran, das inzwischen größtenteils getrocknet war, sah sie noch genauso aus wie in dem Moment, als Julie und ich sie ihm im Tunnel aus der Tasche gezogen hatten. Ein Führerschein, ein paar Geldscheine, ein Plastikkärtchen mit einem Kalender für 2002 auf der einen Seite und eine kleine Übersichtskarte mit den Postleitzahlen der Stadt auf der anderen. Nichts fehlte, nichts war hinzugekommen. Ich steckte sie ein und versuchte, nicht mehr darüber nachzudenken, wo das Blut herkam. Offenbar hatte Ardo entschieden, dass einer von uns beiden bestraft werden musste und der andere nicht. Ich war in die Höhle des Löwen spaziert, aber ich hatte nicht so getan, als sei ich selbst der Löwe. Jorge Ramos natürlich auch nicht, er hatte nicht behauptet, von Ardo geschickt worden zu sein. Zu der Schlussfolgerung war ich ganz allein gelangt. Aber ich hatte Ardo glauben lassen, dass er es gesagt hatte, und jetzt lag Ramos irgendwo in einer Blutlache oder war vielleicht sogar tot. Ich hatte kein allzu schlechtes Gewissen – immerhin hatte der Mann versucht, mich zu töten. Aber stolz war ich auch nicht gerade darauf.

Auf meinem Schreibtisch entdeckte ich einen kleinen Stapel pinkfarbener Memozettel. Keiner davon schien dringend zu sein. Die einzige Nachricht auf dem Anrufbeantworter stammte von Lane, der mir mitteilte, er habe Mrs. Burke erreicht, und sie würde um achtzehn Uhr zur Trauerfeier erscheinen. Ich sah auf die Uhr. Es war vierzehn Uhr dreißig.

Auf dem Schreibtisch lagen die beiden Manuskripte, die mir Stu Kennedy gegeben hatte, die letzten Texte der Hausaufgabe, an der Dorrie in seinem Auftrag gearbeitet hatte, überhaupt ihre letzten Texte. Ich las die erste Seite des einen, blätterte um, bog das Papier um die Heftklammer herum. Die Szene handelte von einem jungen Paar, zwei Töchter, unbezahlbare Arztrechnungen, verbittertes Schweigen am Esstisch. Die Mutter kam ein bisschen wie ein Drache rüber, der Vater wie ein leidender Pantoffelheld. Natürlich, Dorrie war bei ihrer Mutter aufgewachsen – ihr Vater hatte das Glück gehabt, abwesend zu sein, deshalb fiel es ihr leicht, ihn sich als den verständnisvolleren von beiden vorzustellen. Ihre Schwester umwehte ein Hauch von viktorianischem Melodrama, wie sie da im Krankenhausbett lag und von einer nicht näher beschriebenen Krankheit dahingerafft wurde.

Ich erinnerte mich, dass Dorrie sich im März bei einem Essen über die Aufgabe beschwert hatte, sie fingerte sich dabei verzweifelt in den Haaren herum. Sie hatte einige grundlegende Informationen herausbekommen wollen: Wie alt war Catherine gewesen, als sie krank wurde? War sie zu Hause oder im Krankenhaus gestorben? Sie war ihre Schwester gewesen, Herrgott noch mal! Sie hatte ein Recht, das zu fragen. Doch statt zu antworten, hatte ihre Mutter das Treffen genutzt, um ihrer jahrzehntelang angestauten Wut, Enttäuschung und Frustration Luft zu machen, und was ihren Vater anging, na ja, ich hatte es auf mich genommen, ihn aufzustöbern – schöne Gelegenheit, mal wieder die alten Fähigkeiten zu trainieren und vielleicht auch ein bisschen vor Dorrie anzugeben –, zwanzig Jahre lang hatte er sich nicht um sie gekümmert und sich auch diesmal wieder aus dem Staub gemacht. Dorrie hatte mir den Brief gezeigt, den sie ihm geschickt hatte, nachdem ich ihr seine Adresse gegeben und sie gedrängt hatte, ihm zu schreiben. Der Umschlag war mit dem Vermerk »Annahme verweigert« in roten Druckbuchstaben zurückgekommen.

»Dabei will ich doch gar nichts von ihm«, hatte sie gesagt. »Eine lausige Stunde an einem öffentlichen Ort. Ein Mittagessen. Ich zahle. Meine Güte.«

»Vielleicht ist es ihm peinlich.«

»Was?«

»Dass er in einem Schuhgeschäft arbeitet.«

»Was ist falsch daran, in einem Schuhgeschäft zu arbeiten?«

Nichts war falsch daran, in einem Schuhgeschäft zu arbeiten, auch nicht, wenn man früher einmal Englischlehrer an der Highschool war. Das hieß aber noch lange nicht, dass er sich nicht trotzdem dafür schämte. So oder so, er hatte die Annahme ihres Briefs verweigert und wollte nicht mit ihr sprechen, und nun war die Gelegenheit für immer dahin. Wenn ich ihn heute anrief, dachte ich, könnte er vielleicht doch noch eine Stunde für Dorrie erübrigen. Ich hätte es zu gern getan. Aber dann dachte ich an die Mutter und die Geschichten, die mir Dorrie darüber erzählt hatte, wie es gewesen war, mit Familienfotos aufzuwachsen, aus denen das Gesicht ihres Vaters herausgeschnitten worden war. Ich entschied, dass ein Zusammentreffen von derartiger Urgewalt eine Sorge war, mit der ich mich nicht auch noch belasten wollte.

Ich zog meine Schreibtischschublade auf und legte die beiden Texte weg. Darin fand ich handschriftliche Notizen, die ich am Sonntagmorgen gemacht hatte: die Termine aus Dorries Kalender und die Einträge aus ihrem elektronischen Adressbuch. Ich zog die Zettel heraus, blätterte sie auf der Suche nach irgendetwas durch, das mir weiterhelfen könnte. Einige Namen kannte ich, andere nicht. Einige Einträge waren mit ausführlichen Informationen versehen – Adresse, Telefonnummer, E-Mail –, andere waren nur bruchstückhaft: nur eine Handynummer oder eine Mail-Adresse. Ich dachte darüber nach, während ich die Liste durchging. Nur eine Handynummer, das konnte ich verstehen – das kam vor, wenn man jemanden kennenlernte und sich nur eine Handynummer geben ließ. Aber plötzlich kam es mir seltsam vor, jemanden ausschließlich per Mail erreichen zu können. Würde man sich nicht mindestens auch noch die Telefonnummer von jemandem geben lassen, dessen E-Mail-Adresse man hatte?

Vielleicht nicht. Heutzutage war alles möglich. Vielleicht waren das Leute, die sie online kennengelernt hatte und die sie gar nicht anders als über das Internet kannte. Oder Typen ohne festen Wohnsitz, die nie lange genug irgendwo blieben, um sich einen Festnetzanschluss zuzulegen. Oder weiß der Henker was. Mir kam aber auch noch eine andere Möglichkeit in den Sinn. Vielleicht hatte sie mit einigen von diesen Leuten ausschließlich E-Mail-Kontakt gehabt, weil sie ihre Identität geheim halten wollte – oder weil diese Leute es wollten. Mit anderen Worten, vielleicht befanden sich Kunden darunter. Und wenn, dann waren diejenigen, die es bis in ihr Adressbuch geschafft hatten, wahrscheinlich ihre Stammkunden.

Ich sah mir die Kalendereinträge an. Meine Handschrift war ein einziges Gekritzel – ich hatte schnell geschrieben, nicht sorgfältig, aber die Informationen waren da: APPT – CA... APPT – RL... APPT – JS. Ich sah im Adressbuch unter A nach, dort gab es nur einen einzigen Eintrag unter dem ausschließlich eine E-Mail-Adresse angegeben war: Adams, Charles. Unter L: Lee, Robert. Unter S, Herrgott noch mal, jetzt stand es mir sonnenklar vor Augen: Smith, James. Sicher, es gab auf der Welt tatsächlich Menschen, die James Smith hießen – viele sogar, und deshalb war mir der Eintrag beim Abschreiben auch nicht aufgefallen. Aber manchmal ist eine Zigarre eben mehr als eine Zigarre, und manchmal heißt ein James Smith auch John und ist ein Freier.

Ich kreiste die drei Einträge ein und durchsuchte den Kalender nach weiteren. Da war ein: APPT – BV, das einem Vincent, Brian entsprach, obwohl er aus der Reihe tanzte, da sie von ihm nicht nur eine E-Mail-Adresse, sondern auch eine Telefonnummer aufgeschrieben hatte. Das bedeutete, dass dieser Brian entweder unbedacht oder übermütig, vielleicht aber auch alleinstehend und deshalb erpressungsresistent war, und es war ihm scheißegal, ob irgendjemand wusste, dass er sich jeden Donnerstagabend um acht einen runterholen ließ. Natürlich konnte es auch bedeuten, dass er der falsche »BV« war. Ich kreiste auch ihn ein. Ich konnte ihn anrufen, den anderen drei mailen und herausfinden, ob einer von ihnen bereit war, mit mir zu reden.

Es war vertrackt – einer von denen konnte der Mann sein, den ich suchte. Ich würde mir genau überlegen müssen, wie ich vorging. Aber immerhin hatte ich hier ein paar Hinweise, denen ich nachgehen, ein paar Strippen, an denen ich ziehen konnte. Wenigstens etwas.

Und wenn sich nichts daraus ergab, konnte ich immer noch im Spellbound in der 51st Street vorbeischauen. Ganz zu schweigen von den Leuten hier am Columbia College, die vielleicht etwas wussten. Vielleicht würde ich sogar Leute aus ihrer Zeit am Hunter College ansprechen oder nach Philadelphia fahren. Wenn ich mich darauf einließ, konnte man nicht wissen, wie weit ich in die Vergangenheit würde zurückgehen müssen.

Es war überwältigend. Ich spürte das Gewicht all dessen, was ich vielleicht noch würde tun müssen, wie eine tonnenschwere Last. Wäre ich nicht so müde, nicht so ausgelaugt gewesen, hätte es mir wahrscheinlich nicht so zugesetzt. Aber so war es nun mal, und es zog mich herunter. Ich atmete ein paarmal tief ein und aus und versuchte, meine Gedanken zu sortieren. Eins nach dem anderen. Julie. Meine Finger funktionierten wieder und ich benutzte sie, um Kurlands Handynummer zu wählen.

Als er dieses Mal dranging, hörte man keine Verkehrsgeräusche im Hintergrund, nur den entfernten Klang einer Lautsprecheranlage und eine Durchsage, die ich nicht verstand. »Hallo, Kurland? Hier ist John. Hörst du mich?«

Einen Augenblick später sagte er: »Ach, ich bin dran.«

»Alles in Ordnung? Irgendwas passiert gestern Nacht?«

Kurland antwortete nicht.

»Ist gestern Nacht jemand im Krankenhaus aufgekreuzt, Kurland? Wollte jemand in Julies Zimmer eindringen?«

»Sag mir eins, John. Wer, glaubst du, hätte da auftauchen sollen?«

Das war eine gute Frage. Jemand hatte Ramos auf Julie gehetzt, aber wollte man Ardo Glauben schenken, dann war er es nicht gewesen. Ich gab ihm die einzig mögliche Antwort. »Ich weiß es nicht«, sagte ich.

»Also, das ist nicht ganz richtig, John. Du weißt es sehr wohl, und Julie weiß es, und ich weiß es jetzt auch – aber nur, weil sie es mir gesagt hat.« Im Hintergrund hörte ich ein lautes mechanisches Piepen, Schritte und dann war das Piepen wieder vorbei. »Wann wolltest du es mir erzählen, John?«

»Kurland, hör zu. Ich weiß, was dir Julie erzählt hat, weil sie mir dasselbe erzählt hat. Aber sie irrt sich. Ardo hatte es diesmal nicht auf sie abgesehen.«

»Und wie kommst du darauf?«

»Weil ich bei ihm war«, sagte ich. »Gestern Nacht. Hab mit ihm geredet. Er hat's mir gesagt.«

Schweigen am anderen Ende der Leitung.

»Kurland, bitte«, sagte ich, »sag mir einfach, ob jemand im Krankenhaus aufgetaucht ist?«

Die Antwort kam zögerlich. »Nein.«

»Ist Julie schon wieder entlassen?«

»Morgen kommt sie raus«, sagte er. »Die Ärzte wollen sie noch einen Tag behalten.«

»Okay«, sagte ich. »Wahrscheinlich ist sie dort sicherer als zu Hause.«

»Nicht nur ›wahrscheinlich‹«, sagte er. »Hier ist sie auf jeden Fall sicherer.« Es dauerte einen Moment, bis das ›hier‹ angekommen war. Dann erkannte ich die Hintergrundgeräusche.

»Bist du noch im Krankenhaus?«

»Ja, bin ich.«

»Danke, Kurland, ich kann dich wohl nicht bitten …«

»Na ja, musst du nicht«, sagte er. »Sie hat mich schon gefragt.«

»Sie hat dich gefragt«, wiederholte ich.

»Ich muss los«, sagte er. »Sie wacht auf.« Und die Verbindung wurde unterbrochen.

Ich legte auf. Ich stellte mir vor, wie Julie heute Morgen aufgewacht war und Kurland Wessels am Fuß ihres Bettes hatte sitzen sehen. Ihre erste Reaktion musste blankes Entsetzen gewesen sein, sie wusste ja nicht, wer ihn geschickt hatte. Und hatte sie ihm geglaubt, als er sagte, dass er von mir kam? Na ja, anscheinend schon. Offensichtlich hatte er sie von sich überzeugen können und umgekehrt. Ich erinnerte mich an Stu Kennedys Bemerkung über das Steak und den Dobermann. Ein Dobermann greift an oder er beschützt. Und wenn jemand einen Dobermann an seiner Seite brauchte, dann war das Julie.

»John?«

Ich sah hoch. Lane stand an der Bürotür. Er sah mich besorgt an.

»Alles in Ordnung? Ist das da Blut auf deinem Hemd?«

»Nein«, sagte ich. »Das ist … Das ist …« Ich merkte, dass ich stotterte. »Das ist nichts. Mir geht's gut, Lane. Echt. Alles in Ordnung.«

Er sah nicht aus, als würde er mir glauben. Was für ihn sprach. Ich hätte mir auch nicht geglaubt. Aber er nahm mich beim Wort, was ich nicht getan hätte.

»Tut mir leid, dass ich nicht da war«, sagte ich.

»Schon okay, John«, sagte er. »Ich verstehe das. Muss sehr schwer für dich sein.«

Ich nickte. Ließ ihn in dem Glauben, ich würde lediglich trauern. Er hatte nicht ganz unrecht.

Ich fragte ihn: »Brauchen wir noch was für heute Abend? Wein oder so ...?«

»Ja, eigentlich schon«, sagte er entschuldigend. »Wir könnten noch ein bisschen was zu essen und zu trinken brauchen. Ich dachte, vielleicht stellen wir ein paar Fotos auf. Aber bist du sicher, dass du dem gewachsen bist? Sonst frage ich ...«

Doch es gab niemanden, den er sonst hätte fragen können. Das war mein Job, und ich hatte mich in den vergangenen zwei Tagen überhaupt nicht darum gekümmert. Ich dehnte meine Finger. Meine Hände fühlten sich wieder menschlich an oder zumindest beinahe. Ich war wahnsinnig müde, erschöpft und nervös, und ich war nicht sicher, ob meine Energie ausreichte, um vom Stuhl aufzustehen. Aber zu Lane sagte ich: »Ich mach das.« Es hatte etwas von Selbstkasteiung, als wäre ich Dorrie noch etwas schuldig.

Draußen war es kühler geworden, als ich auf die Straße trat. Der Wind peitschte mir durchs Haar und brannte auf meinem Gesicht. Es war wie das weiße Rauschen, um das ich froh gewesen war, als ich Dorries Leiche fand. Sogar um die Schmerzen war ich froh.

Sie erschwerten mir das Denken.

Der Lebensmittelladen, bei dem das College ein Konto hatte, befand sich acht Blocks entfernt auf der Amsterdam, und bis ich wieder mit zwei schweren Tüten voll zurückkam, war es schon fast vier. Dann musste ich das Zimmer aufräumen, sämtliche Möbel an die Wände stellen, die eingekauften Sachen bereitstellen und Plastikbecher stapeln. Damit verging eine Stunde, es war fast fünf. Allmählich kamen die

Leute, dann war es sechs, Dorrie Burkes Mutter bat mich, den Mann zu finden, der ihre Tochter ermordet hatte, und ich wusste nicht, was ich ihr sagen sollte. Ich belog sie. Nach Strich und Faden. Weil man das manchmal tun muss, um andere zu schützen – oder auch sich selbst.

Und dann waren alle wieder weg, und nur ich war noch da, und Susan war am Telefon und kitzelte die Geschichte aus mir heraus. Die ganze Geschichte. Ich behielt nichts für mich. Sie sagte, das machst du diesmal nicht allein. Auf keinen Fall, John. Auf keinen Fall. Und ich erwiderte, ich müsse es tun, ich sei für Dorrie verantwortlich, nicht sie, ich würde es nicht ertragen, sie in Gefahr zu bringen, und Susan sagte, hast du gehört, was ich gesagt habe, John? Ich habe gesagt, auf keinen Fall.

Ich war so dankbar, dass mir die Tränen kamen.

TEIL ZWEI

Eher ein Kind in der Wiege morden,
als untätig Begierden nähren.

William Blake, »Sprichwörter der Hölle«,
Die Hochzeit von Himmel und Hölle

13

Susan wohnte in der East 60th Street in einem gigantischen Genossenschaftshaus aus weißem Sandstein, in das mein kleines Wohnhaus fünfmal reingepasst hätte. Der Portier trug eine Marinemütze und goldene Schulterklappen und beobachtete mich mit verkniffenem Lächeln, als ich unrasiert und blutverschmiert seine mit Teppichboden ausgelegte Lobby durchquerte.

Der Fahrstuhl war schnell und leise und zählte 27 Stockwerke auf der Digitalanzeige, bis er sanft hielt. Ich war nicht sicher, in welche Richtung ich gehen musste, bis ich Susan an einer Tür am Ende des Flurs stehen sah.

Sie beobachtete mich, wie ich näher kam, und ich beobachtete sie, wie sie mich beobachtete. Keiner von uns beiden sagte ein Wort. Das erste Mal hatte ich sie auf der Bühne der *Sin Factory* gesehen, wo sie sich vor einer schreienden, betrunkenen Zuschauermenge bis auf einen Tanga auszog, und dort war sie mir auf gewöhnliche Weise schön erschienen. Schön wie die Mädchen im *Playboy*, oder bei *Girls Gone Wild* – schön auf eine Weise, die einen nicht sonderlich berührt. Alltäglich. Internetpornografie.

Aber drei Jahre später, im Hausflur vor ihrer Wohnung, wie sie dort stand und das Gesicht seitlich an die Tür lehnte, war sie auf ganz andere Weise schön, und es brach mir das Herz. Traurigkeit und Einsamkeit lagen in ihrem Blick, und das war meine Schuld. Ich hatte eine ganze Reihe von Fehlern gemacht, ich ganz allein. Das fing mit dem Überfall an, bei dem sie fast ums Leben gekommen war, ihrer Genesung und der unangenehmen Zeit danach. Ich wollte sie beschützen. Aber das war nicht, was sie von mir wollte. Ich stolperte, stützte mich mit der Hand an der Wand ab. Ich sah, wie ihr Blick auf mein nacktes Handgelenk fiel, auf die roten wunden Striemen. Aber sie bewegte sich nicht, kam mir nicht entgegen, um mir zu helfen, und ich war froh.

Ich erreichte mit eigener Kraft ihre Tür, stand eine Handbreit von ihr entfernt und spürte ihren Blick auf mir. Sie berührte meine Wange mit den Fingerspitzen. Wir hatten immer noch nichts gesagt. Ich wusste nicht, was ich sagen sollte.

»Wieso bist du nicht früher gekommen, John?« Ihre Stimme klang wie das leise Kratzen einer Feile auf weichem Holz.

»Ich musste alleine mit dem Problem fertig werden«, sagte ich. »Ich konnte dich nicht bitten ...«

»Nein«, sagte sie, »das hast du noch nie gekonnt.«

Ich sah die Fältchen in ihren Augenwinkeln, zarte Fältchen. Ich sah, wie die Fältchen um ihre Mundwinkel herum tiefer wurden, als sie lächelte. Sie war jünger als ich, hatte aber ein härteres Leben hinter sich, war als Tänzerin aufgetreten und hatte unter dem Namen »Rachel Firestone« sämtliche Läden an der East Coast abgeklappert, vier Auftritte pro Abend, sechs Abende die Woche. Mal ganz zu schweigen von dem, was danach passiert war. Aber jetzt wohnte sie in einem schicken Wolkenkratzer und spielte sechsstellige Summen ein, indem sie Ex-Ehemänner aufspürte und im Auftrag von Firmen deren Angestellte überprüfte – Aufgaben, mit denen professionelle Privatermittler ihren Lebensunterhalt verdienen. Sie war ein Naturtalent am Telefon, und als ich ihr den Job besorgt hatte, hatte ich ausdrücklich darum gebeten, dass sie nie auf der Straße eingesetzt, sondern im Büro bleiben würde, wo sie sicher war. Ich hatte außerdem darum gebeten, ihr niemals zu verraten, dass ich darum gebeten hatte. Beide Versprechen wurden gebrochen, sie hat es mir nie verziehen.

»Du hättest tot sein können«, sagte Susan.

»Lieber ich als du.«

»Lieber keiner von uns beiden, John.«

»Sicher. Lieber keiner von uns beiden. Aber so läuft das nun mal nicht.«

Sie wich von der Tür zurück, machte mir Platz, um einzutreten. Ich zwängte mich an ihr vorbei in den Flur, einen drei mal drei Meter großen Eingangsbereich mit afrikanischen Masken an den Wänden.

Sie sprach in meinen Rücken hinein. »Warst du verliebt in sie?«

Ich drehte mich um.

»Ich habe mir die Artikel im Internet angesehen«, sagte sie. »Dorrie war sehr schön.«

Wir standen eine Weile da und sahen einander in die Augen.

»Nein«, sagte ich schließlich. »Ich war nicht verliebt.«

Susan dachte eine Zeit lang darüber nach, dann nickte sie. »Das glaube ich dir nicht«, sagte sie. »Aber es ist sehr nett von dir, zu lügen.«

Es war eine Einzimmerwohnung mit Kochnische, hübsch eingerichtet. Nirgendwo konnte man sitzen, ohne das Bett zu sehen, das bedrohlich in seiner dunklen Ecke stand. Wir vermieden beide hinzusehen.

Susan machte Kaffee in einer dieser französischen Kannen zum Runterdrücken, die niemand braucht, die aber offenbar zusammen mit dem Mietvertrag kommen, wenn man im 27. Stock eines Wohnhauses in Manhattan lebt. Susans Bluse und Rock waren von Ann Taylor, ihr glattes schwarzes Haar wirkte noch glatter und glänzender, als ich es in Erinnerung hatte, was zweifellos einem eleganten Friseursalon zu verdanken war. Ich missgönnte es ihr nicht. Sie galt bei Serner als aufsteigender Star und sie hatte es verdient. Wie ich da so auf ihrer Wildledercouch saß und aus ihren eleganten Porzellantassen trank, kam ich mir nur noch dreckiger vor, als es schon unter dem kritischen Blick des Portiers der Fall war.

»Also, im Prinzip«, sagte Susan, nachdem ich ihr noch einmal einen kurzen Abriss der Geschichte geliefert hatte, »erklärst du mir doch, dass du der *porno buddy* dieser Frau warst.« Ich muss ratlos ausgesehen haben. »Du weißt schon – wenn zwei verabreden – für den Fall, dass einem von beiden etwas zustößt –, dass der andere in die Wohnung geht und den Stapel Pornohefte beseitigt, bevor die Eltern oder die Freundin drüber stolpern. Hast du den Ausdruck noch nie gehört?«

»Nein.«

Sie lächelte. »Ich vergesse immer wieder, wie unbeleckt du bist.«

»Unbeleckt?«

»Genau.«

Ich nahm einen großen Schluck Kaffee. »Gut«, sagte ich. »Dann war ich eben ihr *porno buddy*. Nur dass ich nicht ihre Pornos wegschaffen sollte, sondern sämtliche Hinweise darauf, dass sie in einem Massagesalon gearbeitet hat. Und als ich dort ankam, waren alle Spuren längst durch den Aktenvernichter gejagt worden.«

»Aber ihre Wäsche war noch da, hast du gesagt. Und das Massageöl.«

»Genau.«

»Und du glaubst, sie selbst hätte entweder alles oder gar nichts verschwinden lassen.«

»Ich denke, dass jemand eingebrochen ist und alles vernichtet hat, auf dem sein Name oder sein Bild hätte sein können, und sie getötet hat. Nicht in der Reihenfolge.«

»Wie wäre er reingekommen?«

»Ich weiß es nicht. Vielleicht hat er sie überredet. Vielleicht hat er das Schloss aufgebrochen.«

Sie hob eine Augenbraue.

»Okay, na gut, es ist ein Medeco, er hat's nicht aufgebrochen. Vielleicht ist er aus dem Stockwerk oben drüber heruntergeklettert und durchs Fenster eingestiegen.«

»Gibt's eine Feuertreppe?«

»Nein.«

»Du meinst also, er hat sich wie ein Bergsteiger abgeseilt?«

»Vielleicht hat er auch einen Zweitschlüssel in die Finger bekommen.«

»Vielleicht.«

»Worauf willst du hinaus?«

»Hast du dir schon mal überlegt, dass es vielleicht doch das war, wonach es aussieht?«, fragte Susan. »Vielleicht hat sie sich umgebracht. Vielleicht hat sie ein paar Sachen verschwinden lassen, aber den Rest nicht, weil sie nicht ganz klar im Kopf war und man Papier einfach in den Aktenvernichter stecken kann, Reizwäsche dagegen nicht.«

Ja, und vielleicht habe ich einen dreißig Zentimeter langen Schwanz und ficke Einhörner im Hinterhof. Michaels Spruch wäre bei ihr wahrscheinlich nicht so gut angekommen. Aber ich musste es gar nicht laut sagen, damit sie wusste, was ich dachte.

»Ich sag's ja nur, John. Ich kenne diese Frauen. Stripperinnen, Mädchen in Massagesalons, das sind nicht immer die Rationalsten.«

»Dorrie war kein typisches Massage-Mädchen.«

»Nein, natürlich nicht. Aber das heißt nicht ...«

»Sie hat sich nicht umgebracht«, sagte ich. »Das musst du mir glauben.«

»In Ordnung«, sagte Susan. »Und wer hat sie dann ermordet?«

Ich warf die Zettel mit den Adressen und den eingekreisten Namen zwischen uns aufs Sofa. »Such dir einen aus.«

Wir sahen gemeinsam die Liste durch, und ich erklärte, was die Kringel bedeuteten.

»Du denkst, einer davon ist der Killer?«

»Weiß nicht«, sagte ich. »Möglich wär's.«

»Wie willst du Kontakt zu denen aufnehmen?«

»Per E-Mail. Ich dachte, den hier ruf ich an«, sagte ich und deutete auf die Telefonnummer von Brian Vincent.

»Schon klar«, sagte Susan. »Aber was willst du sagen? Wieso sollten die mit dir reden? Wenn ich Brian Vincent wäre, würde ich einfach auflegen.«

»Wenn du der Killer wärst, meinst du.«

»Nein, unabhängig davon. Ein wildfremder Kerl ruft aus heiterem Himmel an und sagt, er weiß, dass du was mit einer toten Nutte hattest – nimm's nicht persönlich –, ich würde das Gespräch so schnell wie möglich beenden.«

»Was schlägst du vor?«

Sie dachte eine Weile nach. »Was, wenn wir ihnen von Dorries Adresse aus mailen? Damit es aussieht, als käme die Nachricht von ihr.«

»Du hast vergessen, dass offensichtlich jemand Zugang zu ihrem Mail-Account hat. Wir würden die Antworten nie erhalten.«

»Gut, dann nehmen wir eben dieselbe Adresse, nur bei einem anderen Anbieter, Cassie at hotmail.com oder gmx, irgendwas. Und wir schreiben eine Nachricht, die nach ihr klingt. Wir können uns ihre Anzeigen ansehen und dann ihren Stil nachahmen. Wir sagen einfach, wir wollen ihn treffen. Wenn wir einen Namen und eine Adresse rauskriegen, haben wir's geschafft. Wenn einer um ein Treffen in einem Hotel bittet, warten wir, bis er auftaucht und verfolgen ihn nach Hause. So kriegen wir seinen Namen und seine Adresse raus.«

»Wieso sollte sich der Mörder auf eine Verabredung mit einer einlassen, von der er weiß, dass sie tot ist?«

»Weil er wissen will, wer ihm unter ihrem Namen schreibt.«

»Ich weiß nicht«, sagte ich.

»Okay, wie wär's damit«, sagte Susan, »Wir schicken eine E-Mail und behaupten, ich sei seit vielen Jahren Cassies Partnerin und würde nach ihrem Tod ihre Kunden übernehmen, ich habe Kopien von allen ihren Kontaktdaten und Aufzeichnungen. Dein Name, Mister Smith, taucht immer wieder darin auf, und ich denke, es liegt in unser beider Interesse, dass wir uns treffen.«

»Und dann ...?«

»Wir arrangieren eine Verabredung, wie ich gesagt habe.«

Ich nickte. »Und wenn's ein Hotel ist, dann warte ich, bis sie auftauchen und verfolge sie.«

»Im Prinzip schon«, sagte Susan. »Nur dass nicht du sie verfolgst, sondern ich.«

»Du? Nein. Kommt gar nicht infrage.«

»Ich kann auf mich aufpassen«, sagte Susan. »Das ist dir doch hoffentlich klar, oder?«

»Mir ist klar, dass du denkst, du könntest auf dich aufpassen. Ein Schuss genügt, um das Gegenteil zu beweisen.«

»Dasselbe gilt aber auch für dich, John.«

»Ja«, sagte ich, »die Kugel muss ich auf mich nehmen.«

»Die Kugel musst du auf dich nehmen? Was soll das heißen?«

»Das heißt, dass du dich nicht umbringen lassen wirst für eine Frau, die du nicht mal gekannt hast.«

»Morgen taucht die Mutter dieser Frau in meinem Büro auf und schreibt meinem Chef einen Scheck aus. Von dem Zeitpunkt an, ist es mein Job, ihren Mörder ausfindig zu machen. Nicht deiner. Meiner.«

»Dein Job ist es, Susan, sie mir vom Hals zu schaffen.«

»Nein, aber das hättest du gerne. *Mein Job* ist es, für meine Kundin zu arbeiten. Ich bin keine verängstigte Stripperin mehr, John. Ich bin professionelle Ermittlerin und eine gute noch dazu, und wenn du mir einen Job zuschanzt, werde ich ihn erledigen. Hast du das kapiert?«

So hatte ich sie noch nie erlebt. Es war ein bisschen angsteinflößend. Aber ich will nicht behaupten, dass ich nicht insgeheim auch stolz auf sie war. »Alles klar«, sagte ich. »Ich hab's kapiert. Aber du musst mir sagen, was los ist, ich will über jeden einzelnen Schritt informiert werden.«

»Natürlich.« Sie stand auf. »Jetzt zeig mir diese Anzeigen.«

Susans Computer stand auf einem Schreibtisch neben dem Bett. Sie setzte sich auf den Stuhl davor und schaltete das Gerät ein, während ich mich aufs Bett setzte. Man konnte sonst nirgends sitzen.

»Cassandra?«, fragte sie und ich nickte. Sie rief die Einträge auf Craigslist auf, die in der Rubrik »Dienstleistungen – Erotik«. Ich lotste sie zu den richtigen. Die Überschrift lautete: »Sie sucht Ihn. Große kurvenreiche College-Studentin, 21, massiert dich sinnlich.«

»Wie alt, hast du gesagt, war sie?«, fragte Susan.

»Vierundzwanzig.«

»Mich wundert, dass sie nicht behauptet hat, sie wäre achtzehn. In den Anzeigen, meine ich.«

»Sie hat nicht ausgesehen wie achtzehn.«

»Das ist das Internet, John. Da behaupten Vierzigjährige achtzehn zu sein.«

Sie las sich den Text von Dorries Anzeige ein paarmal durch und tippte dann einen ersten Entwurf der E-Mail. Nachdem sie ein paar Wörter geschrieben hatte, löschte sie den Text wieder und fing noch einmal an. Ich sah ihr über die Schulter hinweg zu, warf hier und da etwas ein. Als ich mich näher zu ihr hinbeugte, um auf den Bildschirm zu sehen, ignorierte ich den sanften Duft ihres Shampoos, ein fruchtiger Geruch, der mich an andere Abende und andere Wohnungen erinnerte. Ich versuchte, den Schatten ihres BHs nicht zu beachten, der sich unter ihrer Ann-Taylor-Bluse abzeichnete.

Ein paarmal sah sie vom Bildschirm auf und erwischte mich dabei, dass ich sie anstarrte. Ich erschreckte nicht und sah nicht weg, und sie tat es auch nicht, aber jedes Mal widmeten wir uns danach wieder der Arbeit, ohne ein Wort darüber zu verlieren. Für mich war es seltsam, wieder hier bei ihr zu sein, und ich konnte mir vorstellen, dass es ihr ebenso ging. Wir hatten uns einst geliebt. Wir waren fast ein Jahr zusammen gewesen. Ich war die ganze Zeit bei ihr im Krankenhaus gewesen, als sie wieder gesund wurde, und sie war bei mir, als meine Mutter starb, die darum rang, sich verständlich zu machen, nachdem ihr der Schlaganfall die Sprache fast vollständig geraubt hatte. Susan war in meinem Leben sehr wichtig gewesen und ich in ihrem. Aber dann war es vorbei. Wir waren gut füreinander, doch nur bis zu einem bestimmten Punkt. Und als wir den Punkt erreicht hatten, entwickelte sie sich weiter. Sie zog hierher. Und ich zog mich zurück, mein Leben beschränkte sich auf das Zimmer in der Carmine Street, auf den Schreibtisch in der 116th Street und die lange U-Bahnfahrt dazwischen. Andere Frauen hatte es nicht gegeben. Bis Dorrie kam, hatte es überhaupt nicht viel gegeben.

Susan war fertig mit ihrem Entwurf, und ich las ihn durch. Er war gut. Ich fand, damit hätten wir gute Chancen, Dorries Kunden wenigstens eine Antwort zu entlocken.

Wir sahen den Text an, dann einander.

»Tut mir leid, John«, sagte sie.

»Was tut dir leid?«

»Die ganzen Frauen in deinem Leben ... du hast ein unglaubliches Talent, diese Vögelchen mit den gebrochenen Flügeln zu finden. Miranda. Dorrie. Mich.«

»Aus dir ist doch was geworden.«

»Ja, aus mir schon«, sagte sie. »Aber nicht aus uns.«

»Du hast mich nicht mehr gebraucht«, sagte ich.

»Ich habe deine *Hilfe* nicht mehr gebraucht. Das heißt nicht, dass ich dich nicht mehr gebraucht habe.«

Ich wusste nicht, was ich sagen sollte.

Sie hob ihre Hand und streichelte mein Gesicht. Ich wollte mich vorbeugen und sie küssen. Unbedingt wollte ich das. Aber ich tat es nicht.

Sie sagte: »Das Problem mit den gebrochenen Flügeln ist, entweder heilen sie wieder oder es wird schlimmer. Aber es bleibt nichts, wie's war. Ich habe immer gedacht, dass du dir insgeheim wünschst, es würde so bleiben.«

»Nein«, sagte ich. »Das wünsche ich mir nicht.«

»Aber irgendwann verlassen wir dich alle«, sagte sie. »So oder so.«

Ich nahm ihre Hand von meinem Gesicht und legte sie auf den Tisch.

»Schick die Mail raus«, sagte ich.

14

Ich winkte ein Taxi heran und investierte meinen letzten Zwanziger in die Fahrt nach Hause. Ich bezahlte an der Ecke, faltete die wenigen Dollar Wechselgeld zusammen und ging den Rest zu Fuß. Ich war nicht mehr zu Hause gewesen seit ... seit wann? Länger als einen Tag. Nicht seitdem ich versucht hatte, Dorries Passwort zu erraten. Die Zeit kam mir sehr lange vor.

Ich stieg die Treppe zu meiner Wohnung hoch, schloss die Tür auf. Die Vorhänge waren zurückgezogen und ließen frische Luft hinein, aber es stank. Durch das Fenster drang genug Licht, dass ich einen seltsamen Haufen auf meinem Bett liegen sehen konnte. Ich tastete nach dem Schalter und knipste das Licht an.

Miklos' Worte fielen mir wieder ein: *Geh nach Hause. Du bekommst ihn geschenkt.*

Ich stand da mit einem Finger am Lichtschalter, und sah auf mein Bett, auf dem der tote Jorge Ramos lag.

Man hatte ihm die Kehle durchgeschnitten. Überall war Blut, sogar an der Decke.

Der Gestank war heftig. Nur die durch das geöffnete Fenster hereinströmende Luft verhinderte, dass es noch schlimmer war.

Ich schluckte schwer und prüfte die Tür hinter mir. Sie war zu.

Mein Gehirn raste. Wie hatten sie ihn hier hereingeschafft?

Anders als bei Dorrie gab es bei mir eine Feuerleiter, doch sie hätten wohl kaum einen lebendigen, sich wehrenden Mann von Ramos' Größe außen an einem Gebäude heraufschleppen können? Miklos und Ardo waren beide selbst groß, aber das wäre dann doch zu viel verlangt gewesen. Dann begriff ich, wie sie es getan haben mussten: Einer von ihnen war über die Feuerleiter eingestiegen, hatte die Wohnungstür von innen aufgebrochen, während der andere Ramos entweder unter falschem Vorwand in meine Wohnung gelockt oder ihn gewaltsam hergebracht hatte.

Ich dachte an Ardo und sein klaffendes Grinsen. Es hatte sie Stunden gekostet, Ramos aufzuspüren und ihn dann so zu drapieren, nur damit ... Nur damit was? Offenbar, damit ich den Mord angehängt bekam. Zwei Fliegen mit einer Klappe. Sicher, vielleicht würde ich den Cops weismachen wollen, dass es Ardo gewesen war, aber würden sie mir das glauben, wenn ich das Blut eines Toten auf dem Hemd hatte, seine blutige Brieftasche in meiner Hosentasche steckte und sein Leichnam mit aufgeschlitzter Kehle auf meinem Bett lag? *Detective, ich war's nicht, Black Ardo hat's getan!* Ja, na klar, Kleiner. Sicher hat er das.

Genug. Ich musste mich konzentrieren. Ich überlegte, was zu tun war. Mein erster instinktiver Gedanke war, die Leiche irgendwie loszuwerden, aber das war hoffnungslos. Einen leblosen Körper fünf Stockwerke unbemerkt herunterzutragen war nicht viel einfacher, als einen lebendigen hochzuschaffen. Nicht wenn er mehr wog als ich selbst. Mein nächster Gedanke war, die Polizei zu rufen. Doch ich wusste, wie das ablaufen würde. Vielleicht würde es mir gelingen, freigesprochen zu werden – vielleicht –, aber bis dahin könnten Monate vergehen, die ich hinter Schloss und Riegel verbringen musste. Blieb nur noch eine Möglichkeit: abhauen.

Ich riss mein Hemd auf und fingerte an den Knöpfen herum. Einer sprang ab und kullerte an der Teppichkante entlang. Ich ignorierte ihn. Ich nahm ein frisches Hemd aus dem Schrank, zog es mir über den Kopf, knäulte das blutige Hemd und die Brieftasche zusammen und stopfte beides in eine Mülltüte. Irgendwo würde ich sie schon loswerden, irgendwo weit weg. Ich sah mich rasch um. Brauchte ich noch irgendetwas? So schnell würde ich wahrscheinlich nicht wieder herkommen.

Mir fiel nichts ein. Dass die Uhr tickte, war mir klar. Wer wusste schon, was die Nachbarn gesehen oder gehört hatten. Oder gerochen.

Ich warf einen letzten Blick auf Ramos' Leiche. Seine Augen waren offen und seine Lippen braun, blutiger Speichel klebte daran, er bleckte die Zähne.

Wer zum Teufel ist Jorge Ramos?

Ardos Worte hallten mir durch den Kopf. Ich wünschte, ich wüsste die Antwort. Er war mit einer Knarre auf mich und Julie losgegangen und bereit gewesen, sie zu benutzen. Aber weshalb? Wer hatte ihn geschickt?

Ich ging zur Wohnungstür hinaus und schloss hinter mir ab. Ich schaffte es bis in den dritten Stock, als ich unter mir Schritte hörte. Sie kamen mir entgegen. Schwere Schritte. Vertraute schwere Schritte. Die angestrengten Schritte von Männern, die eine dreißig Pfund schwere Ausrüstung trugen. Ich spähte über das Geländer und zog den Kopf sofort wieder ein, drehte mich um und stieg die Treppe erneut hoch, nahm jeweils zwei Stufen auf einmal. So leise ich konnte und so schnell ich konnte, das Herz hämmerte mir in der Brust.

Was hatte ich gesehen? Ich hatte das haarlose Gesicht des Partners von James Mirsky gesehen, und er hatte nicht fröhlich gewirkt.

Ich umkurvte den Treppenabsatz des fünften Stocks und stieg weiter hinauf. Die Bullen würden hier haltmachen, an meine Tür klopfen und auf eine Antwort warten, aber sie würden nicht lange warten.

Die Dienststiefel mochten nicht besonders schick oder bequem sein, aber wenn es galt, Türen einzutreten, ganz besonders so klapprige wie die in dem alten Wohnhaus, in dem ich lebte, waren sie unübertroffen.

Und dann würden sie finden, wonach sie suchten, denn bestimmt hatte ihnen jemand einen Tipp gegeben, was sie in meiner Wohnung erwartete. Ich glaubte nicht, dass sie zufällig nur Minuten nach mir hier aufgetaucht waren. Jemand hatte sie gerufen, jemand, der den Auftrag hatte, mein Haus zu beobachten und einen Anruf aus der Telefonzelle zu tätigen, sobald ich nach Hause kam. Und wieso auch nicht? Weshalb sollte sich ein Mann wie Ardo die Mühe machen, mir eine so hübsche Falle zu stellen und dann aus Trägheit darauf verzichten, sicherzugehen, dass der Aufwand nicht umsonst gewesen war?

Ich zog die Tür auf, die vom Treppenhaus über einen kleineren Treppenschacht aufs Dach hinaus führte. Sekunden später war ich draußen. Die Nacht war kalt, aber klar. Der Wind trieb Wolken an einem fast vollen Mond vorbei, verbarg ihn und ließ ihn anschließend wieder zum Vorschein kommen. Ich ließ die Tür hinter mir ins Schloss fallen, hielt sie aber fest, damit sie nicht knallte. Dann überquerte ich den Belag aus Teerpappe bis an den Rand des Dachs und sah hinunter. Ein Polizeiwagen parkte am Bordstein, rotblaues Licht kreiste. Die Feuerleiter schien verführerisch – doch ich konnte nicht daran hinunterklettern, ohne am Fenster meiner Wohnung vorbeizumüssen, und dabei würde man mich mit Sicherheit entdecken.

Blieb nur noch ein Weg. Die auf beiden Seiten an das Haus anschließenden Gebäude waren höher als das, in dem ich wohnte, eines aber nur ein kleines bisschen. Unglücklicherweise war dies auch das Gebäude, das nicht direkt an meines anschloss – eine schmale Gasse führte zwischen beiden Häusern hindurch. Sie war nur einen Meter breit, nicht mehr als ein Luftschacht, trotzdem ...

Der Abgrund, der sich auftat, war zwar nur einen Meter breit – doch zwanzig Meter tief.

Unter mir hörte ich gedämpftes Krachen. Das musste meine Tür gewesen sein. In genau diesem Moment knipsten sie das Licht an, und noch einen Augenblick später entdeckten sie die Leiche und dann ...

Wegen all der alten Filme, die ich im Fernsehen gesehen hatte, erwartete ich den schrillen Pfiff einer Trillerpfeife zu hören, ein Geräusch, das wie eine Alarmsirene durch die Nacht gellte. Stattdessen aber hörte ich das Knacken eines Walkie-Talkie, gefolgt von Mirskys nasaler Stimme, mit der er Verstärkung und einen Leichenwagen anforderte. Durch das geöffnete Fenster meiner Wohnung hörte ich sogar die Antwort. Sie waren unterwegs. Mir blieb nicht mehr viel Zeit.

Ich sah zu dem Gebäude hinüber. Auf gleicher Höhe mit meinem Dach befand sich ein Fenster – dunkel, Gott sei Dank, entweder waren die Leute, die dort wohnten, nicht zu Hause, oder sie hatten die Rollläden heruntergelassen und waren zu Bett gegangen. Vor dem Fenster befand sich ein hübscher, tiefer Fenstersims, der aus der Wand hervorragte – tief genug, um einer einigermaßen großen Topfpflanze Platz zu bieten, und mehr als tief genug, um darauf zu stehen. Über dem Fenster befand sich eine steinerne Balustrade mit schmalen, weit auseinanderstehenden Pfosten. Wenn man auf dem Sims stand, würde man nicht besonders geschickt oder stark sein müssen, um sich an einem der Pfosten auf das Dach hochziehen zu können. Dazu wären keine übermenschlichen, akrobatischen Fähigkeiten nötig, lediglich Klimmzugtraining, wie man es von der Highschool kannte.

Das und einen Meter durch die Luft.

Ich schloss die Augen. Was war schon ein Meter? New Yorker sprangen in jedem Schneesturm oder Gewitter weiter, wenn sie an einer Straßenecke Schneewehen oder Regenwasserpfützen ausweichen wollten. Aber natürlich verfehlte ich diese Sprünge auch manchmal – das taten wir alle. Normalerweise wurde man mit einem durchnässten Schuh bestraft. Hier wäre die Strafe ...

Denk nicht drüber nach, sagte ich mir. Du hast keine Zeit. Mach einfach.

Ich hatte immer noch die Plastiktüte mit dem blutigen Hemd und der darin eingewickelten Brieftasche dabei. Ich hob sie mit beiden Händen an, zielte wie beim Basketball und warf, als hätte ich einen Freiwurf klargemacht. Die Tüte flog problemlos über die Balustrade und landete mit einem weichen Plopp auf dem Nachbardach.

Wenn ich nur ebenso mühelos hinüberkäme.

Ich stieg auf die hüfthohe Brüstung meines Dachs, atmete mehrmals tief ein. Unter mir lag das dunkle Gässchen – dunkel und abgründig. Robert Frost fiel mir ein. *The Woods,* dachte ich. *The woods are lovely, dark, and deep. But I have promises to keep. And miles to ...*

Ich hob den rechten Fuß und machte einen Satz nach vorne, ins Nichts. Mein Fuß landete auf dem Fenstervorsprung gegenüber – mit Entsetzen wurde mir klar, dass ich die Sache nicht gründlich durchdacht hatte. Denn jetzt stand ich mit jeweils einem Fuß auf beiden Gebäuden und hatte keine Möglichkeit, den anderen nachzuziehen. Ich tastete mit den Händen die Wand vor mir ab. Mein ganzes Gewicht ruhte auf dem vorderen Bein, dem rechten, aber ich spürte, wie mich das andere Bein zurückhielt und ich das Gleichgewicht zu verlieren drohte. Unter mir gähnte der Abgrund, zog mich gierig hinunter.

Eine leise Stimme flüsterte mir in jenem Moment zu, eine verführerische Stimme, eine Stimme in meinem Kopf, die wisperte: *Viel einfacher. Nein?* Und: *Du bist so müde, so müde. Du hast Ruhe verdient.* Und: *Wieso kämpfst du? Wofür eigentlich? Wofür?*

Doch dann fanden meine suchenden Finger einen der Balustradepfosten über dem Fenster und klammerten sich reflexartig daran, und ich zog mich herüber, zog mein anderes Bein nach. Meine Hand fand einen weiteren Pfosten, und dann stand ich dort und klammerte mich ans nackte Leben. Mein Herz drohte zu explodieren, meine Rippen schmerzten – aber ich hatte festen Halt und stand gerade und war lebendig und auf der anderen Seite. Endlich verstummte die verdammte Stimme in meinem Kopf.

Ich ließ die Balustrade erst los, als ich mich daran hochgezogen, ein Bein über die Brüstung aufs Dach geschwungen und mich zwischen zwei Pfosten hindurchgezwängt hatte. Dort blieb ich liegen, keuchte unregelmäßig, und es dauerte eine Minute, bis ich aufstehen konnte. Ungefähr sieben Meter entfernt entdeckte ich die Plastiktüte. Nur gut, dass ich nicht schwungvoller geworfen hatte – sie hätte über die Brüstung fallen und auf der Straße landen können, direkt vor den Füßen der Cops. Ich zog die schwere Tür zum Treppenhaus auf und stieg sieben Stockwerke bis zum Erdgeschoss hinunter und noch eine Treppe weiter bis in den Keller. Dort befanden sich der Müllraum und ein kleines Büro, das mit kaputten zusammengewürfelten Möbeln eingerichtet war: ein Sofa mit fleckigen Kissen, an dem ein Fuß fehlte, ein Metallklappstuhl ohne Lehne, ein mit »Hello Kitty«-Aufklebern übersäter Fernseher. Sachen, die sich der Hausmeister vermutlich aus dem Sperrmüll der Bewohner zusammengesucht hatte. Keine Spur von dem Mann, obwohl der Fernseher lief, er würde wahrscheinlich jeden Augenblick zurückkommen.

Ich suchte, bis ich den Liefereingang gefunden hatte, öffnete die Tür und spähte hinaus. Die Rückseite des Gebäudes lag im Schatten. Ein schmaler Durchgang führte zwischen zwei Bäumen hindurch und knickte dann scharf nach links ab auf die Bedford Street. Keine Cops in Sicht. Noch nicht jedenfalls – in der Ferne hörte ich eine Sirene. Ich sah ein freies

Taxi und hätte es zu gern angehalten, aber ich hatte nur noch ein paar Dollar in der Tasche und hätte es nicht bezahlen können. Und das Letzte, was ich jetzt brauchte, war ein Taxifahrer, der die Bullen rief, um sich über einen zahlungsunfähigen Fahrgast zu beschweren.

Ich ließ die Taxis sausen und ging, ohne zu rennen, so schnell ich konnte zu Fuß weiter, auf die Leroy Street zu.

15

Auf der Leroy gab es einen Feinkostladen mit Geldautomat. Für jede Transaktion wurde eine Gebühr von 2,99 Dollar berechnet, und man bekam auf einen Schlag auch nie über hundert Dollar heraus. Trotzdem waren das hundert Dollar mehr, als ich vorher hatte, und die nahm ich dankbar an. Auf dem Weg nach draußen kaufte ich drei Schokoriegel und einen Bagel, der sich als steinhart entpuppte. Ich aß die Schokolade unterwegs Richtung Westen. In der Nähe des West Side Highway war eine große Baustelle, und einer der vollen Schuttcontainer wurde nun das neue Zuhause der Plastiktüte, die ich mit mir herumschleppte. Der Bagel flog hinterher, da ich schon mal dabei war.

Zu spät wurde mir klar, dass es schlau gewesen wäre, Ramos' Führerschein aus der Brieftasche zu nehmen – aber ich hatte die Tüte sehr tief nach unten gestopft und würde jetzt nicht in den Container kriechen, um sie noch einmal zu suchen. Mit ein bisschen Glück käme auch sonst niemand auf diese Idee.

Als ich zum Highway kam, ging ich in nördlicher Richtung parallel zum Ufer weiter. Mein Handyakku war so gut wie leer, aber es reichte gerade noch für einen Anruf, und der galt Susan.

»John? Was ist los? Du klingst ...«

»Keine Zeit«, sagte ich. »Der Akku ist gleich alle. Ramos ist tot. Sie haben ihn bei mir in die Wohnung gelegt und die Bullen gerufen.«

»Was? Wo bist du?«

»Spielt keine Rolle, wo ich bin. Wir brauchen einen Treffpunkt für morgen. Ich kann dich nicht noch mal unter dieser Nummer anrufen, vielleicht zapfen sie demnächst deine Leitung an.«

»Wieso sollten ...«

»Susan, bitte. Morgen Abend. Neun Uhr.« Ich versuchte, mir einen Treffpunkt einfallen zu lassen. »Kannst du dich an das Cop Cot erinnern? Im Central Park?« Das war ein kleines Holzhaus an einem steilen Hang am Rande des Parks – einer der am wenigsten genutzten öffentlichen Orte im Park, besonders um neun Uhr abends. Wir waren ein- oder zweimal zusammen dort gewesen.

»Sicher – aber wieso kommst du nicht her?«

»Die kennen dich, Susan. Die werden mich bei dir suchen.«

»Herrgott, John«, sagte sie. »Du kannst doch nicht vor einer Mordanklage davonlaufen.«

»Und ob«, sagte ich.

Ich legte auf und steckte das Handy in die Tasche.

Etwas zu spät erinnerte ich mich an das letzte Mal, als Susan einen dringenden Anruf von einer Person erhalten hatte, die darauf bestand, sie in einem entlegenen Winkel eines New Yorker Parks zu treffen. Das war der Tag, an dem sie mit Messerstichen attackiert und im Schatten eines verlassenen Musikpavillons dem Tod ausgeliefert liegen gelassen worden war. Ich hatte diese Erinnerungen nicht wieder wachrufen wollen. Aber jetzt war es zu spät. Der Akku war alle, ich hätte sie noch nicht einmal anrufen können, wenn ich gewollt hätte.

Die grünen Kugeln am Eingang der U-Bahnstation fielen mir ins Auge, und ich raste in die Station hinunter. Ich musste aus diesem Viertel verschwinden. Musste von der Straße runter. Und ich musste mit jemandem sprechen, der mir half aufzuklären, was mit Dorrie passiert war – und was gerade mit mir passierte.

Ich nahm die U-Bahn hoch zur 28th Street, hielt mich bis der Zug einfuhr in einem entlegenen Winkel des Bahnsteigs auf, dann setzte ich mich in einen leeren Waggon. Zwei Mädchen stiegen an der 14th Street zu. Teenager in verblichenen Jeans und mit Flechtfrisuren, aber sie beachteten mich nicht und stiegen an der 23rd wieder aus. Die restliche Fahrt über blieb ich allein.

Die Straßen in der Gegend um das Sunset waren werktags belebter als am Sonntagnachmittag, aber der Unterschied war minimal. Ich hielt mich im Schatten, drückte mich an die Häuserwände und bekämpfte den Wunsch, loszurennen. Mir kam es vor, als sei jeder einzelne Muskel meines Körpers angespannt, als wartete ich darauf, dass mir jemand auf die Schulter tippte oder eine Knarre ins Kreuz drückte. Aber niemand hielt mich auf. Ich bin nicht mal sicher, ob mich überhaupt jemand bemerkte. Gott weiß, dass ich niemanden sah – und wer wusste schon so genau, ob ich nicht unterwegs an einem Mörder oder Einbrecher oder sonst irgendeiner von der Polizei gesuchten Spezies vorbeikam? Es war Nacht auf der 28th Street, und ich und die anderen Fußgänger behielten unsere Sünden für uns.

Am Gebäudeeingang drückte ich auf alle Klingeln, eine nach der anderen, außer der von Sunset, in der Hoffnung, dass mich einer der anderen Bewohner hereinlassen würde. In Filmen und Romanen funktioniert das immer und meistens auch im wahren Leben. Aber manchmal funktioniert es eben nicht, und so ein Manchmal war es dieses Mal. Ich lehnte mich gegen die Tür – kein Glück. Ich hatte gehofft, möglichst leise und unbemerkt hereinzukommen, aber es half alles nichts. Ich drückte auf die Klingel, die zum oberen Stockwerk gehörte.

Die Sprechanlage knackte. »Wer ist da?«

Die Stimme klang nach Di.

»Di, hier ist John Blake. Ich muss mit dir sprechen.«

»John …!« Ich hörte sie tief Luft holen.

»Di?«

»Wo sind die beiden? Was hast du mit ihnen gemacht?«

»Wo ist wer? Wovon redest du?«

»Julie! Und Joey, verdammt noch mal …«

»Ich kann dir sagen, wo Julie ist. Aber einen Joey kenne ich nicht. Lass mich bitte rein. Ich kann hier unten nicht …«

Der Türöffner summte, und ich trat ein. Langsam brachte mich der Fahrstuhl in den vierten Stock, und ich klopfte an die Tür von Sunset. Auf der anderen Seite näherten sich drei entschiedene Schritte, und ich hörte, wie der Schlüssel umgedreht wurde.

»Di, hör zu, ich …«, sagte ich, als die Tür aufging.

Mit erhobenem Arm stand sie vor mir, das Pfefferspray in der Hand und sprühte mir die volle Ladung ins Gesicht.

16

In der sechsten Klasse konnte ich perfekt sehen. Dann kam der Sommer, und irgendetwas musste da passiert sein, denn als wir im Herbst alle zu unserem ersten Tag an der Junior High erschienen, war ich zehn Zentimeter größer, meine Stimme klang eine Oktave tiefer, und ich hatte mich in einen Streber verwandelt, jedenfalls dem Aussehen nach. Seitdem war ich nicht ein einziges Mal, nicht einen einzigen Tag lang froh gewesen, eine Brille tragen zu müssen. Nicht ein einziges Mal.

Bis jetzt.

Ich wehrte Dis Arm mit der Hand ab, schlug ihn zurück und hörte, wie die Sprühdose auf den Boden knallte und davonsprang. Ich sah nicht, was ich tat – meine Brillengläser waren mit einem schmierig öligen Film überzogen, der den Raum in Nebel tauchte und Di in eine dunkle, konturenlose Gestalt verwandelte. Meine Wangen und meine Stirn brannten, und ich spürte, wie mir das Spray über die Haut lief. Mit der Hand wischte ich mir über die Stirn, damit es mir nicht doch noch in die Augen rann.

»Was machst du da?«, fragte ich. »Herrgott noch mal, Di, Julie geht's gut. Sie ist im Krankenhaus, aber ihr geht's gut. Und ...« Vorsichtig nahm ich die Brille ab, hielt sie eine Armlänge entfernt. »Wo ist hier das Badezimmer? Ich muss das Zeug abwaschen.«

Ich sah, wie sie sich bückte und in eine Ecke des Raums

stürzte. Wahrscheinlich griff sie erneut nach der Sprühdose. Ich wischte meine Brillengläser rasch an meinem Hemd ab und setzte sie wieder auf. »Di, hör auf damit. Ich weiß nicht, was du denkst, das ich dir antun will, aber du irrst dich, ehrlich.«

»Du mieses Schwein«, sagte sie. Durch meine verschmierten Gläser hindurch sah ich, dass sie den Arm wieder erhoben hatte. Sie kam auf mich zu und ich drehte mich herum, versuchte, sie einige Schritte auf Abstand zu halten. »Du verdammtes mieses Arschloch, wo sind die beiden? Wo ist Joey?«

»Wer ist Joey?«

»Mein verfluchter Freund! Du weißt genau, wo er ist!«

»Nein, weiß ich nicht.«

»Ich hab's ihr gesagt«, sagte sie mit tränenerstickter Stimme. »Ich hab ihr doch gesagt, dass sie nicht hingehen soll, ich hab ihr gesagt, dass du bestimmt irgendeinen Scheiß abziehen wirst, aber sie meinte: ›Was kann er mir schon Schlimmes tun in aller Öffentlichkeit?‹ Als ob das einen Unterschied macht.«

»Di ...«

»Er hat mich angerufen. Ich hab ihm gesagt, er soll ihr nachgehen, sie im Auge behalten, aufpassen, dass alles okay ist, aufpassen, dass du ihr nichts tust, und er hat mich hinterher auch noch angerufen und gesagt, dass du sie gepackt und durch irgendeinen Tunnel gejagt hast. Und als er euch hinterher ist, hast du ihm ein verdammtes Brett über den Schädel gezogen und ihn im verfluchten Dreck liegen lassen ...«

Mein Magen verkrampfte sich, während sie weiterredete.

»Joey«, sagte ich. »Ist das eine Abkürzung?«

»Jorge!«, schrie sie.

Jorge.

Ich stellte mir Jorge Ramos vor, wie ich ihn zum ersten Mal gesehen hatte, als er auf dem Rasen gegenüber von Buell Hall saß, sein Sandwich aß und immer wieder in unsere Richtung sah. Als wir uns umsetzten, nahm er seinen Kram und folgte uns, machte seine verdächtigen Dehnübungen. Dann zog er die Knarre. Aber wann genau? Wann zog er sie? Ich erinnere mich, dass wir laut geworden waren. Julie hatte mich angeschrien. Sie hatte meine Hand weggeschlagen und gesagt: »Fass mich nicht an.« Und ich hatte sie angeschrien. Hätte das aus mehreren Metern Entfernung aussehen können, als hätte ich sie bedroht? Noch dazu aus der Perspektive eines Mannes, dem man gesagt hatte, dass ich dazu imstande sei?

Dann zog er die Waffe, ich packte Julie und rannte mit ihr los. Sie hatte sich gewehrt, hatte geschrien – *Lass mich los! Nimm deine verdammten Hände von mir!* – Und was hatte ich getan? Ich hatte sie in das Gebäude gezerrt, die Treppe runter und in einen unterirdischen Tunnel hinein.

Was hätte der Mann sonst denken sollen, was da vor sich ging?

Und jetzt ...

Und jetzt lag er mit klaffender Kehle auf meinem Bett. Das Letzte, was er gesehen hatte, war sein eigenes Blut gewesen, das fontänenartig an meine Zimmerdecke spritzte.

»Di, hör auf«, sagte ich. Ich ließ die Hände sinken. Irgendetwas in meiner Stimme musste zu ihr durchgedrungen sein, denn sie hörte auf, im Kreis zu gehen und versuchte nicht mehr, mir ins Gesicht zu sprühen.

»Julie geht es gut. Sie hat ... Joey das Brett übergezogen. Wir dachten, er wollte sie umbringen – uns beide umbringen.«

»Du hast gedacht, er wollte sie umbringen? Er hat versucht, sie zu schützen!«

»Er hatte eine Knarre«, sagte ich. »Er hat sie gezogen und kam auf uns zu gerannt. Wir dachten, Ardo hätte ihn geschickt.«

»Er hat die ... ich hab nicht gesagt, dass er die Kanone mitbringen soll!«

»Aber er hatte sie dabei. Und wir haben gedacht, was du auch gedacht hättest, wenn du gesehen hättest, wie ein Mann mit einer Knarre auf dich zu rennt.«

Sie schüttelte den Kopf. »Verfluchte Scheiße.«

»Aber ich schwöre, ihm ging's gut, als wir von ihm weg sind«, sagte ich. »Er war bewusstlos, aber er hat geatmet. Ich habe Julie ins St. Vincent's gebracht – sie musste noch mal an der Hand operiert werden. Da ist sie jetzt noch.«

»Und wo ist Joey?«, fragte sie. »Er hat mich auf der Arbeit angerufen, aber als ich nach Hause kam, war er nicht da. Er geht nicht ans Handy, ich kann ihn nirgendwo finden.«

Nein, dachte ich, er geht bestimmt nicht ans Handy. Aber finden konnte man ihn. Inzwischen lag er bestimmt schon in der Gerichtsmedizin.

»Di, ich erzähl dir, was passiert ist, aber du musst mir versprechen, mir kein Pfefferspray mehr ...«

»Red einfach.«

»Versprich es.«

Sie zögerte, dann knallte sie die Sprühdose auf ein Regalbrett und entfernte sich fünf Schritte davon. »Sag mir, was los ist.«

Ich sagte es ihr.

Samantha arbeitete heute Abend nicht, dafür aber eine andere Frau, eine winzig kleine Latina mit teetassengroßen Brüsten und riesigen Augen. Das war Rodeo, nur dass sie meine Aussprache korrigierte, als ich es sagte. – »Nein, nein, Mann, Ro-Day-Oh, wie der Drive, verstanden?« Ich sagte, ich hätte es kapiert. Sie brachte mir eine kalte Kompresse, mit der ich mir das Gesicht abtupfte. Zweimal wusch ich meine Brille mit Palmolive aus der kleinen Küche, aber sie wurde nicht ganz sauber. Ich fragte mich, ob sie das jemals wieder würde.

Di hatte geweint, und Rodeo hatte auch ihr kalte, feuchte Tücher gebracht. Jetzt gruben sich strenge Falten in ihr Gesicht, ihre Augen fixierten einen Punkt in Tausenden Kilometer Entfernung. Wahrscheinlich dachte sie an ihre Tochter, dachte über ihren Job und ihr Leben nach. Dachte an ihren toten Freund. Ob er der Vater ihrer Tochter war? Das ging mich nichts an. Umso schlimmer, wenn ja.

Ich hatte ihr erzählt, Miklos und Ardo hätten ihn umgebracht, nachdem sie mich im Keller der Kirche gefesselt hatten. Verschwiegen hatte ich ihr allerdings, welche Rolle ich in der Angelegenheit gespielt hatte, dass ich Jorge Ramos den Wölfen – oder besser dem Löwen – zum Fraß vorgeworfen hatte, damit er mich nicht verschlang. Den Rest aber hatte ich ihr erzählt, auch dass ich die Leiche nur Minuten vor Eintreffen der Polizei gefunden hatte und morgen alle Zeitungen voll davon sein würden.

»Scheiße, Mann«, sagte Rodeo. »›Latino tot in der Bedford Street gefunden‹, davon wird keine Zeitung voll sein, abgesehen vielleicht von *El Diario*.«

»Auch nicht, wenn er in der Wohnung eines Weißen gefunden wurde?«

»Im Village?«, fragte Rodeo. »Dann halten sie's für eine Sache unter Schwulen.«

Könnte sein. Ich hasste mich dafür, aber insgeheim hoffte ich, dass sie recht behielt und der unterschwellige Rassismus der Stadt diesmal zu meinen Gunsten arbeiten und die Story irgendwo auf Seite 39, 56 oder noch besser im Nichts verschwinden würde.

»Ich werde beide umbringen«, sagte Di leise und sachlich. In der vorangegangenen Stunde hatte sie immer wieder so etwas gesagt. Sie sah keinen von uns beiden dabei an. Wir hätten genauso gut gar nicht da sein können.

Dann klingelte das Telefon, und da Di ganz offensichtlich nicht in der Lage war abzuheben, rannte Rodeo hin. Als sie wieder zurückkam, sagte sie: »Es ist Willie. Little Willie. Er ist hier.« Sie legte Di eine Hand auf die Schulter und schnippte zweimal mit den Fingern. Di drehte langsam den Kopf, stand auf und ging ohne etwas zu sagen ins Hinterzimmer.

Rodeo wandte sich mir zu. »Gehst du oder bleibst du, Mann? Hier vorne kann ich dich nicht brauchen.«

»Ich würde dir gerne ein paar Fragen stellen. Über Dorrie – Cassie, meine ich. Wird das lange dauern?«

»Bei Little Willie?« Sie lachte. »Zwanzig Minuten, höchstens. Kein Stehvermögen, der Mann.«

»Okay. Ich warte hinten. Bei Di.«

Wieder ertönte der Summer. Ich ging ins Hinterzimmer und schloss die Tür hinter mir. Durch die Wand hörte ich die Ketten im Fahrstuhlschacht ächzen und klappern, dann öffneten sich die Fahrstuhltüren, und wenige Augenblicke später klopfte Little Willie an die Tür. Ich setzte mich neben Di auf einen Klappstuhl an einen runden Plastiktisch, der die komplette Kante entlang mit Zigarettenbrandlöchern übersät war.

»Little Willie, hm?«, sagte ich.

»Ist ein kleiner Mann«, sagte Di. »Mit einem großen Penis. John, wieso haben die das getan? Wieso haben die Joey umgebracht? Der hätte ihnen doch nichts getan. Niemals, nichts.«

Ich wusste nicht, was ich sagen sollte. Manchmal lügt man nach Strich und Faden, um andere zu beschützen, und manchmal auch, um sich selbst zu beschützen. Manchmal kann man es einfach nicht. Ich hatte nicht die Energie sie anzulügen, weshalb ich die feigste Ausflucht wählte und einfach den Mund hielt.

»Und du ... du sagst, du warst gefesselt? Wie bist du da wieder rausgekommen?« Es lag mehr als nur der Anflug eines Vorwurfs in ihrer Stimme: Wieso bist *du* noch am Leben und mein Freund nicht?

»Ich hatte Glück«, sagte ich. Mir dröhnte Ardos Stimme noch in den Ohren: *Sehen Sie sich nur mal an. Ich habe noch nie jemanden erlebt, der mehr Schwein hatte.*

»Und wieso bist du hergekommen? Doch nicht, um mir

das mit Joey zu sagen ... du hast ja nicht mal gewusst, wer er war.«

»Nein«, sagte ich. »Ich will immer noch herausfinden, wer Dorrie getötet hat. Ob es Ardo oder Miklos war.«

»Du meinst, sie waren es nicht?«

»Sie behaupten, sie waren es nicht.«

»Und du glaubst ihnen?«

»Die sind nicht gerade schüchtern, wenn's darum geht, Leute zu ermorden.«

»Nein«, sagte sie. »Schüchtern sind die nicht.«

»Di, sag mir die Wahrheit, hatte es jemand auf Cassie abgesehen? Jemand, der sie nicht leiden konnte? Ich weiß nicht, ein Kunde, der irgendwie neben der Spur oder gefährlich ist?«

»Einer, der neben der Spur oder gefährlich ist? Das sind sie alle.«

»Das stimmt doch nicht«, sagte ich. »Ihr bekommt doch auch Besuch von ganz normalen Männern, die sich einfach nur langweilen und ihre Frauen oder Freundinnen betrügen.«

»Normale Männer bezahlen keine zweihundert Dollar, um es sich mit der Hand machen zu lassen«, sagte sie kalt. »Zu uns kommen Männer, die es sonst nicht gemacht kriegen – die fetten, die alten, die mit den Hautproblemen. Wir kriegen diejenigen, vor denen sich andere Frauen ekeln. Ehemänner, die zu viel Schiss haben, um echte Nutten zu bezahlen, kommen hierher und reden sich ein, es sei eigentlich kein Ehebruch. Wir kriegen die Typen, die sich dran aufgeilen, wenn sie Frauen bezahlen und dazu bringen, Sachen zu machen, die sie nicht machen wollen. Sie wedeln mit zusätzlichem Geld und wollen sehen, wie weit sie uns treiben können. Das sind die Männer, die zu uns kommen. Wenn du mich fragst, fehlt bei keinem von denen viel, bis sie ein Messer nehmen und es dem Mädchen auf die Art besorgen.«

»Mag sein«, sagte ich. »Aber die meisten gehen nicht so weit. Nur bei Dorrie hat es einer getan. Hat ihr einer ihrer Kunden das Leben schwer gemacht? Sie zu irgendetwas gedrängt, wogegen sie sich gewehrt hat?«

Sie schloss die Augen. »Wahrscheinlich«, sagte sie. »Aber mir fällt nichts ein.«

»Was ist mit den Stammkunden? Den Männern, die sie nach ihrem Weggang mitgenommen hat. Julie hat gesagt, sie habe Dorrie grünes Licht gegeben und ihr erlaubt, ihre Kunden mitzunehmen. Weißt du, welche das waren?«

»Ich kann dir nicht helfen, John«, sagte sie. »Ich kann nicht. Nicht heute Abend. Nicht nach dem, was du mir gesagt hast.«

»Verstehe«, sagte ich.

»Wir führen sowieso nicht ausführlich Buch – nur Vornamen. Ich bin sicher, dass ein paar Kerle nicht mehr hier waren, seitdem sie weg ist, aber ich könnte dir höchstens sagen ›Steve‹ oder ›Paul‹ – und außerdem weiß man nicht, ob sie der Grund war, weshalb die nicht wiederkamen. Vielleicht waren sie bloß nicht wieder spitz genug oder hatten keine Kohle gespart, weißt du?«

»Okay«, sagte ich. Und: »Tut mir leid, Di. Tut mir wirklich sehr leid.«

Aber sie hörte nicht zu. »Ich werde beide umbringen«, sagte sie, hauptsächlich zu sich selbst.

Als ich hörte, wie die Tür ins Schloss fiel und sich der Fahrstuhl schwerfällig in Bewegung setzte, verließ ich das Hinterzimmer und zog die Tür hinter mir zu. Rodeo kam mir aus dem Badezimmer entgegen und wischte sich die Hände an einem Papiertuch ab.

Sie schenkte mir ein verschwörerisches Grinsen. »Wenn der Junge erst mal kommt, dann kommt er richtig, wenn du verstehst, was ich meine.«

»Kann ich nicht behaupten«, sagte ich.

»Rumms! Einmal hat er sich ins Auge gespritzt, ein anderes Mal in die Nase. Mann! Immerhin gibt er gutes Trinkgeld.« Sie zerknüllte das Papiertuch und warf es in den Mülleimer. Dann scheuchte sie die Katze vom Sessel und setzte sich. »Wie geht's Di?«

»Den Umständen entsprechend«, sagte ich. »Es hat sie schwer getroffen.«

»Ja, die arme Frau, ihren Mann so zu verlieren.«

Sie klang nicht besonders bestürzt.

»Erzähl mir von Cassie«, sagte ich. »Hast du sie gut gekannt?«

»Gut gekannt? Wir waren wie Schwestern.«

»Hat sie dir jemals was von dem Laden erzählt, in dem sie gearbeitet hat, bevor sie hier anfing?«

»Davon musste sie mir nichts erzählen – wir haben uns dort kennengelernt, bei Mama Jay. In der 51st Street.«

»Im Spellbound?«

Sie nickte. »Richtig heißt es Spellbound. Nur wir haben es Mama's genannt. Wegen der Frau, die den Laden führt. Geführt hat, sollte ich sagen.«

»Wieso geführt hat?«

»Sie hat sich inzwischen zur Ruhe gesetzt. Wurde mehr oder weniger vertrieben. Drei Raubüberfälle in einem Monat, das ist kein Zufall. So wie ich's gehört habe, wurde die ersten beiden Male nur Geld geklaut, aber beim dritten Mal hat man sie übel zusammengeschlagen. Jemand wollte, dass sie den Laden dichtmacht, und schließlich hat sie gesagt, okay, ich geb's auf.«

»Hast du eine Ahnung, wer das war?« Ich konnte mir ganz gut vorstellen, wer.

»Die wurden nie erwischt«, sagte sie.

»Das war nicht die Frage.«

»Nein, stimmt schon«, sagte sie.

Die Katze sprang ihr auf den Schoß. Sie streichelte ihr übers Fell.

»Na gut«, sagte ich. »Weißt du, wer das Spellbound jetzt führt?«

»Ich weiß, was man sich erzählt.«

»Und was ist das?«

»Der Mann«, sagte sie, »derselbe, der Dis Freund auf dem Gewissen hat, wie du behauptet hast.«

»Ardo?«

Schulterzuckend streichelte sie die Katze.

»Dir scheint das Ganze nicht sehr viel auszumachen.«

Keine Antwort.

»Julie liegt im Krankenhaus, Joey ist tot – hast du keine Angst, dass sie's auch auf dich abgesehen haben?«

»Auf mich?« Sie schüttelte den Kopf, schaukelte ein bisschen vor und zurück. »Ich tu niemandem was. Mache nur meinen Job. Ich arbeite für jeden, der mich bezahlt. Mir ist egal, ob er weiß, schwarz oder Ungar ist, egal was. Du zeigst mir grüne Scheine, ich zeig dir rosa Fleisch.« Sie lächelte. Trotz ihres verwegenen Zynismus war es ein offenes, hoffnungsfrohes, argloses Lächeln, ein Lächeln, das noch unverbraucht wirkte, keinerlei Anzeichen von Müdigkeit, Enttäuschung oder Leid offenbarte. Das würde noch kommen. Wenn sie lange genug bei der Stange blieb, würde das alles noch kommen. Aber sie war ein zähes kleines Ding und weiß Gott, im Moment hatte sie die Welt noch bei den Hörnern gepackt.

»Hast du eine Ahnung, wo ich Mama Jay finde?«, fragte ich.

»Nur wenn du nach Brasilien fliegst«, sagte sie. »Sie ist wieder in ihre Heimat zurück.«

»Meinst du, im Spellbound arbeitet noch jemand, der sich an Cassie erinnert?«

Sie dachte einen Moment lang nach. »Sharon vielleicht. Die ist schon seit Ewigkeiten da.«

Was wahrscheinlich zwei oder drei Jahre bedeutete.

»Hast du die Telefonnummer?«

Sie ratterte sie herunter. Ich wiederholte sie ein paarmal im Stillen, um sie mir einzuprägen.

»Danke«, sagte ich. »Du hast mir sehr geholfen.«

»Bist du sicher, dass du nicht hierbleiben willst? Wenn die Bullen nach dir suchen ...«

»Wenn mich die Bullen suchen«, sagte ich, »suchen sie mich vielleicht auch hier. Ich muss weiter.«

»Schade«, sagte sie und lächelte mich wieder auf diese bestimmte Weise an. »Ich hätte dich an meine Muschi gelassen.« Sie hob die Katze wie ein Baby vom Schoß, hielt die Vorderbeine jeweils mit einer Hand hoch, schlenkerte mir damit entgegen und lachte sich halb tot.

17

Ich konnte kaum noch stehen. Wie lange hatte ich nicht mehr geschlafen? Ich konnte mich nicht erinnern. Meine Haut war wund, wo mich Di mit dem Spray erwischt hatte, auf meinem Kinn stand Bart von zwei Tagen, meine Augen brannten, weil ich sie zu viele Stunden schon ununterbrochen geöffnet hielt, und meine Handgelenke und mein Brustkorb schmerzten immer noch. Ich fand ein Münztelefon – es war dasselbe, von dem aus ich auch vor meinem ersten Besuch im Sunset telefoniert hatte – und wählte die Nummer, die mir Rodeo gegeben hatte, war aber erleichtert, als mir die Frau am Apparat mitteilte, Sharon arbeite heute Abend nicht.

»Morgen ist sie wieder da, fängt um eins an. Wollen Sie einen Termin ausmachen oder lieber noch mal anrufen?«

»Wir machen jetzt einen Termin«, sagte ich. »Eins ist gut.«

»Wie lange wollen Sie, eine halbe oder eine ganze Stunde?«

»Eine halbe Stunde«, ich dachte an meine schwindenden Geldreserven. Ob ich morgen noch mal würde abheben können, war ganz und gar nicht sicher.

»Waren Sie schon mal hier?«

»Nein.«

»Von der Ecke 51st und Second sehen Sie einen Supermarkt, wir sind direkt gegenüber. Rufen Sie einfach noch mal unter dieser Nummer an, und wir sagen Ihnen, wohin Sie müssen.«

Das Prinzip mit den zwei Anrufen war anscheinend Standard. Ich vermutete, dadurch hatten die Frauen die Möglichkeit, aus dem Fenster zu spähen und nachzusehen, wen sie da hereinließen. Wenn Di allerdings mit ihrer Behauptung recht hatte und ihre Kunden allesamt widerliche Typen waren, dann fragte ich mich, wie jemand aussehen musste, der weggeschickt wurde. Vielleicht musste man wirklich ein blutiges Messer dabeihaben – oder eine Polizeimarke.

Oder vielleicht, dachte ich und fuhr mir mit der Hand übers Kinn, musste man nur unrasiert und verstört wirken, blutunterlaufene Augen, ungewaschene Haare und seit zwei Tagen die Klamotten nicht mehr gewechselt haben.

Ich musste mich ein bisschen waschen. Und mich ausruhen. Normalerweise wäre ich nach Hause gefahren, aber das konnte ich heute Abend nicht und die nächstbeste Möglichkeit – ein Hotel – fiel auch aus, denn dort hätte ich eine Kreditkarte vorweisen müssen. Genauso gut hätte ich mich auf der nächstgelegenen Wache selbst stellen können.

Was blieb mir also übrig?

Auf der Straße war es kalt. Vielleicht brachte mich das auf den Gedanken. Vielleicht war es aber auch einfach nur die Sorte Idee, die man sich selbst zuflüstert, wenn die Nadel der Tankanzeige in den roten Bereich ausschlägt. Ich überlegte, wo es in der Stadt warm war, was die ganze Nacht geöffnet hatte und wo ich nicht weit von hier ungestört sitzen bleiben konnte, und zwar für unter hundert Dollar?

Ich sagte mir: *Dem gehören so viele. Er kann unmöglich überall auftauchen. Wahrscheinlich geht er sowieso nie hin. Auf jeden Fall würde er nicht auf die Idee kommen, dass ich hingehe.*

Und vielleicht, dachte ich, nur vielleicht würde ich etwas herausbekommen, wodurch ich die Verantwortung für Ramos' Tod dem tatsächlich Schuldigen zuschieben konnte.

Ich hielt nach den Bullen Ausschau und wandte mich Richtung Norden, nach Little Korea.

Auf der 32nd Street zwischen der Fifth und der Sixth Avenue, im Schatten des Empire State Building, waren Straßenschilder auf Englisch eher die Ausnahme. Selbst diejenigen, die aussahen, als seien sie in englischer Sprache verfasst, entpuppten sich bei näherer Betrachtung als Transkriptionen aus dem Koreanischen. In der Mitte des Straßenzugs befand sich eine Citibank, eine Oase beruhigenden Blaus, inmitten eines wilden Wusts aus Neon-Piktogrammen und Leuchtreklamen, die mit überlebensgroßen Fotos von *Bibimbap* und *Bulgoki* für ihren durchgängig geöffneten Tischgrill warben. In dieser Straße waren sogar die Schaufenster der Citibank mit koreanischen Gesichtern tapeziert, und die Bankautomaten boten Koreanisch als erste Alternative zu Englisch an.

Ich entschied mich für Englisch und hob weitere 400 Dollar in bar ab. Das war die Obergrenze dessen, was ich vom Automaten bekommen konnte, und es lag nicht weit unter dem, was auf meinem Konto noch zu holen war. Es würde reichen müssen.

Hinter jeder dritten Schaufensterfront befand sich ein Restaurant. Billige Import/Export-Läden, deren Auslagen vor asiatischen DVDs und silberbestickten Kleidern nur so überquollen, machten ein weiteres Drittel aus. Das letzte Drittel schließlich waren Wellnesssalons, und ich betrachtete jedes einzelne Schild, auf der Suche nach »Vivacia«. Endlich fand ich es auf einer Werbetafel am Bordstein. Von außen betrachtet, hätte man nie vermutet, dass sich in dem Gebäude etwas der Gesundheit Dienliches befand, schon gar kein Wellnesssalon – die Außenwände wirkten schmuddelig, und die Haustür führte lediglich in einen schlecht beleuchteten Eingangsbereich mit einem Fahrstuhl in der Mitte und einer Brandschutztür ganz hinten. Doch laut Tafel gab es in einem der fünf Stockwerke einen Nachtklub, eine Karaokebar in einem weiteren und ganz oben den besten Wellnesssalon von Little Korea. Auf der Tafel war ein Foto von einer Frau in einem Handtuch auf einer Saunabank zu sehen. Daneben stand: »Vivacia – Männer, Frauen, Paare – 24 Stunden.«

Ich zog die Tür auf und ging zum Fahrstuhl. Einen Augenblick später torkelte ein betrunkenes Pärchen lachend heraus, und ich nahm nicht ganz ohne Bedenken dessen Platz im Fahrstuhl ein. Darin war es sogar noch schmuddeliger als im Flur, wenn auch nicht ganz so düster. Ich spürte den dröhnenden Basslauf aus dem Nachtklub an- und abschwellen, als sich der Fahrstuhl dem dritten Stock näherte und daran vorbeifuhr.

Die Tür öffnete sich im fünften Stock, und der Kontrast hätte kaum größer sein können. Flackerndes Kerzenlicht erhellte den Flur, und außer Vogelgezwitscher und einer sanften Brandung, die aus versteckten Lautsprechern drang, war kein anderes Geräusch zu hören. Am Empfangstresen saß eine auffallend schöne Koreanerin in einem pastellblauen T-Shirt, das sich an ihre Kurven schmiegte. Hinter ihr führte ein S-förmiger Laufsteg zu drei steinernen Pools, um die herum Palmwedel kunstvoll drapiert waren.

Ich muss entsetzlich ausgesehen haben, doch dem Gesichtsausdruck der Frau war weder Abscheu noch Sorge anzusehen. Sie kam hinter dem Tresen hervor und streckte mir eine Hand entgegen, die ich schüttelte. Sie wog ungefähr 30 Gramm. »Hallo«, sagte sie. »Willkommen bei Vivacia. Mister ...?«

»Smith«, sagte ich. »James Smith.«

»Sehr schön«, sagte sie. »Haben Sie einen Termin, James?«

»Nein«, sagte ich. »Ich dachte, ich nutze einfach nur die Einrichtung.«

»Selbstverständlich«, sagte sie. »Waren Sie schon einmal bei uns?«

Ich schüttelte den Kopf.

»Erlauben Sie mir, dass ich Sie herumführe.« Sie griff hinter sich an die Wand und nahm etwas vom Haken, das sie mir hinhielt. Es war ein Schlüssel an einem Band. Ich nahm ihn.

Sie führte mich zum Steg und lenkte mich dann nach rechts. Eine doppelte Reihe mit Schließfächern aus Holz befand sich an einer Wand hinter zwei Sofas, deren hohe Sitzlehnen die Schließfächer mehr oder weniger vor Blicken schützten. »Hier können Sie sich umziehen. Dort finden Sie ein Handtuch und einen Bademantel ...«, sie deutete jeweils auf einen ordentlich zusammengelegten Stapel, »... die Duschen sind hier drüben.«

Sie stieg ein paar Stufen mit mir hinauf, vorbei an den Aufwärmbecken. Im hinteren Pool lag ein Asiate mit geschlossenen Augen, der Kopf hinten auf den Steinplatten ruhend. Dutzende von Zitronen wippten an der Wasseroberfläche.

»Hier brausen Sie sich ab«, sagte die Frau noch einmal und deutete auf drei Duschköpfe in einem offenen Gemeinschaftsbereich. »Dann gehen Sie in die Sauna ...« Sie wies mit der Hand auf einen igluartigen Bau auf der anderen Seite des Raums, dessen Eingang durch eine Art Holztür versperrt wurde, wie man sie auf einer Burg in einem Film mit Errol Flynn erwarten würde. »Oder Sie probieren unser Dampfbad aus.« Sie zeigte auf eine frei stehende Kammer in der Mitte des Raums. Die seltsam verwinkelten Wände des Dampfbads waren aus Glas, doch mehr als die verschwommenen Umrisse verschiedener Figuren ließen sich nicht erkennen. Die Tür ging auf, und ein Mann mit rasiertem Schädel tauchte aus einer Dampfwolke auf, hielt mit einer Faust das Handtuch fest, das er sich umgewickelt hatte.

»Vielleicht möchten Sie in unserem Meditationsraum aus Lehm ausruhen«, fuhr die Frau fort. Sie deutete wieder Richtung Empfangstresen, in dessen Nähe sich eine große Lehmkuppel erhob. »Lassen Sie sich Zeit. Wenn Sie so weit sind, melden Sie sich zur Massage. Oder zum Körperpeeling?«

Ich dachte an meine verbundene Brust und die gebrochene Rippe. »Heute Abend nicht. Nur die Bäder.«

Ihr Gesichtsausdruck veränderte sich kaum merklich, verhärtete sich. »Das müssen Sie ja nicht jetzt entscheiden. Vielleicht überlegen Sie es sich ja noch.«

»In Ordnung«, sagte ich. »Vielleicht.«

Sie streckte mir wieder eine Hand entgegen, aber diesmal zeigte die Handfläche nach oben, und sie erwartete nicht, dass ich einschlug. »Einhundert Dollar«, sagte sie. »Bitte.«

Julie hatte siebzig gesagt. Aber in meiner Lage konnte ich schlecht darüber diskutieren.

»Natürlich«, sagte ich und griff in die Tasche.

Als ich zu den Schließfächern zurückging, war ich erstaunt, dort ein Paar beim Umziehen anzutreffen. Erstens hatte ich die Begriffswahl auf der Straßentafel für einen Trick gehalten, um die Polizei fernzuhalten – ich hatte nicht damit gerechnet, hier tatsächlich auch weiblichen Gästen zu begegnen. Und zweitens wirkten weder der Mann noch die Frau auch nur im Geringsten verlegen, als ich eintrat, während sie unbekleidet dort standen. Ich öffnete meinen Spind und hängte meine Jacke auf. Der Mann wickelte sich lässig ein Handtuch um die Taille, und seine Freundin – oder Frau? – löste ihren BH und ließ ihn von der Schulter gleiten. Sie waren beide ein gutes Stück älter als ich, er trug das weiße Haar kurz geschnitten wie ein angesehener Senator, und sie hatte die leicht angespannten Gesichtszüge einer Frau, die gerade Botox oder Facelifting oder beides für sich entdeckt hatte. Aber beide waren gut in Form, wovon ich mich gründlicher überzeugen konnte, als mir lieb war. Vielleicht lag es daran, dass sie häufig Wellnesssalons besuchten.

Der Mann nickte mir zu, als beide an mir vorbei zu den Duschen gingen. Die Frau blieb stehen und drehte sich noch einmal um, ihr Bademantel war geöffnet. »Wir sehen uns in der Sauna«, sagte sie. Sie berührte meine Wange mit den Fingerspitzen, tippte zweimal darauf. »Aber rasieren Sie sich vorher.«

So ein Laden war das also.

Ich fragte mich, wie die Professionellen damit umgingen, dass Swinger ihr Revier plünderten. Deshalb kostete der Eintritt allein schon hundert Dollar, dachte ich. Damit kamen sie auf ihren Schnitt, selbst wenn sich die Kunden nur untereinander vergnügten.

Ich zog Hemd und Hose aus, schloss sie zusammen mit meinen Schuhen und Socken ein und schlüpfte rasch in einen Bademantel. Ich wollte nicht, dass jemand hereinkam und sich wegen des Verbands wunderte. Unter die Gemeinschaftsdusche würde ich mich heute nicht stellen und auch nicht in die Aufwärmbecken legen, heute nicht.

Und Rasieren fiel ebenfalls aus. Aber mein Geld steckte ich in die Tasche, sicher ist sicher.

Die Holztür war genauso schwer, wie sie aussah. Ich musste mit beiden Händen fest daran ziehen, damit sie sich öffnete, und noch einmal, als ich endlich drinnen war, um sie wieder zu schließen. Im Inneren des Steiniglus war es dunkel, abgesehen von der orange glühenden Hitzelampe, die in die Decke eingelassen war und die gewebten Sisalmatten am Boden beleuchtete. An den Wänden des Raums standen kreisförmig angeordnet Holzbänke im Schatten.

Es war heiß, hundert Grad irgendwas – draußen vor der Tür war eine digitale Anzeige angebracht, und obwohl ich nicht darauf geachtet hatte, wusste ich, dass es auf jeden Fall eine dreistellige Zahl angezeigt hatte.

In einem Behälter von der Größe eines kleinen Ofens neben der Tür lagen glühend heiße Steine. Das Pärchen aus der Umkleide saß ziemlich dicht daneben. Ich setzte mich auf die gegenüberliegende Seite, legte mein Handtuch neben mich, behielt aber meinen Bademantel an, zugebunden.

Nach einer Minute fragte mich die Frau mit sanfter Stimme: »Ist wohl Ihr erstes Mal?«

Wieso wurde ich das immer wieder gefragt? War ich denn wirklich so offensichtlich *unbeleckt* wie Susan meinte? »Ja«, sagte ich.

»Das ist süß. Brian, ist das nicht süß?« Der Senator pflichtete ihr bei. Sie wandte sich mir erneut zu. »Es gibt keinen Grund, nervös zu sein.«

Eine weitere Minute verstrich und sie fragte: »Wie heißen Sie? Ich bin Grace.«

Jetzt galt es, Schaden abzuwenden. »Grace«, sagte ich. »Tut mir leid, ich will wirklich nur in die Sauna gehen. Sonst nichts.« Ich setzte hinzu: »Nichts für ungut.«

Sie sah aus, als hätte ich sie mit kaltem Wasser übergossen, was unter den gegebenen Umständen als kleines Kunststück gelten musste. Sie lehnte sich zurück und verschränkte die Arme über der Brust.

»Pech gehabt«, sagte Brian.

Er schöpfte eine Kelle voll Wasser aus dem Holzeimer zu seinen Füßen und goss es über die heißen Steine. Es zischte und im Raum verbreitete sich Mentholgeruch.

Ich habe Pech gehabt, dachte ich. Mister, Sie kennen nicht mal die halbe Wahrheit.

Ich faltete das Handtuch auseinander und wickelte es mir um Kopf und Schulter und stützte meine Stirn auf den Händen ab. Ich musste die Welt aussperren. Ich musste die Augen schließen, in der Hitze brüten und den Horror der vergangenen 72 Stunden ausschwitzen. Kaum zu glauben, dass ich vor wenigen Tagen noch mit Dorrie gesprochen hatte, es war ihr gut gegangen, sie war glücklich gewesen – jedenfalls so glücklich, wie sie sein konnte. Auf alle Fälle ganz bestimmt nicht unglücklich und weiß Gott nicht selbstmordgefährdet. Freitagabend hatte sie beim Essen fast schon aufgeregt geklungen – sie hatte über die Hälfte des letzten Kapitels für Stu Kennedy fertig und glaubte, es in der kommenden Woche beenden zu können. Deshalb hatte ich ihr die ganzen

Materialien gemailt, die ich zusammengetragen hatte, damit sie hier und da etwas davon verwenden und in den zweiten Entwurf einarbeiten konnte, wie es ihren Vorstellungen entsprach. Jedes Mal, wenn sie einen Entwurf für etwas, an dem sie gerade arbeitete, fertiggestellt hatte, fühlte sie sich so gut, war so zufrieden. Deshalb war sie an die Columbia gegangen, es vermittelte ihr ein Gefühl von Erfüllung. Das Gefühl, sich ein Ziel gesetzt und es erreicht zu haben. Das tat ihr gut.

Und dann kam der Sonntagmorgen.

Die Plastiktüte und die Pillen und das Buch auf dem Boden.

Wieso hatte ich das verdammte Buch überhaupt gekauft? Wieso hatte ich es in die Hand genommen, als ich es auf dem Ständer mit den ausgemusterten Büchern für einen Dollar draußen vor der Mercantile Library entdeckt hatte? Und wenn ich es schon hatte kaufen müssen, wieso zum Teufel hatte ich es nicht weggeräumt, damit Dorrie es nicht fand, sondern hatte es stattdessen aufgeschlagen auf meinem Nachttisch liegen lassen? Hatte ich *gewollt*, dass sie mich danach fragte, dass sie sich Sorgen machte, ob ich vielleicht an Selbstmord dachte? *Hatte* ich daran gedacht? Wenn ja, hätte ich wohl kaum ein Buch gebraucht, um zu wissen, wie's geht.

Und ich hatte auch nicht daran gedacht. Nicht ernsthaft. Ich hatte nur eine schlechte Phase gehabt – zu viele Nächte, in denen mir Miranda in meinen Träumen entgegenkam, zu viele Morgenstunden, in denen ich ab zwei Uhr früh wach lag und mir Mirandas Stimme in den Ohren hallte: *Du hast mich auf dem Gewissen, John. Du hast mich getötet.* Aber die Phase war vorübergegangen, solche Phasen gingen immer vorüber und *In Würde Sterben* war einfach nur ein Teil davon gewesen. Bei Dorrie war das genauso. Sie hatte es auch nicht ernst gemeint.

Aber das Schwein, das sie in die Wanne gelegt hatte, hatte es ernst gemeint.

Ich nahm meine Brille ab, klappte die Bügel zusammen und steckte sie in die Tasche meines Bademantels. Ich musste mir über die Augen wischen. Das lag an der Hitze, sagte ich mir – das stimmte auch, ich schwitzte wahnsinnig. Aber ich wusste, dass ich mit dem Schweiß auch Tränen wegwischte.

Doch was sind Schweiß und Tränen schon ohne Blut? Das Blut, das ich vergossen hatte, konnte ich nicht wegwischen. Auf der Innenseite meiner Augenlider tauchte ein Bild von Jorge Ramos mit aufgeschlitzter Kehle auf. Eines von Miranda, meiner Liebe, meiner ersten Liebe – tot bevor sie dreißig wurde, sie starb einen entsetzlichen Tod, und es war mein Fehler, meine Schuld.

Und Susan – ich sah Susan, wie sie im dunklen Corlears Hook Park in meinen Armen lag, Blut strömte aus den Wunden in ihrer Brust, ihr Pullover war völlig durchtränkt, meine Hände total verschmiert.

So viel Blut. Ich konnte gar nicht genug schwitzen, konnte nicht genug weinen, um alles wegzuwaschen.

Minuten verstrichen oder Stunden, ich weiß es nicht. Im Dunkeln und in der Hitze ticken die Uhren anders. Ich saß einfach nur da, verdorrte von außen nach innen. In der Zwischenzeit war ich sicher, dass die Polizei das Netz immer enger ziehen und sich fragen würde: Wo ist John Blake? Wo steckt der frischgebackene New Yorker Mörder?

Als die Tür aufgezogen wurde, sah ich nicht einmal hoch, sondern hielt die Hände vors Gesicht geschlagen, den Kopf ins Handtuch gewickelt. Ich hörte Schritte, dann das Knarren der Bank, auf die sich jemand setzte und sich die Schlappen von den Füßen schnickte. Das Zischen einer weiteren Kelle Wasser auf den Steinen. Dann Graces Stimme, sanft wie zuvor, diesmal aber besonders verführerisch schnurrend: »Mickey. Ich hatte gehofft, dass du kommst.«

Und eine Männerstimme antwortete, eine Stimme, die ich kannte, eine Stimme, die die Temperatur meines überhitzten Bluts augenblicklich auf unter null sinken ließ.

»Es ist Mitternacht«, sagte Miklos mit seinem breiten ungarischen Akzent. »Wo soll ich sonst sein?«

18

Ich hielt den Kopf gesenkt, versuchte, mich langsam hinauszuschieben. Ich hörte weitere Schritte, leichtere, die den Raum durchquerten. Als Grace wieder etwas sagte, saß sie neben mir, offenbar auf dem Boden, ihre Stimme erklang aus Hüfthöhe an meiner Seite.

»Mickey, Mickey. Ich hatte nicht gehofft, dass du hier sein würdest, so habe ich das nicht gemeint. Ich wusste, dass du hier sein würdest. Ich meinte, ich hatte gehofft, dass du *kommst.*«

Sie sagte dies, als habe es sich um eine unheimlich geistreiche Bemerkung gehandelt, und Miklos belohnte sie mit einem Lachen.

»Dann tu was dafür, dass ich komme«, sagte er. »Wenn du dir solche Sorgen machst.«

Ich hörte Stoff über Stoff streifen – ein Handtuch, das abgelegt wurde – und dann das älteste Geräusch der Welt, Fleisch auf Fleisch. »Oh, das ist schön, das ist gut«, murmelte Grace, als würde sie zu einem Haustier sprechen, einem artigen jungen Hund vielleicht. »Das ist wunderbar«, der Takt wurde jetzt schneller. Und dann hörte sie auf zu reden, wahrscheinlich weil man mit vollem Mund nicht spricht.

»Junge«, sagte Brian, und ich brauchte eine Sekunde, bis ich begriff, dass er mit mir redete, »das solltest du dir ansehen. Vielleicht kannst du was lernen.«

Ich drehte mich nicht um, sah nicht zu ihm hin, und die drei mussten gedacht haben, es sei mir peinlich oder ich sei prüde. Von mir aus. Vielleicht hätte mir Grace tatsächlich was beibringen können, man weiß nie – aber wozu hätte ich es noch lernen sollen, wenn ich Miklos dafür mein Gesicht zeigen musste?

Ich stand auf und ging zur Tür. Das Gesicht abgewandt, das Handtuch in der Hand, hielt ich meinen Kopf bedeckt. Aber ich brauchte beide Hände, um die Tür aufzustoßen, und als ich dagegendrückte, spürte ich, wie das Handtuch fiel und mir auf die Schulter rutschte.

Einen entsetzlichen Moment lang war der Fellatio-Rhythmus unterbrochen, und ich dachte, vielleicht hatte Miklos sie zurückgehalten, war aufgestanden, hatte mich an meinem Hinterkopf erkannt und würde nun mit seinen Riesenpranken von hinten nach mir greifen. Die Hitze schien plötzlich erdrückend und die Dunkelheit angsteinflößend, das gedämpfte orangefarbene Licht hatte etwas Teuflisches. Und die Tür wollte sich nicht öffnen lassen.

Aber offenbar hatte Grace nur kurz Luft geholt, denn die Geräusche setzten sich fort, und nach einem weiteren kräftigen Stoß öffnete sich die Tür. Ich trat in die kühlere Luft hinaus, schloss die Tür und bemühte mich, meinen rasenden Puls unter Kontrolle zu bringen. Am liebsten wäre ich gerannt, hätte meine Klamotten gepackt und mich so schnell wie möglich verzogen – aber ich wusste, dass ich mich trotz der Gefahr, in der ich mich hier befand, auf der Straße nicht unbedingt sicherer fühlen würde. Tolle Alternative: Miklos oder die Bullen. Immerhin würden mich die Cops nicht sofort erschießen, sobald sie mich sahen – wahrscheinlich jedenfalls nicht. Aber die Cops konnten und würden mich in den Knast stecken. Und das war wie ein aufgeschobenes Todesurteil, sofern jemand mit mir einsaß, der Miklos noch einen Gefallen schuldete. Einer würde genügen.

Ich setzte meine Brille wieder auf und ging so ruhig ich konnte zum Empfangstresen. Die Frau sah zu mir auf und lächelte.

»Na, haben Sie es sich anders überlegt?«

»Ja«, sagte ich. Ich nahm eine Broschüre von dem Stapel auf dem Tresen, blätterte sie durch und suchte ein Versteck. Hydrotherapie? Ich konnte nicht sicher sein, dass er dort nicht auftauchen würde. Salzpeeling? Die Räume fürs Peeling schienen alle gemeinschaftlich genutzt zu werden. Dann stieß ich auf die Seite mit den Gesichtsmasken. »Wie wär's damit?«

Sie sah auf die Stelle, auf die ich mit dem Finger zeigte. »Gurkenmaske«. Auf dem Foto war eine Frau zu sehen, deren gesamtes Gesicht mit einer grünen Paste bedeckt war. Auf jedem Auge lag eine Gurkenscheibe, und ihr Haar war in ein Handtuch gewickelt.

»Das ist nur für Frauen. Für Männer haben wir dies hier.« Die Frau wanderte mit dem Finger die Liste herunter, bis sie an ein Angebot mit der Überschrift »Schlammmaske« kam. Auf dem Foto war ein männliches Fotomodell zu sehen, das sich die Maske hatte auftragen lassen. Wahrscheinlich hatte er ausgeprägte Gesichtszüge, denn sonst wäre er wohl kaum Fotomodell geworden, aber man sah nichts davon, da er vom Haaransatz bis zur Kehle im Schlamm steckte.

»Schön«, sagte ich.

»Wann wäre es Ihnen denn recht?«

»Jetzt«, sagte ich.

Sie streckte mir wieder ihre geöffnete Hand entgegen, und ich zählte Zwanziger für sie ab, noch bevor sie überhaupt den Preis genannt hatte. Einhundertzwanzig Dollar. Mein Geld schwand rasch.

Sie führte mich um eine niedrige Mauer hinter dem Tresen herum vor die Kuppel des Meditationsraums. Sie klopfte einmal, öffnete die Tür und sah hinein. Darin sah es aus wie in der Sauna, nur größer, heller, und es herrschte normale Zimmertemperatur. Über ihre Schulter hinweg sah ich eine Frau, die an eine Wand gelehnt ein Nickerchen machte. »Einen Augenblick.« Sie trat ein und schloss die Tür hinter sich.

Ich sah mich um. Der Wellnesssalon bestand praktisch aus einem einzigen Raum, der von überall aus einsehbar war. Von meinem Standort aus konnte ich die Front des Iglus sehen, und jeder, der herauskam, würde mich sehen. Ich wandte mich ab. Wie lange würde Grace brauchen, um ihr Versprechen einzulösen? War es der Beginn eines ausgelassenen Abends zu dritt oder nur ein schneller Mitternachtsquickie?

Ich hörte ein scharrendes Geräusch und sah, dass die Holztür der Sauna aufgedrückt wurde. Ich wartete nicht, bis ich sah, wer herauskam. Ich öffnete die Tür zum Meditationsraum und ging hinein.

»James«, sagte die Empfangsdame. »Ich wollte Sie gerade holen.« Die Frau, die ein Nickerchen gehalten hatte, war jetzt wach und auf den Beinen. Sie sah nicht älter aus als siebzehn. »Das ist Lisa. Ihre Therapeutin.«

»Schön«, sagte ich. »Können wir anfangen?«

»Sie müssen sich entspannen, James. Einfach mal loslassen.«

Ich bekam ein müdes Lächeln hin, versuchte, mir meine Panik nicht anmerken zu lassen.

»Das wird ganz wunderbar, James. Lassen Sie sich Zeit, und genießen Sie es.« Sie sagte etwas auf Koreanisch zu der anderen Frau, die nickte.

Lisa bewegte sich langsam, entsetzlich langsam, legte alles zurecht. Ich wartete darauf, dass die Tür aufgerissen wurde und Miklos lachend hereinkam, den Arm um Graces Hüfte geschlungen. Ich stellte mir vor, wie er einen Augenblick brauchen würde, um mich wiederzuerkennen, aber nur einen Augenblick – dann würde es brutal werden.

»Lege Sie sick hin«, sagte Lisa. Sie hatte einen starken Akzent.

Eine Plastikmatte lag ausgebreitet auf dem Boden, ein zusammengefaltetes Handtuch diente als Kopfunterlage. Ich legte mich darauf. Lisa nahm eine Plastikschüssel aus einem Schrank, während die Frau vom Empfang langsam den Raum verließ. Ich nahm die Brille ab und steckte sie mir wieder in die Tasche.

Lisa brauchte ewig, um sich neben mir niederzulassen und die Mixtur in der Schüssel so anzurühren, dass sie die gewünschte Konsistenz hatte. Ich sah immer wieder zur Tür, jedes Mal, wenn ich draußen Schritte hörte. Ich fühlte mich erst sicherer, als Lisa mir den kühlen Schlamm auf Wangen und Stirn schmierte. Ein dicker Pinselstrich und meine Nase war verschwunden, ein weiterer und mein Kinn war weg, und ein dritter befreite mich von meinen Augenbrauen. Innerhalb einer Minute war mein Gesicht vollständig bedeckt. Meine eigene Mutter, Gott hab sie selig, hätte mich nicht erkannt. Mein rasender Puls kam allmählich zur Ruhe.

Und der Schlamm fühlte sich gut an, beruhigte die Stellen, auf denen das Pfefferspray gebrannt hatte.

»Wie lange?«, fragte ich. Etwas von dem Schlamm tropfte mir in den Mund, und ich spuckte aus.

»Eine halbe Stunde«, sagte Lisa. »Wollen Sie's weniger lang?«

»Eher länger«, sagte ich.

»Eine Stunde?«

»Zwei Stunden.«

»Nicht länger als neunzig Minuten«, sagte sie. »Sonst ist das schlecht für Ihre Haut.«

»In Ordnung«, sagte ich. »Neunzig Minuten.«

Ich dachte einen Augenblick, sie habe den Raum verlassen, so still war es. Doch dann spürte ich ihre Hand auf mir, zunächst den Druck ihrer Handfläche auf meinem Oberschenkel, dann ihre Finger, die sich durch die Falten meines Bademantels hindurchschlängelten.

Ich griff nach unten, packte sie am Handgelenk und zog ihre Hand wieder heraus.

»Wollen Sie keine Spezialmassage ...?«

Wahrscheinlich hätte ich sowieso keinen hochgekriegt – Angst und Müdigkeit töten die Libido zuverlässiger ab als Salpeter. Aber das war nicht der Hauptgrund, weshalb ich sie nicht weitermachen ließ. Ebenso wenig lag es daran, dass ich bezahlten Sex grundsätzlich ablehnte. Ich hatte Dorrie nicht vorgeworfen, Sex zu verkaufen, wie hätte ich Männern also vorwerfen können, das Angebot anzunehmen? Aber wenn man Sex kaufen wollte, brauchte man das Geld, um ihn zu bezahlen – und ich konnte mir keinen leisten, es sei denn, er war im Preis der Schlammmaske inbegriffen.

Ich tätschelte ihre Hand und sagte: »Nein, danke«, wie der wohlerzogene junge Mann, der ich war. Neunzig Minuten dringend benötigter Schlaf waren jetzt alles, woran ich noch denken konnte.

Anderthalb Stunden Bewusstlosigkeit wirken nicht erfrischend, wenn man nicht wirklich auf dem letzten Loch pfeift, aber das hatte ich getan. Ich wachte auf, als mir jemand mit einem feuchten Schwamm vorsichtig den Schlamm aus dem Gesicht wischte. Jemand kniete hinter mir, vermutlich Lisa. Mein Kopf lag in ihrem Schoß. Mit einer Ecke des Schwamms fuhr sie mir in die Kuhle zwischen Nase und Oberlippe. Sie war sehr gründlich.

»Danke«, sagte ich, als meine Lippen sauber waren. Und dann, weil ich es einfach wissen musste: »Darf ich Sie etwas fragen?« Sie beugte sich vor, und ihr Gesicht schwebte über meinem. Lisa. »Ist Miklos noch da? Großer Mann. Große Hände.« Ich gestikulierte, um ihr begreiflich zu machen, dass ich eine größere Hand meinte. »Er war vorhin hier ...«

»Nein«, sagte sie. »Weg. Lange weg.«

»Sind Sie sicher?«

Sie nickte. »Bleib nie lange.«

»Kommt er jeden Abend?«

»Ja. Ick glaube, holt Geld. Von Miriam.« Plötzlich klang sie, als sei sie auf der Hut. »Wieso? Freund von Ihne?«

An ihrem Ton hörte ich, auf wessen Seite sie stand.

»Nein«, sagte ich. »Das ist kein Freund von mir.«

»Gut«, sagte sie. Sie hielt inne. »Is keine gute Mensch.«

»Meine Liebe«, sagte ich, »da sprechen Sie wahre Worte gelassen aus.«

Nachdem mich Lisa sauber gemacht hatte, trat ich vorsichtig in den Hauptraum hinaus. Das Licht war noch gedämpfter als zuvor, einige Kerzen waren ausgegangen und ein oder zwei flackerten. Niemand zu sehen. Ich sah in der Sauna nach. Sie war leer. Eine Uhr an der Wand zeigte an, dass es fast zwei Uhr morgens war. Ich war sicher, dass irgendwo ein Dutzend schöne Mädchen bereitstand, genau wie Julie gesagt hatte, aber im Moment gehörte der Laden mir.

Damit hatte nun Duschen oberste Priorität, zum ersten Mal seit Tagen. Ich hängte meinen Bademantel an einen Haken, drehte die Hähne unter den Duschköpfen auf und hielt Arme und Beine unter den Sprühregen, versuchte dabei, den Verband um meinen Oberkörper möglichst nicht nass zu machen. Ich wickelte mir ein Handtuch um den Verband und seifte mich ein, spürte Erleichterung, als Schweiß und Schmutz von mir abgespült wurden. In der Nähe der Duschen stand ein kleiner Tisch mit verschiedenen Produkten – Wattestäbchen, Wattebäusche, Mundwasser, Zahnpasta, Wegwerfrasierer. Ich putzte mir die Zähne, spuckte auf den Fliesenboden und sah zu, wie mein Speichel in den Abfluss gesogen wurde. Ich gurgelte und spuckte wieder aus.

Ich packte einen Rasierer aus, spritzte mir eine Handvoll Schaum in die Handfläche und seifte mein Gesicht ein. Die Schlammmaske hatte meine Haut weicher gemacht, und die

Stoppeln ließen sich problemlos entfernen. Ich rasierte mich zweimal, einmal mit der Wuchsrichtung und einmal entgegengesetzt. Dann betrachtete ich mich im Spiegel über dem Tisch und fuhr mir mit den Fingern durchs Haar. Es hatte keinen besonders hohen Wiedererkennungswert – nicht wie das üppige weiße Haar von Steve Martin, auch trug ich keinen Vokuhila oder sonst irgendeinen Schnitt, den man als Suchmeldung hätte herausgeben können, aber es war nun mal mein Haarschnitt, und ich war sicher, dass denen schon eine passende Beschreibung einfallen würde. Anders als an meinem restlichen Erscheinungsbild ließ sich daran problemlos etwas ändern. Ich überlegte kurz, ob ich hier vielleicht auch Haarfärbemittel finden würde – aber es war ein Badesalon, kein Friseur, und hauptsächlich verkehrte hier männliche Kundschaft. Ich konnte mir kaum vorstellen, dass die Nachfrage danach allzu groß war. Dann fiel mir der Mann wieder ein, der aus dem Dampfbad gekommen war, der mit dem rasierten Schädel.

Na ja, wenn ich mein Aussehen verändern wollte ...

Ich fand Lisa, hinten im Meditationsraum. Ich bat sie um eine Schere, ahmte mit der Hand eine nach. Eine Minute später kam sie mit zwei Scheren zurück, einer winzig kleinen aus einem Maniküreset und einer echten Haarschneideschere, an der noch zusätzlich eine Art Metallhaken befestigt war, auf dem man den kleinen Finger abstützen konnte. Ich nahm beide.

Vor dem Spiegel bündelte ich meine Haare faustweise und schnitt sie so dicht am Schädel ab wie nur möglich. Als ich fertig war, sah ich aus, wie ein Krebsleidender nach der Chemo. Ich bedeckte die unregelmäßig geschnittenen Stoppeln mit einer dicken Schicht Rasierschaum, packte einen neuen Rasierer aus und machte mich mit langsamen, sorgfältigen Zügen an die Arbeit.

Ich hatte mir noch nie den Schädel rasiert. Man kann sagen, was man will, dass Michael Jordan sexy damit aussieht und vor ihm Yul Brynner und Telly Savalas, aber bei mir sah es schrecklich aus und das nicht nur, weil ich mich immer wieder schnitt. Auf halber Strecke wünschte ich, ich hätte nie angefangen. Aber für einen Rückzieher war es längst zu spät.

Ich hielt den Kopf unter die Dusche, wusch Schaum und Stoppeln ab, sah in den Spiegel und widmete mich den Stellen, die ich übersehen hatte. Als ich fertig war, trocknete ich mir den Schädel, warf ein bisschen Lotion drauf und wandte mich von meinem Spiegelbild ab. Mit Schönheit hatte das nichts zu tun. Hier ging es ums nackte Überleben.

Ich sah noch einmal auf die Uhr. Halb drei. Immer noch eine Menge Zeit totzuschlagen.

Ich ging ins Dampfbad. Meine Brillengläser beschlugen sofort, und als ich die Brille abnahm, war es nicht viel besser – in dem dichten weißen Nebel konnte ich nichts erkennen. Aber das war gut so. Es bedeutete, dass mich auch sonst niemand, der vielleicht um drei, vier oder fünf Uhr früh hier hereinspazieren würde, sehen konnte.

Ich machte es mir bequem. Ich würde so lange hier bleiben, wie ich durfte. Ich störte niemanden, sie hatten mir über zweihundert Dollar abgeknöpft, und der Laden war leer – es gab keinen Grund, weshalb sie mich hätten rauswerfen sollen. Und als sie es schließlich doch taten und ich mein Gesicht wieder auf der Straße zeigen musste, fuhr ich mir mit der Hand über meinen seltsam kahlen Schädel und dachte, dass mein Gesicht nicht mehr dasselbe war wie das, nach dem die Cops suchten. Man würde zweimal hinsehen müssen, um mich zu erkennen.

Zweimal war nicht viel. Aber es würde genügen müssen.

19

Vor dem Food Emporium, hatte man mir gesagt, solle ich Ausschau halten. Ich sah mir alle Gebäude an der Second Avenue an, als das Taxi an der Straßenecke vorfuhr. Viele drei-, vier- und fünfstöckige Gebäude, die noch aus der Jahrhundertwende stammten – der vorletzten Jahrhundertwende –, als die Gegend noch ein irischer Slum gewesen war. Damals, als die Hochbahn fuhr, lange bevor John D. Rockefeller sieben Hektar Land kaufte, auf dem einst Schlachthäuser gestanden hatten, und sie völlig frei von Ironie den Vereinten Nationen für deren Hauptquartier zur Verfügung stellte, lange bevor Stephen Sondheim, Katharine Hepburn und Kurt Vonnegut die kleinen Gebäude als charmante und bequeme Wohnhäuser für sich entdeckten und diese noch krakeelenden Generationen von Arbeitern als Behausung dienten. Anklänge an die Geschichte waren immer noch spürbar – allein auf diesem Straßenabschnitt konnte ein Mann mit einer Vorliebe für Whiskey bei *Jameson's*, *Murphy's*, *Clancy's* oder im *St. James Gate Publick House* einen heben. Oder aber Minigemüse und Senf in zehn verschiedenen Geschmacksrichtungen bei Food Emporium kaufen. Je nachdem, worauf man steht.

Ich trug ein frisches Hemd, genau genommen zwei frische Hemden, ein weißes aus Polyester zum Knöpfen und darunter ein Feinrippunterhemd, jeweils nur 4,99 Dollar, in einem Laden ganz in der Nähe von Vivacia erstanden. Mein altes Hemd hatte ich in einen Gemüsekarton geworfen, der am Bordsteinrand auf die Müllabfuhr wartete, einen Schritt auf die Straße gemacht und mir das erste Taxi herangewinkt, das sich sehen ließ. Es war kurz nach Mittag. Ich hatte es geschafft, bis zum Ansturm in der Mittagspause bei Vivacia zu bleiben. Als die Mitarbeiterinnen allmählich andeuteten, dass es an der Zeit sei zu gehen, musste ich sowieso los. Am frühen Morgen war es mir gelungen, noch ein bisschen im Meditationsraum zu schlafen, und obwohl ich nicht unbedingt gut ausgeruht war, hatte ich das Gefühl, dem neuen Tag entgegentreten zu können.

Doch das Erste, was ich sah, als ich aus dem Taxi stieg, machte dieses Gefühl schlagartig zunichte.

Es war ein Zeitungsautomat. Die Titelseite der aktuellen *New York Post* starrte mich durch die Glasabdeckung an. Man könnte auch sagen, ich starrte mich an: Sie hatten das Foto ausgekramt, das entstanden war, als man mich vor drei Jahren wegen Mordverdachts verhaftet hatte. Die Überschrift direkt neben meinem Gesicht lautete: »Schwulenmord?«

Die *Daily Mail* in dem Kasten rechts davon hatte sich mit »Mord in der Carmine Street« begnügt. Der Artikel begann auf der Titelseite und einzelne Sätze sprangen mir entgegen: »... das Opfer Jorge Garcia Ramos, 27, aus Jackson Heights ... anonymer Anrufer gab der Polizei den Tipp ... Blake, 31, wurde bereits zweimal unter Verdacht verhaftet ... brutal ermordet ...«

Ich warf einen Vierteldollar in den Kasten der *Post* und zog gleich alle sieben oder acht Ausgaben heraus und auch noch die, die direkt von innen an der Glasscheibe befestigt war. Ich warf sie alle an der Ecke in eine Mülltonne, wobei ich darauf achtete, dass sie mit der Titelseite nach unten darin landeten. Dann ging ich zurück und tat dasselbe mit der *News*. Es war eine sinnlose Aktion, und eine gefährliche obendrein, denn wenn mich jemand dabei beobachtet hätte, würde er sich fragen, warum ich das tat. Aber ich tat es trotzdem und fühlte mich danach besser. Idiotischerweise. In der Stadt gab es Hunderte dieser Kästen. Ich konnte sie schlecht alle ausräumen.

Immerhin sagte ich mir, hatte ich auf den Fotos, die sie gebracht hatten, ordentliche Haare auf dem Kopf. Und ich trug noch meine alte Brille, die mit dem dickeren, dunkleren Gestell. Jetzt trug ich ein schmales Metallgestell und hatte mir den Schädel rasiert. Niemand würde je auf die Idee kommen, dass ich dieselbe Person war, über die er oder sie bei Cornflakes und Toast in der Zeitung gelesen hatten. Mein Gott.

Der Bürgersteig war überfüllt, Büromenschen wuselten in ihrer Mittagspause umher, und plötzlich war ich sicher, dass mich jedes Gesicht, in das ich blickte, wissend anstarrte, als würden mich alle in Gedanken mit dem Porträt aus der Zeitung vergleichen. Ich versuchte, mein Gesicht abzuwenden. Aber wie sollte das gehen, in einer solchen Menschenmenge? Eine Frau ging an mir vorbei, sprach leise in ihr Handy, und ich konnte mich der paranoiden Vorstellung nicht erwehren, dass sie über mich sprach und einem eifrigen Notrufmitarbeiter erklärte, wo ich zu finden sei.

Ich flüchtete in eine Telefonzelle, war dankbar für das bescheidende Maß an Ungestörtheit, das mir die enge Zelle gewährte, und wählte die Nummer, die ich am Abend zuvor von Rodeo bekommen hatte. Es klingelte dreimal, bis sich eine Frau meldete. »Hallo?«

Ich strengte mich an, mich zu erinnern, welchen Namen ich am Vorabend angegeben hatte. Er fiel mir nicht mehr ein. »Ich bin um eins mit Sharon verabredet«, sagte ich.

»Bist du Douglas?« Douglas. Das war's.

»Ja«, sagte ich.

»Wo bist du?«

»Schon da«, sagte ich. »Vor dem Food Emporium. Wo die Frau, mit der ich gesprochen hatte, meinte, dass ich ...«

»In der Telefonzelle?«

»Ja, genau.«

»Du musst dich umdrehen, Schätzchen.«

Ich drehte mich zögerlich um. Das Gebäude auf der anderen Seite hatte sechzehn Fenster. Unmöglich festzustellen, hinter welchem sie stand. Unmöglich festzustellen, wer aus den anderen Fenstern hinausblickte.

»In Ordnung«, sagte sie nach einer Pause, die wahrscheinlich nicht mal ein paar Sekunden dauerte, die mir aber endlos vorkam. »Du musst zur 260 East 51st gehen und bei 1FW klingeln.«

»1FW«, sagte ich.

»Bis später«, sagte sie und legte auf.

Einen Augenblick lang dachte ich darüber nach, ob ich hingehen sollte, oder ob es nicht vielleicht doch zu riskant war. Was, wenn sie heute Morgen die Zeitung gelesen hatte? Aber ich begriff sehr schnell, dass das Risiko hier draußen sehr viel größer war. In Anbetracht der Umstände, unter denen sie ihren Lebensunterhalt verdiente, war sie wahrscheinlich weniger rasch bereit, die Bullen zu rufen, als die Menschen, die mich hier umgaben.

Ich fand das Gebäude, und sie drückte auf den Türöffner. Sie wartete direkt hinter der Tür, stand im Türrahmen der vorderen, westlichen Wohnung. Sie war ungefähr so groß wie ich, schlank, hatte braunes, zu einem Pferdeschwanz zusammengebundenes Haar und Sommersprossen auf den Wangen. Sie sah aus wie Ende dreißig – vielleicht sogar Anfang vierzig, aber vielleicht hatte ihr auch nur der Job zugesetzt. Sie trug ein dünnes Sommerkleid, und dank der kalten Luft, die ich von der Straße mit hereinbrachte, zeichneten sich ihre Nippel unter dem Stoff ab.

Ich wartete auf ein Zeichen des Wiedererkennens, einen Anflug von Angst oder sonst irgendeinen Hinweis auf Gefahr, doch ich konnte nichts dergleichen entdecken.

»Sharon?«, fragte ich.

Sie hielt sich einen Finger an die Lippen und sagte nichts, bis sie mich hereingeführt und die Tür hinter mir geschlossen hatte. Selbst dann sprach sie nur leise. »Tut mir leid, ich möchte die Nachbarn nicht stören. Es hat ein paar Beschwerden gegeben.«

»Verstehe«, sagte ich ebenfalls leise. »Das ist kein Problem.«

»Willst du's dir erst mal bequem machen?«

Selbst wenn ich das gewollt hätte, wäre das in der Wohnung nicht leicht gewesen. Sie war winzig, selbst für ein Einzimmerapartment. Es war gerade genug Platz für eine Massageliege und einen einzigen Klappstuhl, sonst gab es kaum Möbel. Das Telefon stand auf dem Boden unter dem Tisch.

Aber das war in Ordnung. Ich war nicht gekommen, um es mir gemütlich zu machen. Ich setzte mich auf den Stuhl.

»Sharon«, sagte ich. »Eine Frau, die du gekannt hast, meinte, ich solle Kontakt mit dir aufnehmen. Sie nennt sich Rodeo. Ich weiß nicht, ob sie sich auch schon so genannt hat, als sie noch hier gearbeitet hat.«

»Na klar, ich erinnere mich an Rodeo. Ist ein tolles Mädchen.«

»Sie meinte, vielleicht könntest du dich an eine andere Frau erinnern, die ebenfalls hier gearbeitet hat. Eine Freundin von mir. Ihr Name war Dorrie Burke. Vielleicht kanntest du sie als Cassandra.«

Als ich das sagte, fuhr Sharons Hand zum Mund, und sie wich zurück. Viel Platz war nicht, hinter ihr stand die Massageliege.

»Ich bin nicht hier, um irgendjemandem Ärger zu machen«, sagte ich. »Ich will nur helfen, herausfinden, was passiert ist …«

»Du bist John Blake, oder?«

Verdammt. »Hör zu, was auch immer du in der Zeitung gelesen hast, es ist nicht wahr. Ich schwör's.«

»In der Zeitung?«, fragte sie. »In welcher Zeitung?«

»In der *Post*, der *News* – irgendwo hast du doch meinen Namen gelesen.«

»Ich hab ihn nicht gelesen«, sagte sie.

»Woher weiß du dann, wer ich bin?«, fragte ich.

»Dorrie hat's mir gesagt«, erwiderte sie. »Sie meinte, du würdest mich finden.«

»Sie hat was?«

»Du bist doch der Detektiv, oder? Sie hat gesagt … o Mann.«

Sie ging um den Tisch herum auf die andere Seite und bückte sich, um ein kleines Schränkchen zu öffnen, das neben der Heizung stand. Als sie wieder zu sehen war, hielt sie einen Laptop in der einen Hand und eine Handtasche in der anderen. Der Laptop war mit einem Telefonkabel an eine Steckdose in der Wand angeschlossen. Sie stellte ihn auf die Massageliege und griff in die Handtasche, nahm einen leicht zerknitterten Umschlag heraus. Auf dem Umschlag stand etwas in blauer Tinte geschrieben. Ich konnte es nicht lesen, weil Sharons Hand zitterte.

»Sie hat mir gesagt, sie wolle weg. Sie meinte, du würdest vielleicht versuchen, sie zu finden, und dabei auf mich stoßen. Und wenn es so wäre, dann sollte ich dir das hier geben.«

Sie hielt mir den Umschlag entgegen. Jetzt konnte ich lesen, was darauf stand. Es war mein Name. Und es war Dorries Handschrift.

»Du weißt, dass sie tot ist, oder?«, fragte ich leise. Ich hätte es auch nicht anders gesagt, wenn sie mir nichts von den Nachbarn erzählt hätte.

»Ja.« Es brach fast wie ein Schluchzen aus ihr heraus. »Ich weiß.«

»Wie lange hast du das schon?«

»Seit Samstag«, sagte sie.

»Wieso hast du nicht versucht, Kontakt zu mir aufzunehmen? Warum hast du mir nichts davon gesagt?«

Sie nickte mit dem Kopf, vor und zurück, zitterte beim Sprechen. »Ich hab's versucht. Aber du stehst nicht im Telefonbuch.«

»Du hättest es über die Columbia versuchen können.«

»Habe ich ja. Ich war Montagnachmittag dort. Über eine Stunde habe ich gewartet. Du warst nicht da.«

»Du hättest mir eine Nachricht hinterlassen können.«

»Das habe ich. Sie muss auf deinem Schreibtisch liegen.«

Ich dachte an den Stapel rosafarbener Nachrichtenzettel, die ich auf meinem Schreibtisch gesehen hatte. Keiner davon hatte besonders dringend oder wichtig ausgesehen. »Was hast du drauf geschrieben?«

»Meinen Namen und meine Telefonnummer«, sagte sie. »Und dass es um Dorrie geht.«

Alle Nachrichten hatten mit Dorrie zu tun. Andauernd rief jemand an, um mir sein Beileid auszusprechen. Sharons Name war nur ein weiterer auf einer langen Liste, ebenso ihre Telefonnummer – sie war nicht weiter aufgefallen.

»Tut mir leid, Sharon«, sagte ich. »Ich hab nicht kapiert ...«

»Schon okay«, sagte sie.

Ich nahm den Umschlag entgegen. Als ich mit dem Daumen unter die Lasche fuhr, um den Verschluss zu öffnen, dachte ich an Dorrie, wie sie ihn angeleckt und zugeklebt hatte. Wahrscheinlich war es das Letzte gewesen, das sie berührt hatte. Wahrscheinlich würde ich ihr nie wieder so nah sein.

Ein einziges Blatt Papier befand sich darin.

John,

bitte, bitte, wenn du das hier liest, versuchst du wahrscheinlich zu verstehen, weshalb ich gehen musste, aber bitte lass es bleiben. Liebling, lass es. Sharon weiß es nicht. Sie versteht es nicht und du auch nicht. Um deinetwillen, nicht wegen mir.

Du warst so gut zu mir, John. Du verdienst etwas viel Besseres als mich. Such dir jemanden. Oder auch nicht, wenn du nicht willst – aber bitte vergiss, dass es mich je gab. Bitte. Ich möchte nicht, dass du leidest.

Ich weiß, dass du unbedingt nach Antworten suchst, aber bitte John, nur dies eine Mal, lass los.

D.

Ich faltete den Bogen zusammen, steckte ihn in den Umschlag, sah Sharons Gesichtsausdruck und holte ihn wieder heraus. Es würde sie nicht glücklich machen, den Brief zu lesen, aber ihn nicht zu lesen wäre noch schlimmer.

Einen Moment später gab sie ihn mir zurück.

Lass los, hatte sie geschrieben. Einen Teufel würde ich tun.

Die Verzweiflung in Dorries Stimme, die Angst – ich konnte sie hören, als stünde sie direkt neben mir und würde mit mir sprechen.

»Sharon, ich muss genau wissen, was sie dir gesagt hat«, sagte ich. »Als sie meinte, sie wolle ›weg‹. Hat sie gesagt, wohin? Oder warum?«

Sharon schüttelte den Kopf. »Ich weiß es nicht. Das hat sie nicht gesagt. Sie hat nur gesagt, sie wolle irgendwohin weit weg. Aber ist doch klar, was sie damit gemeint hat, oder?«

»Was?«

»Na ja ...« Sharon unterbrach sich. »Du weißt schon. Dass sie sich das Leben nimmt. Dahin wollte sie. Weit weg.«

»Das ist sehr poetisch«, sagte ich. »Aber eins stimmt daran nicht. Sie hat sich nicht umgebracht. Jemand hat es danach aussehen lassen, aber so war es nicht.«

»Wirklich?«

»Ja«, sagte ich. »Wirklich. Und demnach zu schließen, was sie gesagt und geschrieben hat, wusste sie offenbar, dass sie in Gefahr schwebte. Das ist der einzige Grund, weshalb sie überstürzt abreisen wollte, ohne jemandem zu sagen, wohin.« Womit ich meinte: ohne mir zu sagen, wohin. »Die Frage ist, durch wen sie in Gefahr schwebte. Hat sie was gesagt ...?«

»Nein. Nichts.«

»Hat sie gesagt, wann sie weg wollte?«

»Sofort. Deshalb hat sie mich ja gebeten, mich um ihre Post zu kümmern.«

»Ihre Post?«

Sie zeigte auf den Laptop. »Sie hat mich gebeten, das Programm so einzurichten, dass ihre gesamten Posteingänge an meine Adresse weitergeleitet werden. Ich hab ihr gezeigt, wie das geht. Das ist bei Yahoo ziemlich einfach.«

»Du sprichst von ihren E-Mails.«

»Ja.«

»Zeig sie mir.«

Sie klappte das Gerät auf, rief einen Webbrowser auf. Die vertraute Yahoo-Startseite erschien, dieselbe, die ich auch in Michaels Lagerraum aufgerufen hatte. Ich konnte das Passwort nicht sehen, das Sharon eingab, aber die Adresse lautete »Hotsharon85«. Sie verstellte den Bildschirm, damit ich besser sehen konnte.

»Siehst du?« Sie zeigte auf die Seite. »Ich habe einen Ordner für ihre Mails angelegt und ihr gesagt, wie sie das Programm einrichten muss, damit die Nachrichten weitergeleitet werden. Jedes Mal, wenn ihr jemand eine Nachricht schickt, wird diese von Yahoo hierher umgeleitet. Bis jetzt hat sie, mal sehen, neunundsechzig Nachrichten empfangen, alle seit Samstag. Ich hab noch keine gelöscht.«

Ich sah die Liste durch. Eine Menge Spam, viele unbekannte Adressen. Aber mittendrin stach mir eine vertraute Adresse ins Auge. Meine eigene. Ich klickte darauf, und meine Nachricht erschien. Es war diejenige, die ich am Montag geschickt hatte. »Das ist ein Test« lautete sie.

»Das verstehe ich nicht«, sagte ich. »Wieso wollte sie, dass du ihre Mails bekommst?«

»Sie sagte, sie wisse nicht, wann sie zurückkommen würde. Sie wollte nicht, dass sich die Nachrichten häufen, wollte ihre Kunden nicht verärgern, wenn niemand antwortete. Als ich dann natürlich gelesen habe ... gelesen habe, was passiert ist, dachte ich, sie habe einfach alles in Ordnung bringen wollen, bevor sie ... na ja, du weißt schon.«

»Bevor sie sich das Leben nahm.«

»Ja«, sagte Sharon leise. »Es war, als würde sie ihre Sachen verschenken. Mir ihre Kunden schicken, weil sie wusste, dass sie keine mehr brauchte.«

»Wenn sie einfach nur hätte wegziehen wollen, wäre es aber genauso gewesen«, sagte ich. »Wenn sie ans andere Ende des Kontinents hätte ziehen wollen, hätte sie auch keine Kunden mehr in New York gebraucht.«

»Klar, das hab ich ja auch zuerst gedacht.«

Und ich dachte es immer noch. Sie hatte beschlossen, die Flatter zu machen, deshalb hatte sie ihre Kunden einem Mädchen weitergeleitet, bei dem sie in guten Händen waren, einem Mädchen, das sie ihr warmhalten würde. Für mich war das ein klares Zeichen dafür, dass sie irgendwann wieder hatte zurückkommen wollen. Weshalb hätte sie sich sonst die Mühe gemacht?

Natürlich hatte Dorrie aber noch mehr getan, als nur ihre E-Mails weitergeleitet. Sie hatte auch ihr gesamtes System gesäubert, alle alten Nachrichten gelöscht – alle Nachrichten, die sie je geschrieben hatte, alle Nachrichten, die sie je empfangen hatte, alles war weg. So wie man eine Wohnung nach dem Auszug besenrein übergibt. Damit die neuen Mieter keine persönlichen Gegenstände mehr vorfinden. Welcher Mieter war in diesem Fall derjenige, vor dem sie Angst hatte? Wer hätte eines Tages in ihren alten E-Mails herumschnüffeln wollen?

»Hattest du schon mit einem ihrer Kunden zu tun?«

»Gekommen ist bis jetzt einer. Einigen anderen habe ich zurückgeschrieben.«

Ich fragte mich, ob Sharon auch schon den Stammkunden geschrieben hatte, die Susan gerade zu kontaktieren versuchte. Das könnte merkwürdig aussehen – wenn der Kerl von zwei verschiedenen Frauen Nachrichten bekam, die beide behaupteten, ehemalige Kolleginnen von Dorrie zu sein. Andererseits, wer wusste das schon so genau, vielleicht erzeugte genau das den Druck, der nötig war, um Dorries Mörder aus der Reserve zu locken.

»Sharon«, sagte ich. »Hast du alle Nachrichten gelesen?«

Sie nickte. »Waren welche dabei, die dir seltsam oder verdächtig vorkamen ...?«

»Mehr oder weniger das Übliche. Ein paar Typen hatten den Artikel über sie in der Zeitung gelesen und schrieben: ›Warst du das?‹ Oder: ›Hoffentlich warst du das nicht‹, und ich habe geantwortet und ihnen erklärt, leider doch. Aber einer war dabei ... warte mal.«

Sie beugte sich über die Tastatur. »Da war einer dabei, den ich ein bisschen merkwürdig fand. Ziemlich viele Tippfehler und ein Haufen Geschwafel, als wäre der Kerl betrunken oder high oder so. Aber ganz offensichtlich jemand, den sie gekannt haben musste, da er sie mit ihrem richtigen Namen ansprach.« Sie fand die Nachricht und rief sie auf.

Ich las sie. Ich sagte nichts.

»Verstehst du, was ich meine?«

Ich verstand, was sie meinte.

Ich wusste nicht, ob der Mann, der das geschrieben hatte, betrunken war oder nur unter den Folgen der Krankheit litt, die ihn vom Tippen zum Diktieren hatte übergehen lassen. Den schwafeligen Stil mit den vielen Tippfehlern aber kannte ich.

Doorrrriee, mien Mädcen, armes klienes Mädchen, welchr Man könnte dir schon willentich Leid zufüghm/ vergib mir miene unüberlegten Zudringglidhkein. Mein Foto hat zu viel im Verborgnen gelasen, aber libes Mädchen, deins auch, deins auch.

20

Oben an der Treppe angekommen, klingelte ich. Oben an der Treppe, die ich ihm so viele Male geholfen hatte, hinaufzusteigen, manchmal selbst torkelnd und stolpernd, manchmal stocknüchtern, so wie jetzt. Ich hatte mir wieder ein Taxi nach Morningside Heights genommen, wieder ein Zwanziger weniger in der Tasche, und das zusätzlich zu den achtzig, die ich Sharon aufgedrängt hatte, bevor ich ging. Es war ja nicht ihre Schuld gewesen, dass ich nicht der zahlende Kunde war, den ich ihr vorgespielt hatte, und ich wollte nicht, dass sie die fünfzig Prozent fürs Haus aus eigener Tasche abdrücken musste.

Ich war lange genug geblieben, um die anderen 94 Nachrichten eine nach der anderen selbst durchzusehen. Ich fand erstaunlich, wie viele Männer, die von einer jungen Frau im Internet aufgefordert wurden, ein Foto von sich zu schicken, ihrer Antwort eine digitale Aufnahme ihres Penis anhängten. Aber ich bin auch verdammt unschuldig, das hatten wir ja schon.

Eine Nachricht stammte von Brian Vincent: »Cassie, ich hab einen Artikel in der *Post* gelesen, das Mädchen sah aus wie du – ich hoffe, du warst es nicht, oder? Hoffentlich nicht, mein Mädchen. Mach bloß keine Dummheiten, verstanden?«

Von den anderen Adressen erkannte ich keine. Keine Spur von Mr. Adams, Mr. Lee oder Mr. Smith.

Sie beschäftigten mich aber auch nicht besonders. Susan würde sie schon finden. Ich hatte mich erst mal um Mr. Kennedy zu kümmern.

Obwohl ich noch zweimal klingelte und mit der Faust gegen die Tür hämmerte, öffnete niemand. Es war ein Backsteinhaus in einem armen Viertel. Manche Lehrer hatten Anspruch auf eine Dienstwohnung, aber Stu gehörte nicht zu ihnen, und er konnte sich nichts Besseres leisten. Zwei Familien lebten mit ihm in dem Gebäude, aber offenbar war im Moment niemand da. Ich suchte die menschenleere Straße in beide Richtungen ab, sah aus keiner von beiden jemanden kommen und brach die Tür mit der Schulter auf. Ich spürte die Wucht bis in die Rippen, und das war kein Spaß. Aber sie schlug auf, wie ich es mehr als einmal schon erlebt hatte, wenn Stu seinen Schlüssel mal wieder nicht finden konnte oder ihn vergessen hatte. Alte Gebäude, alte Türrahmen, alte Türen. Ich machte mir selbst weis, dass es kein Einbruch sei, da ich den Mann ja kannte, was genau die Sorte Logik ist, die einem nur schlüssig erscheint, wenn man es nötig hat. Ich zog die Tür hinter mir zu, achtete darauf, dass das Schloss einschnappte und ging dann zu Stus Wohnung im ersten Stock am Ende des Gangs. Ich fand seinen Zweitschlüssel, wo er ihn immer versteckte: unter einem Schirmständer in der Ecke. Ich schloss die Tür auf und schaltete das Licht an.

Er lag schlafend im Bett und atmete schwer durch die Nase. Eine Flasche Bushmills stand halb leer und mit abgeschraubtem Deckel auf dem Tisch. Daneben ein Kassettenrekorder aus den Siebzigerjahren, an den über ein zerschlissenes Kabel ein faustgroßes Mikrofon angeschlossen war. Einige handgeschriebene Notizen auf liniertem, vergilbtem Papier lagen daneben. Seine Handschrift wirkte zittrig und schwach. Er hatte eine Daunendecke bis zum Kinn hochgezogen, auf dem sich weiße Stoppeln abzeichneten. Ich bekämpfte den Impuls, ihm das Kissen, das neben ihm lag, aufs Gesicht zu drücken, diesem Mann, den ich für meinen Freund gehalten hatte. Diesem Mann mit seinen *unüberlegten Zudringglidhkein*.

»Steh auf«, sagte ich. »Hoch mit dir. Hoch.« Ich rüttelte ihn an der Schulter. Seine Augen sprangen auf, und ich sah, wie sich Wiedererkennen in ihnen breitmachte.

»John?« Seine Stimme war vom Schlaf und Alkohol belegt. »Was machst du denn hier? Und was ist mit deinen Haaren passiert?«

»Wann hast du Dorrie zum letzten Mal gesehen, Stu?«

Er setzte sich im Bett auf, seine Arme waren dünn und bleich, sein Brustkorb unter seinem gelblichen Unterhemd eingefallen. Er rieb sich die Wange und schielte nach der Whiskeyflasche hinter mir auf dem Tisch. Mit dem Kopf machte er eine Bewegung darauf zu.

»Trinkst du einen mit, John?«

»Wann hast du sie das letzte Mal gesehen?«

Er stand unsicher auf, ging zum Tisch und schenkte sich einen ein. Ich sah, wie sein Arm zitterte, als er das Glas zum Mund hob. Als er endlich zu reden anfing, sah er mich nicht an.

»Du wärst doch nicht hier, wenn du's nicht schon wüsstest«, sagte er.

»Am Samstag, oder?«

»Nein. Nein, am Donnerstag. Donnerstagabend.«

»Aber nicht im Seminarraum.«

»Nein«, sagte er. »Nicht im Seminarraum. Wie hast du das rausgekriegt, John?«

»So schwer ist das nicht, wenn du E-Mails an alle ihre Adressen schickst.«

»Ah«, sagte er. Er zog einen Stuhl unter dem Tisch hervor, setzte sich und stellte das Glas ab. »Ich schätze mal, das war unklug. Man vergisst, dass diese Dinge nicht so ephemer sind, wie es den Anschein hat.«

»Was ist passiert, Stu? Was hast du mit ihr gemacht?«

»Nichts«, sagte er. »Ich habe gar nichts gemacht. Und trotzdem zu viel.«

Ich spürte, wie sich in meiner Brust und meinen Armen Druck anstaute. Ich spürte, wie meine Finger zu beben begannen. »Red endlich, Stu, oder bei Gott, ich werde dir wehtun. Ich hab genug. Mehr als genug. Ich halt das nicht mehr aus.«

»John. Bitte beruhige dich.«

»Hast du sie umgebracht, du widerliches Dreckschwein? Hast du sie umgebracht?«

Er kniff die Augen zu. Leise nuschelnd sprach er weiter. »Die Frage habe ich mir tausendmal gestellt. Ich glaube nicht, John. Ich glaube nicht.«

»Was soll das heißen?«

Er legte eine Pause ein, bevor er antwortete, als würde er seine Gedanken sortieren. »Du weißt, womit Dorrie ihren Lebensunterhalt verdient hat, John?«

»Ja.«

»Ja. Natürlich. Wieso auch nicht, ihr beide wart euch ja so nah.« Er nippte an seinem Drink, um Mut zu sammeln. »Na ja, ich wusste es nicht. Ich hatte einfach nur im Internet eine Anzeige von einer jungen Frau entdeckt, und es klang, als könnte sie einem alten Junggesellen an einem kalten Abend Gesellschaft leisten. Ich schrieb eine E-Mail – vorsichtig, ganz vorsichtig, einen Buchstaben nach dem anderen. Hat ewig gedauert. Aber diese Frauen antworten nicht auf Nachrichten, die verstört oder sonst wie beunruhigend wirken. Die sind ziemlich wählerisch – was sie wahrscheinlich auch sein müssen.«

Ich stellte mir Stu an seinem Computer im Büro vor, wie er die Anzeigen auf Craigslist durchging, einige verführerisch fand und schließlich auf die von Dorrie antwortete. War es der Begriff »versiert« gewesen, der ihn angezogen hatte? Ich konnte mir nicht vorstellen, dass ihn »tantrische Masseuse« reizte. Aber wer zum Teufel wusste das schon. Ich hätte vorher nicht gedacht, dass er überhaupt imstande sein würde, ein Massagegirl anzuschreiben.

»Als ich vor der Tür stand, war sie verblüfft, mich zu sehen. Was nicht verwunderlich ist. Ich war nicht weniger verblüfft. Auf dem Foto ... hatte sie ihr Gesicht mit einem Hut verdeckt, John, woher hätte ich das wissen sollen?«

»Und dein Foto, Stu? Wohinter hast du dein Gesicht versteckt?«

»Der Zeit.« Er beugte sich über den Tisch zu einem Bücherregal an der Wand. Mit einem Finger zog er einen schmalen Band heraus. *Anatomie einer vergeudeten Jugend.* Sein zweites Buch, seit dem Erscheinungsjahr vergriffen. Auf dem Buchrücken war ein junger Mann mit Halstuch, Sonnenbrille und einem gezwirbelten Schnurr- und Kinnbart zu sehen, der wahnsinnig europäisch und nach damaliger Auffassung schick wirken wollte. Es war zu einer Zeit entstanden, als ich noch nicht auf der Welt war.

»Um Gottes willen«, sagte ich.

»Ein besseres Foto habe ich nicht von mir.«

»Das sieht dir kein bisschen ähnlich!«

»›*Thus does vanity blunt the sharpened edge of truth*‹«, sagte er. »Um mit den Worten eines besseren Schriftstellers zu sprechen, als ich einer bin.«

»Schön«, sagte ich. »Sie hat eine Anzeige geschaltet, du hast darauf reagiert, ihr steht zusammen an der Tür, und es ist euch beiden peinlich. Was ist dann passiert?«

»Ich habe sie hereingebeten, nur zum Reden. Um dem Schock die Schärfe zu nehmen. Ich stand da im Bademantel und sie in so einer Art Arbeitskleidung unter ihrem Mantel, ziemlich gewagt. Es war unübersehbar, was wir ursprünglich vorgehabt hatten. Wir hätten weinen oder lachen können. Sie schien Gott sei Dank eher lachen zu wollen.

Wir haben etwas getrunken. Ich habe sie über ihre Arbeit ausgefragt, wieso sie nie darüber geschrieben hatte – sie musste doch sicher faszinierende Geschichten zu erzählen haben. Ich erinnere mich übrigens, dass sie mich an diesem

Punkt fragte, wie ich es fände, wenn sie diese Geschichte erzählen würde, die Geschichte, wie sie auf mich gestoßen sei, und ich gab ihr zu verstehen, dass es mir lieber wäre, wenn sie nicht darüber schrieb.

Wir tranken noch einen. Ich jedenfalls. Sie nicht, glaube ich. Wir redeten.«

Er schloss die Augen.

»Das Geld, John. Es lag auf dem Tisch. Ich hatte es dorthin gelegt, damit das Mädchen es sehen und nehmen konnte. Sie hassen es, wenn sie darum bitten müssen, und ich biete es nicht gerne an. Also hatte ich es bereitgelegt, und da lag es, zwischen uns, und wir hatten über Geld gesprochen, John, darüber, dass sie diesen Job machen musste, und dass es dabei eigentlich ums Geld ging. Und da lag fein säuberlich ein Haufen Zwanziger vor uns aufgestapelt, ein Dutzend frische Scheine. So gut wie bereits ausgegeben, und ich schob ihr das Geld hin. ›Nimm es, bitte‹, sagte ich. ›Das kann ich nicht‹, sagte sie, ›ich bestehe darauf‹, sagte ich. ›Ich kann nicht‹, sagte sie. ›Ich habe nichts dafür getan.‹«

Er sah mich mit den traurigsten Augen an, die ich je gesehen habe. Gequält. Aber längst nicht gequält genug.

»Nein«, sagte ich. »Das hast du nicht getan.«

»Sie war so schön, John. So wunderschön. Und sie hatte mir doch gerade erzählt, dass sie es mit Hunderten anderer Männer gemacht hatte. Ich konnte doch kaum schlimmer sein als all die anderen. Ich bin vielleicht nicht mehr jung, John, und meine Hand zittert, aber ich bin immer noch ein Mann. Ich habe immer noch ...« Sein Gesicht verzerrte sich zur Grimasse, und plötzlich fing er an zu weinen, geräuschlos, sein Brustkorb hob und senkte sich.

»Verdammt noch mal«, sagte er und unterbrach sich selbst.

»Ich habe mich wie ein echtes Arschloch benommen. Ich habe ihr das Geld gegeben, es ihr aufgedrängt und sie angefleht, es mir zu besorgen. Ich würde mich auch beeilen, habe ich gesagt. Eine kleine Berührung würde genügen. Und dann müsste sie auch kein schlechtes Gewissen wegen des Geldes haben.«

Er kippte den letzten Rest Whiskey hinunter, der noch im Glas war, und wischte sich mit dem Handrücken über die Augen.

»Sie ging natürlich. Sehr höflich. Zu höflich. Sie hätte mir eine runterhauen, mir mein Geld ins Gesicht werfen sollen. Aber sie sagte einfach nur: ›Ich werde so tun, als hätten Sie das nie gesagt, Mr. Kennedy. Morgen früh werden Sie sich wünschen, Sie hätten es nicht gesagt.‹ Und damit ging sie. Und am Freitag habe ich sie nicht gesehen. Am Samstag schrieb ich ihr, um mich zu entschuldigen. Und am Sonntag war sie tot.

Aber nicht wegen mir, John – das kann ich nicht glauben. Vielleicht war sie wütend auf mich, und sie hatte ja auch gute Gründe: Vielleicht hatte sie Angst, ich würde mich an ihr rächen wollen, obwohl ich so etwas niemals getan hätte, Gott, ich würde niemals ... aber sie hat sich doch nicht umgebracht, weil ein alter, dreckiger Säufer zudringlich geworden ist oder aus Angst davor, dass ihr schmutziger alter Professor ihr Geheimnis verrät. Das hat sie nicht getan. Das hätte sie nicht getan.«

Trost war das Letzte, was ich dem Mann schuldete, aber ich spendete ihm trotzdem welchen.

»Nein«, sagte ich. »Das hat sie nicht. Sie wurde ermordet.«

Er sah mit seinen roten, starrenden Augen zu mir auf. »Großer Gott, John, was sagst du da? Das kann nicht sein. Oder doch?«

Ich griff nach der Flasche, die zwischen uns stand, packte sie am Hals. Etwas in mir wollte ihm das verdammte Ding über den Schädel ziehen, es ihm auf dem Kopf zerschmettern und ihn gleich mit. Für das, was er Dorrie angetan hatte. Für das, was er ihr hatte antun wollen.

Er sah es in meinen Augen – das merkte ich, denn plötzlich trat Angst in die seinen, kombiniert mit einem Ausdruck der Resignation, vielleicht sogar der Erleichterung.

Es kostete mich Überwindung, es nicht zu tun.

»Ja«, sagte ich. »Sie wurde ermordet. Und ich bin froh, dass du es nicht warst. Wenn du es gewesen wärst, hätte ich dich umgebracht.« Er zuckte zurück. »Ohne auch nur einen Augenblick lang zu zögern, Stu. Du wärst jetzt tot, verstanden? Und du hättest es verdient gehabt.«

Ich verspürte den Impuls, grausam zu sein, auf jemanden einzuschlagen, jemandem so wehzutun, wie mir wehgetan worden war. Aber in dem Moment, in dem ich es sagte, begriff ich, dass es die Wahrheit war. Vielleicht hätte ich es längst wissen müssen.

Wenn ich den Mann fand, der für Dorries Tod verantwortlich war, würde ich ihn umbringen.

Ich würde mich nicht zurückhalten können.

So viel Willensstärke besaß ich nicht.

TEIL DREI

Welcher Amboss, welcher Hammer
Schmiedete des Hirnes Kammer?
Welcher Griff und Zwang genügte,
Dass er solche Schrecken fügte?

Als die Sterne sich erschreckten,
weinend ihre Waffen streckten,
freute da des Werks er sich?
Schuf, der's Lamm erschuf, auch dich?

William Blake, »Der Tiger«,
Lieder der Erfahrung

21

Ich sank in dem Metallkäfig unter die Erde, den die MTA Rollstuhlfahrern und sonst wie Gebrechlichen zur Verfügung stellt. Er zog mich hinunter bis an den tiefsten Punkt des New Yorker U-Bahn-Netzes, achtzehn Stockwerke unter der Straße. Die Station 191st Street, über sechs Kilometer mit der Linie 1 von der Columbia aus Richtung Norden inmitten der Wildnis von Washington Heights gelegen, war im wahrsten Sinne des Wortes eine Endstation. Dahinter endete Manhattan an der Biegung des Harlem River in einer Sackgasse und blickte ängstlich über das Wasser zur Bronx. Der Zug spuckte einen auf einem schmutzigen, seit Jahrzehnten dem Verfall preisgegebenen Bahnsteig aus. Es war feucht und kalt, sogar die Wände wirkten müde und verblichen. Die schartigen Mosaikfliesen, die den Namen »191st Street« kundtaten, sahen aus wie die Überreste eines längst verloren gegebenen Puzzlespiels.

Und dann brachte einen dieser schreckliche alte Fahrstuhl bis auf den Grund. Als ich für Leo an einem Fall gearbeitet hatte, war ich schon einmal dort gewesen – eine Ausreißerin hatte hier während eines der übelsten Gewitterstürme, die ich je in New York erlebt hatte, Zuflucht gefunden und war mit einer schmutzigen Nadel im Arm und bläulich verfärbter Haut gestorben. Ihre Eltern hatten uns den Großteil ihrer Ersparnisse überwiesen, damit wir sie suchten. Der Rest war für die Rückführung der Leiche und die Beerdigung draufgegangen. Nie war es mir unangenehmer gewesen, von jemandem Geld zu nehmen.

An der Tür zu dem Raum, in dem Julia Cortenay gestorben war, stand »Müll«, tatsächlich aber war der Raum, der sich dahinter öffnete, leer und ungenutzt, das Überbleibsel eines wissenschaftlichen Experiments, für das die Stadt Geld von irgendwelchen Professoren der NYU kassiert hatte. Sie hatten einen sicheren, ruhigen Platz gebraucht, um ein empfindliches Instrument aufzustellen, das kosmische Strahlungen messen sollte, die offensichtlich über 50 Meter solides Felsgestein durchdringen konnte, was andere Arten von Strahlung nicht vermochten. Sie hatten ihre Maschine aufgebaut, jahrelang beobachtet und sie dann irgendwann wieder abgebaut, wobei ich keine Ahnung habe, ob sie hinterher schlauer waren. Aber den Raum gab es noch, und Julia Cortenay hatte ihn gefunden. Jetzt brauchte ich ein Versteck, und das hatte ich nun.

Allerdings war der Raum nicht mehr leer. In einer dunklen Ecke lag ein zusammengesackter Haufen aus Haut und Klamotten, der an einer Flasche nuckelte, die zur Hälfte in einer braunen Papiertüte steckte. Er sah kurz zu mir auf und dann wieder weg. Ich war kein Cop. Ich war offensichtlich nichts Bedrohliches. Ich war egal. Es roch widerlich nach Schweiß und Pisse, und als ich die Tür hinter mir zuzog, gab es so gut wie kein Licht mehr. Nur noch eine einzige Glühbirne verbreitete ihr schwaches Licht.

In der U-Bahnstation in der Nähe von Stu hatte ich zwei Dinge erworben: eine billige Digitaluhr mit einem Plastikarmband und mit meinem letzten Vierteldollar eine Ausgabe der *Post*. Ich konnte nicht anders – ich wollte das Schlimmste sehen. Ich nahm den Mittelteil heraus, breitete ihn über den Boden und setzte mich darauf. Den restlichen Teil nahm ich und schlug die Titelgeschichte auf, beugte mich direkt über die Seite, sodass ich die Buchstaben erkennen konnte.

Ich glaube, die Leute in den Redaktionen werden wie Rottweiler auf Angriff abgerichtet. Man lässt sie rohes Fleisch schnuppern, damit sie drauflossabbern, sobald sie später noch einmal diesen Geruch riechen. Und mein Fall bot reichlich Anlass zum Geifern. Da war der Sexaspekt – Ramos war auf meinem Bett gefunden worden. Zwar war er vollständig bekleidet, aber das hielt niemanden davon ab, wild draufloszuspekulieren. Dann hatte ich ja schon einige Verhaftungen hinter mir – nur zwei, aber das waren zwei mehr, als die meisten Leser mitgemacht hatten. Und dann war da noch meine mysteriöse Flucht aus dem Apartment wenige Momente vor Eintreffen der Polizei. Ich war ein »gefährlicher Flüchtiger«. Ich war »laut Angaben der Polizeisprecherin Delia Cisneros mutmaßlich bewaffnet«. Die Polizei ging »einer Reihe von Spuren nach«.

Was für Spuren, fragte ich mich. Auf der Fortsetzungsseite erfuhr ich es. Sie hatten den Knopf gefunden, der sich von meinem Hemd gelöst hatte und festgestellt, dass Ramos' Blut daran klebte. Und aus einem Müllcontainer ein paar Straßenecken weiter – verdammte Scheiße – hatten sie das Hemd mit noch mehr Blut daran und die Brieftasche gefischt. »Fingerabdrücke bestätigen, dass ...«

Ich zerknüllte die Zeitung und warf sie in eine Ecke. Ich saß megatief in der Scheiße, das wusste ich jetzt. Was hatte ich mir um Gottes willen dabei gedacht? Daran waren nur die Filme und Bücher schuld. In Romanen können Männer jahrelang auf der Flucht überleben. Bei den Jean Valjeans und Harrison Fords sieht das ganz einfach aus. In Filmen hatte es auch nie so gestunken wie hier. Keiner von denen hockte über 50 Meter tief unter einem Felsen und dachte, dass es vielleicht besser wäre, nie wieder aufzutauchen.

Ich sah auf die Uhr, drückte auf eines der Knöpfchen an der Seite, um die Anzeige aufleuchten zu lassen. Es würde noch Stunden dauern. Stunden, bis es draußen ebenso dunkel war wie hier unten und ich mich im Schutz der Nacht zum Cop Cot und zu Susan schleichen konnte.

Und dann?

Ich wusste es nicht. So weit im Voraus konnte ich nicht planen.

Ich schlief zeitweise, wachte einmal auf, als der andere Mann versuchte, mir sanft einen meiner Schuhe vom Fuß zu ziehen. Ich schüttelte den Fuß, aber er ließ nicht los – er hatte sich Diebstahl in den Kopf gesetzt und würde das Ding jetzt, verdammt noch mal, durchziehen. Ich kam mir beschissen dabei vor, ihn zu treten, und tat es auch nur so vorsichtig, wie ich konnte. Er kippte nach hinten um und verkroch sich geschlagen in seine Ecke.

Stunden später erwies er sich als freundlicher Zellengenosse, indem er sich erneut näherte und mir einen Schluck aus seiner Flasche anbot. Ich lehnte dankend ab. Dies schien ihn wütender zu machen als der Tritt, den ich ihm verpasst hatte.

Er belästigte mich nicht noch einmal. Oder falls doch, muss ich geschlafen haben, und mir war ganz recht, dass ich nichts davon mitbekam.

Der Wecker der Armbanduhr klingelte um acht. Ich fuhr mit dem Fahrstuhl wieder nach oben und mit einer fast leeren U-Bahn in die Innenstadt. Ich hatte die zerknüllte Zeitung mitgenommen und sie mir in der U-Bahn vor die Nase gehalten, hatte die Titelseite weggefaltet, sodass nun auf einer Seite eine Anzeige für Unterwäsche und auf der anderen die Seite sechs zu sehen war. Klatsch, Filmstars, ein Comic – nichts, was Aufmerksamkeit erregen würde, nichts mit meinem Namen oder Gesicht.

Ich stieg an der 72nd Street aus. In östlicher Richtung hob sich der Central Park vom Nachthimmel ab, eine hüfthohe

Steinmauer grenzte die Bäume ein. Einige Fußgänger waren unterwegs, aber sie wollten irgendwohin und eilten ohne aufzusehen an mir vorbei. Ich hielt den Kopf gesenkt, die Hände in den Taschen, die Schultern hochgezogen. Ich versuchte, nicht den Eindruck zu erwecken, es eilig zu haben. Kaum war ich im Park, nahm ich die Abkürzung über den Rasen und verschwand im Schatten der Bäume. Ich ging abseits der Wege, blieb den Lichtkegeln fern, die von altmodischen Straßenlaternen aus Metall auf den Asphalt fielen. An einer Kreuzung entdeckte ich zwei uniformierte Polizisten, die sich unterhielten, der eine ließ seinen Schlagstock von einem Lederriemen baumeln. Ich machte eine derart abrupte Kehrtwende, dass jeder Marine neidisch geworden wäre und floh in die entgegengesetzte Richtung.

Der Park ist lang, aber schmal, und selbst auf Umwegen dauert es nicht lange, bis man von der West- zur Ostseite gelaufen ist. Ich stand am Fuß des Hügels, auf dessen Kuppe sich das Cop Cot befand, und war immer noch zehn Minuten zu früh. Ich stieg schnell hinauf und stellte fest, dass niemand dort war, Gott sei Dank. Ich setzte mich trotzdem nicht – die Hütte war zu ungeschützt, von allen Seiten offen einsehbar. Stattdessen ging ich ein Dutzend Meter weiter zu einer Baumgruppe, hinter der ich mich zumindest teilweise verstecken konnte.

Ein Mann tauchte auf, setzte sich kurz auf eine der Holzbänke und schlürfte etwas aus einem dampfenden Pappbecher. Als Susan eintraf, stand er auf, wechselte ein paar Worte mit ihr und ging. Sehr höflich, die New Yorker. Glauben Sie niemandem, der Ihnen etwas anderes erzählt.

Ich wartete ein paar Minuten, aber sonst tauchte niemand auf. Endlich, als es mir sicher erschien, pfiff ich leise.

Susan sah in meine Richtung, beschirmte mit der Hand ihre Augen. Sie trug gestrickte Wollhandschuhe, einen schweren Mantel und einen Schal. Seltsam, aber richtig kalt wurde mir erst, als ich sah, wie sie gekleidet war. Dann merkte ich allerdings, dass ich zitterte.

»Susan«, zischte ich. »Hier drüben.«

Sie ging in meine Richtung, und als sie in Reichweite war, zog ich sie am Handgelenk zu mir, führte sie tiefer in die Schatten hinein. Ich hockte mich zwischen die Wurzeln eines riesigen Ahornbaums, und Susan setzte sich neben mich.

Sie zog eine Mini Maglite aus dem Mantel, machte sie an und richtete sie auf den Boden.

»Ist dir jemand gefolgt?«, fragte ich.

»Natürlich nicht«, sagte sie. »Aber John – hör mir zu. Das ist nicht gut. Du musst dich stellen. Die Nachrichten sind voll davon.«

»Ich weiß.«

»Das weißt du? Im Taxi hierher, im Radio, das Neueste ist, dass sie jetzt Filmaufnahmen von dir haben von Geldautomaten, einem in der Innenstadt und der andere war, glaube ich, in der 32nd Street.«

Sie fasste mir an die Wange. Mein Bart wuchs wieder, Fasern ihres Handschuhs blieben daran hängen.

»Du kannst nicht ewig davonlaufen.«

»Ich muss nicht ewig davonlaufen. Nur lange genug.«

»Wie lange wird das sein?«, fragte sie.

»Kommt drauf an, was du herausgefunden hast.«

Sie stellte ihre Handtasche ab, öffnete sie und kramte darin. Unter ihrem Handy, ihrer Brieftasche und einem Päckchen Taschentücher fand sie ein Bündel Zettel, die von einer Büroklammer zusammengehalten wurden. Sie nahm sie heraus. »Also, ich habe Mrs. Burke getroffen. Ganz schön anstrengend, die Frau. Ich kann nicht behaupten, dass ich gerne ihre Tochter wäre. Aber ich habe großen Respekt vor ihr, denn sie hat Dorrie wirklich geliebt. Auf ihre Art.«

»Da bin ich sicher.«

»Sie nimmt die Leiche mit nach Philly. Morgen Vormittag

findet dort die Beerdigung statt. In, wie heißt das noch ...«, sie ging ihre Zettel durch, »... Greenmount. Da ist auch ihre Schwester begraben, wenn ich den Namen richtig aufgeschrieben habe.«

Das hatte sie. Ich war im Netz darauf gestoßen, als ich Informationen über Dorrie gesucht hatte – Greenmount Cemetery in der Front Street, reihenweise sauber gepflegte Gräber, mehr als genug Platz für ein Mädchen, das mit 13 Jahren sterben musste. Und genug Platz für eines, das mit 24 gestorben war.

»Sie ist genauso davon überzeugt wie du, dass ihre Tochter umgebracht wurde, obwohl es in ihrem Fall auf reiner Spekulation beruht. Das hab ich ihr auch gesagt, habe ihr gesagt, dass sie ihr Geld wahrscheinlich zum Fenster rauswirft. Du wärst stolz auf mich gewesen.«

»Sie hat dich aber trotzdem beauftragt?«

»Sie hat uns trotzdem beauftragt.« Sie blätterte ihre Zettel weiter durch. »Ich habe außerdem Brian Vincent telefonisch erreicht. Das ist sein richtiger Name, und er war froh, mit mir zu sprechen. Er ist Art Director bei BBD&O, eine der ganz großen Werbeagenturen. Er ist Single, 27, sieht ein bisschen aus wie Matt Damon. Ich hab ein Foto von der Website der Agentur runtergeladen und ausgedruckt.« Sie zog ein gefaltetes Blatt aus ihrem Stapel und richtete die Taschenlampe darauf. In meinen Augen sah der Mann nicht aus wie Matt Damon, aber was soll's.

»Scheint ein ausgesprochen netter Mann zu sein, wenn man sich mit ihm unterhält. Aber vergiss es. Das Entscheidende ist, dass er am vergangenen Wochenende in Las Vegas bei einem sogenannten ›Media Brand Summit‹ war. Ich glaube nicht, dass er extra zehn Stunden hin- und wieder zurückgeflogen ist, um Dorrie zu töten.«

Wahrscheinlich nicht. Außerdem war Brian Vincent derjenige gewesen, der Dorrie eine E-Mail geschickt hatte, nachdem er die Geschichte in der Zeitung gelesen hatte. Er hatte ehrlich überrascht geklungen, ja sogar besorgt. Nein, ich war sicher, dass er nicht der Mann war, der Dorrie auf dem Gewissen hatte.

»Was ist mit den anderen drei?«

»Zurückgemeldet hat sich nur einer. Unser Bürgerkriegsgeneral, Robert Lee.«

»Und?«

»Haben ein paar E-Mails hin- und hergeschickt. Er hat Angst. Angst, sich mit mir zu treffen, Angst, sich nicht zu treffen. Ich nehme an, er ist verheiratet und denkt, ich will ihn erpressen. Ich mache auf unschuldig. Gleichzeitig schicke ich ihm Fotos, um ihn zu ködern.«

»Fotos?«

»Irgendwelche Aufnahmen aus Voyeurweb«, sagte sie. »Irgendwelche Mädchen mit dicken Titten. Niemand kann dicken Titten widerstehen.«

Vielleicht bildete ich es mir nur ein, aber ich dachte, ich hätte einen leisen Unterton in ihrer Stimme gehört. Damals hatte man ihr im Krankenhaus auch die Implantate entfernt, eines war bei dem Überfall beschädigt worden. Ich fand, sie sah danach besser aus, aber sie hatte an Selbstbewusstsein verloren. Das war eines der Themen, über die wir uns nicht einig wurden.

»Ich kriege ihn noch«, sagte sie. »Er wird es sich noch überlegen. Vielleicht sogar morgen schon. Ich versuch's. Aber John ... meinst du wirklich, dass es schlau ist, noch zu warten ...«

»Hör auf, Susan«, sagte ich. »Hör auf. Ich muss das tun. Wenn der Fall erledigt ist, werde ich mich stellen, das verspreche ich. Aber erst muss ich das zu Ende bringen.«

Sie sah mich an, doch im Dunkeln konnte ich ihren Gesichtsausdruck nicht erkennen. Sie sagte nichts. Dann beugte sie sich vor und küsste mich sanft von der Seite auf den Mund. Nicht ganz auf die Lippen. Aber auch nicht ganz daneben.

»Mit deinem rasierten Schädel«, sagte sie. »Ich hätte dich nicht erkannt.«

»So war's auch gedacht«, sagte ich.

Sie nickte.

»Ich muss weiter, Susan.«

Wir standen auf. Ich reichte ihr die Handtasche.

»Lass dich nicht abknallen, John.«

»Ich geb mir Mühe.«

»Wohin gehst du jetzt?«

»Besser, wenn du's nicht weißt«, sagte ich.

»Du könntest bei mir übernachten«, sagte sie. »Die Polizei war schon da. Die kommen heute Abend nicht noch mal. Du könntest duschen, dich rasieren, was essen ...«

Ich schüttelte den Kopf.

»Warum, John?«

Ich ignorierte die Frage. »Morgen«, sagte ich. »Wir müssen uns wieder in Verbindung setzen. Ich muss wissen, was du rausbekommen hast.«

Sie sagte nichts.

»Susan, bitte. Es ist sehr wichtig.« Ich dachte eine Sekunde lang nach. »Weißt du noch, wo wir immer hin sind, im Ramble? Da, wo der große Felsen liegt? Da treffen wir uns um ...« Ich überlegte, wo ich morgen Vormittag sein würde, wie lange ich bräuchte, bis ich wieder hier sein konnte. »Um zwei. Okay?«

Sie sagte nichts.

»Morgen um zwei. Egal, was in der Zwischenzeit passiert. Bitte, Susan.«

»Okay«, sagte sie. »Okay. Ich werde da sein.«

»Danke«, sagte ich, aber sie wandte sich ab.

Ich ging in westlicher Richtung davon.

Wann sie wohl bemerkte, dass es verschwunden war? Vielleicht nur Minuten später, vielleicht erst am folgenden Morgen. Hundsmiserabel kam ich mir deshalb vor. Aber ich brauchte eine Fahrkarte. Für die Automaten in der Penn Station musste man eine Kreditkarte haben, und meine konnte ich nicht benutzen. Ich hätte sie darum bitten können, aber was, wenn sie Nein gesagt hätte? Außerdem war es besser für uns beide, wenn sie nicht wusste, wohin ich fuhr.

Ich steckte ihre Kreditkarte wieder in ihr Portemonnaie und schob es mir in die Jackentasche, außerdem einen Wegwerfrasierer und eine kleine Dose Rasierschaum, die ich in einer vierundzwanzig Stunden geöffneten Drogerie im Bahnhof gekauft hatte. Mit ihrer Karte hob ich außerdem noch ein bisschen Bargeld ab. Entweder sie würde es verstehen oder nicht. Sie kannte meine Situation.

Auf den Fahrscheinen stand ihr Name, und ich unterschrieb, wo es verlangt wurde, mit einem unleserlichen Gekritzel, mit dem ich das »Susan« möglichst überdeckte. Ich konnte nur hoffen, dass der Schaffner die Fahrkarte nicht allzu genau betrachtete. Oder mich.

Die große Tafel klapperte, Zahlen und Buchstaben wirbelten in Position, zeigten an, von welchen Gleisen die nächsten Züge abfuhren. Meine Verbindung erschien, und ich ging zum 11:15-Uhr-Zug nach Philadelphia.

22

Erst kamen die Güterbahnhöfe, dann die Fernfahrerdepots, allesamt von trüben Natriumdampflampen an langen Masten erhellt. Dann fuhren wir am Wasser vorbei, und ich konnte im Fenster nur noch mein eigenes Spiegelbild erkennen, das mir unrasiert entgegenstarrte. Ich tastete nach der Dose in meiner Tasche, beschloss aber, bis zur Ankunft zu warten. Im Zeitalter der Sicherheitsklingen bedeutete es zwar keinen sicheren Selbstmord mehr, sich in einem fahrenden Zug zu rasieren, aber ich wollte auch nicht die Aufmerksamkeit auf mich lenken, indem ich mit blutiger Kehle oder blutigem Schädel von der Toilette kam.

Eine Stimme hieß uns im Namen der Transportgesellschaft Amtrak auf der Fahrt von New York nach Philadelphia willkommen, unser Zug hält in … ich hörte mir die Namen der Orte nicht an. Es bestand keinerlei Gefahr, dass ich Philadelphia verpassen würde, wenn wir dort ankamen.

Um ein Haar hätte ich allerdings den letzten Teil der Durchsage verpasst. »Der Schaffner wird in wenigen Momenten durch den Zug gehen und die Fahrscheine kontrollieren. Im Interesse Ihrer Sicherheit werden wir Sie stichprobenartig auffordern, Ihre Personalausweise vorzuzeigen. Bitte halten Sie Fahrscheine und Ausweispapiere bereit. Danke.«

Als das Mikrofon wieder in die Halterung gesteckt wurde, entstand ein pfeifendes Rückkopplungsgeräusch.

Ich sah mich um. Die meisten Plätze waren frei. Eine Frau

in einem Kostüm arbeitete sich durch einen Stapel Unterlagen, die nach Jahresbilanzen aussahen, ein Mann in einer Daunenjacke hatte die langen Beine bis in den Gang hinein ausgestreckt, ein anderer Mann sprach leise in sein Handy und ein dritter Mann, von mir aus gesehen im Gang gegenüber, las die *Sports Illustrated.* Im Berufsverkehr, wenn jeder Platz besetzt war, würde wahrscheinlich einer von zehn Fahrgästen kontrolliert werden, vielleicht einer von zwanzig. Wenn jetzt auch nur einer pro Wagen überprüft wurde, standen meine Chancen gerade mal eins zu fünf.

Wen würde ich kontrollieren, wenn ich Schaffner wäre? Die Frau schloss ich aus – wie hoch war die Wahrscheinlichkeit, dass Miss Vorstandsetage eine Bombe baute oder Haschisch nach Philly schmuggelte? Der Mann auf der anderen Seite des Gangs wirkte adrett und war Mitte sechzig. Blieben drei übrig, von denen einer so gut war wie der andere. Der rasierte Schädel erwies mir hier wahrscheinlich keinen guten Dienst – die Stoppeln waren zu kurz, als dass es nach Militär ausgesehen hätte, und der fehlende halbe Zentimeter machte in den Augen gewisser Leute den Unterschied zwischen einem »guten Jungen« und einem »bösen«.

Ich dachte daran, mich in der Toilette zu verstecken und zu versuchen, so lange drinzubleiben, bis der Schaffner vorbeigegangen wäre, aber mir schien unwahrscheinlich, dass das funktionieren könnte – der Schaffner würde öfter als einmal durch den Zug laufen, und ich konnte mich nicht die komplette anderthalbstündige Fahrt dort verstecken. Irgendwann würden auch die anderen auf die Toilette müssen, und gemäß Murphy's Law würden sie genau dann anklopfen, wenn mich der Schaffner herauskommen sah – und wenn ich nicht herauskam, würden sie den Schaffner rufen.

Ich hätte es trotzdem drauf ankommen lassen, wenn nicht gerade in dem Moment die Tür aufgegangen wäre. Ich sah eine Frau in blauer Uniform und mit Schirmmütze ganz hinten im Wagen und wandte mich sofort ab. Es war zu spät, um aufzustehen, zu spät, um überhaupt etwas zu tun, außer es drauf ankommen zu lassen.

Ich legte meinen Fahrschein auf den freien Platz neben mir, wo sie ihn mit Sicherheit sehen würde und kuschelte meinen Kopf in den Spalt zwischen Fenster und Rückenlehne. Ich nahm meine Brille ab und steckte sie mir in die Hemdtasche, schloss die Augen.

Es war fast Mitternacht. Die anderen vier Fahrgäste waren wach. Würde die Schaffnerin ausgerechnet das arme Schwein wecken, das gerade schlief? Würde sie das tun?

Immerhin bestand die Möglichkeit, dass sie es nicht tun würde.

Ich wartete mit geschlossenen Augen, kämpfte gegen den Impuls an, sie viel zu fest zuzukneifen, und versuchte, regelmäßig und ruhig zu atmen. Ich wollte keine Aufmerksamkeit erregen. Bloß nicht.

Ich hörte den Mann am Handy – er sprach mit seiner Frau oder Freundin, erklärte ihr, sie solle bitte sachlich bleiben, so spät sei es doch gar nicht. Auf der anderen Seite des Gangs wurde eine Seite umgeblättert, dann noch eine. Zweimal sagte die Schaffnerin noch: »Fahrscheine, bitte. Fahrscheine, bitte.« Dann hörte ich, wie sie mit ihrem Knipser kleine Löcher in das feste Papier stanzte.

Ich wartete darauf, dass sie zu einer der Personen zwischen ihr und mir »Personalausweis, bitte« sagte – zu der Frau oder dem Mann mit dem Handy –, doch sie tat es nicht. Vielleicht war das gar nicht nötig, weil die beiden ihr bereits unaufgefordert ihre Ausweise gezeigt hatten. Aber wie wahrscheinlich war das in Anbetracht der Tatsache, dass sie nicht mal ihre Fahrscheine bereitgehalten hatten?

Ihre Schritte kamen näher, und sie blieb neben mir stehen.

Ich spürte Schweiß seitlich auf meinem Gesicht, am Ohr. Er klebte mir am Kiefer – ich spürte, wie sich langsam ein

Tröpfchen bildete. Ich hätte es zu gern weggewischt. Ich bewegte mich nicht.

Ich hörte, wie sie die Fahrkarte vom Sitz neben mir nahm, abstempelte und wieder hinlegte. Ein Augenblick verging – aber ich hörte sie nicht weitergehen. Dann sagte sie: »Danke. Darf ich bitte Ihren Ausweis sehen, Sir?«

Ich konnte nicht anders, ich kniff die Augen fest zusammen wie ein kleines Kind, das seine Eltern überzeugen möchte, dass es wirklich schläft und nicht nur so tut. Das war's. Ich befand mich in einem Zug, der von einer Station zur anderen schoss. Selbst wenn ich der Schaffnerin irgendwie hätte entwischen können, wäre ich niemals aus dem Zug herausgekommen. Bis zu unserer Ankunft in Philly hätten sie mich längst festgenommen, und von dort aus wäre es nur eine kurze Fahrt zurück in die Stadt und ins Untersuchungsgefängnis von Manhattan. Ich säße noch vor Anbruch der Morgendämmerung im Knast.

»Sir«, sagte die Schaffnerin noch einmal ungeduldig, »können Sie sich ausweisen?«

Ich drehte mich zögerlich um, versuchte, mir verzweifelt irgendeine Ausrede einfallen zu lassen. Vielleicht hatte ich meinen Führerschein zu Hause vergessen. Oder war im Bahnhof überfallen worden und hatte meine Brieftasche verloren. So was. Irgendwas.

Doch als ich die Augen öffnete, sah ich den Rücken der Schaffnerin.

Ich setzte meine Brille auf.

Der Mann auf der anderen Seite des Gangs steckte mit verärgertem Gesichtsausdruck seine Brieftasche ein. »Danke schön«, sagte die Schaffnerin. »Das nächste Mal halten Sie ihn bitte bereit, sodass ich ihn sehen kann.« Sie knipste seinen Fahrschein ab und reichte ihn zurück.

Ich nahm die Brille wieder ab und wandte mich erneut dem Fenster zu, schloss die Augen. Ich atmete schnell, mein

Herzschlag holperte unter der Last eines rückwirkenden Adrenalinschubs.

Noch nicht, dachte ich. Wenn ich mein Glück lange genug auf die Probe stellte, würden sie mich kriegen. Aber jetzt noch nicht.

Mit einem müden Zischen fuhren wir in den Bahnhof ein. Oben an der Treppe erstreckte sich die Haupthalle wie ein Jugendstiltempel, monumentale Säulen trugen an beiden Enden ein Dach, das so hoch hing, dass es ebenso gut auch Teil des Himmels hätte sein können. Auf einer Seite stand eine Engelsstatue mit flatternden Flügeln, die einen toten Soldaten aus den Trümmern eines Schlachtfelds des Zweiten Weltkriegs hob. Der Leichnam sollte wahrscheinlich stilisiert sein, aber auf mich wirkte er mit seinen nackten Füßen, dem schlaffen Fleisch und den zerrissenen Kleidern entsetzlich realistisch. Als ich ihn betrachtete, wurde mir schlecht. Ich sah Ramos' Gesicht vor mir. Ich sah Dorries Arme, die reglos im Wasser trieben.

Ich eilte zur Männertoilette, stellte mich an ein Waschbecken und konnte mich doch nicht übergeben. Ich stand schwitzend über das Becken gebeugt, mir war kalt, und ich schmeckte die Kotze ganz hinten in meiner Kehle, brachte es aber nicht fertig, zu erbrechen. Nach einer Weile gab ich es auf. Ich drehte den Wasserhahn auf, erst kalt, dann warm. Meinen Rasierer und den Rasierschaum legte ich auf die Ablage über dem Becken und machte mich an die Arbeit. Während ich saubere Furchen über meine Wangen zog, merkte ich, dass ich irgendwann, ohne es zu merken, aufgehört hatte, so wahnsinnig jung auszusehen. Unter den Augen hatte ich dunkle Ringe, meine Haut war eingefallen, und ohne Haare auf dem Kopf, wirkte mein Schädel kantig und streng. Als ich die Stoppeln abrasiert hatte, war ich wieder einigermaßen ansehnlich. Aber gut sah ich nicht aus.

Na ja, mir war ja auch nicht gut. Mir war schlecht. Ich fühlte mich niedergeschlagen und leer. Ich war in eine fremde Stadt gereist, um mich von einer Frau zu verabschieden, deren Leben schwerer gewesen war, als sie es verdient hatte, und das noch schlimmer geendet war. Sie war meine Freundin gewesen und ich ihr Freund. Wie Schiffbrüchige an Treibholz hatten wir uns aneinander geklammert. Ohne sie hatte ich das Gefühl, unterzugehen. Ich durfte mich nicht an Susan festhalten und sie mit mir herunterziehen, nicht jetzt, wo sie es geschafft hatte und ihrem alten Leben zugunsten eines besseren entflohen war. Und wen hatte ich sonst noch? Michael? Der würde keine Träne vergießen, wenn ihm jemand meine Todesanzeige in die Hand drückte. So war er nicht. Vielleicht würde er an jenem Abend, wenn die Kunden gegangen waren, ein Glas Whiskey auf mich heben, aber mehr durfte ich nicht erwarten. Und vielleicht war ich auch nicht mehr wert.

Ich warf die halb leere Rasierschaumdose und den benutzten Rasierer in den Müll, wischte mir mit einer Handvoll grober Papierhandtücher über Gesicht und Schädel und ging zum Taxistand hinaus. Der Engel sah mir nach.

23

Greenmount war eingezäunt, aber an verschiedenen Stellen gab es Lücken, an denen der Zaun umgefallen oder umgetreten und nicht wieder repariert worden war. Ich kletterte über eine dieser Stellen und verbrachte die Stunden vor Sonnenaufgang damit, zwischen den Grabsteinen herumzuspazieren, mich auf einer der Bänke auszuruhen, die überall auf dem Gelände zu finden waren, und Dorries Fleckchen zu suchen. Endlich hatte ich es entdeckt, es lag direkt neben dem Grab ihrer Schwester. Auf Catherines Stein war schlicht ihr Geburts- und ihr Todesjahr eingraviert, »1972–1986«. Das Loch für Dorries Sarg war bereits ausgehoben und mit einer Plane aus Leinen von derselben Farbe abgedeckt, wie die Erde rundherum. Eine Winde zum Herunterlassen des Sargs stand schweigend bereit und wartete darauf, die Last zu empfangen.

Ich wünschte, ich wäre Raucher gewesen. Irgendetwas, nur damit die Zeit verging und ich nicht stundenlang ausschließlich der Gesellschaft meiner eigenen Gedanken ausgeliefert blieb. Aber ich rauchte nicht. Und im schwachen Licht vor Sonnenaufgang, in der kühlen, trockenen Luft, saß ich allein da und starrte auf das zugedeckte Loch im Boden, das für Dorrie vorbereitet worden war. Ein Geist nach dem anderen kam und setzte sich zu mir auf die Granitbank. Einer nach dem anderen ließ den Kopf hängen, beugte sich zu mir herüber und flüsterte mit einer Stimme, die nur ich hören konnte. Miranda war da, Dorrie und Julia Cortenay. Und meine Mutter. Alle meine toten Frauen. Außerdem Ramos und Mirandas Boss aus dem Stripklub, Wayne Lenz mit dem großen blutigen Loch in der Brust. Alle meine toten Männer. Alle auf der kleinen Bank.

Es wehte ein kräftiger Wind. Ich zog meine dünne Jacke fester um mich herum, schlang die Arme um mich.

Dorrie und ich waren mit Lane zum Friedhof gegangen, als seine Frau gestorben war. Dorrie hatte neben mir gestanden, als ich eine Handvoll Erde auf den Sarg warf und das schrecklich hohle Echo beim Aufprall erklang. Sie war die ganze Zeit scheinbar unbeeindruckt geblieben, doch auf der Fahrt zurück in die Stadt hatte sie mit echtem Zorn in der Stimme zu mir gesagt: »Wenn ich gehe, dann will ich keine Zeremonie. Keinen Pfarrer, der an meinem Sarg predigt. Nur du sollst da sein. Mehr nicht.«

Na ja, ich konnte Dorries Mutter schlecht davon abhalten, einen Pfarrer zu bestellen, und ich konnte auch nicht verhindern, dass gebetet wurde. Aber ich war hier. Das immerhin konnte ich tun.

Die Friedhofsgärtner ließen sich ungefähr ab acht Uhr blicken, große Männer in Arbeitsanzügen, mit Arbeitshandschuhen und schweren Stiefeln. Sie trugen Schaufeln über den Schultern und lange, gewundene Schläuche. Sie schlugen die Hände aneinander, um sich aufzuwärmen, und atmeten weiße Dunstwölkchen aus. Einige sahen in meine Richtung. Ich nickte ihnen zu. Keiner von ihnen kam näher oder fragte, was ich dort machte.

Ungefähr um neun kamen die ersten Wagen angefahren, ein Leichenwagen vorneweg, ein Volvo folgte ihm. Ich stand auf und ging an Dorries Grab vorbei zu einer Baumgruppe ungefähr vierzig Meter davon entfernt. Es waren schlanke Bäume, und sie standen in großem Abstand zueinander – ich konnte mich nicht dahinter verstecken. Aber sie versperrten immerhin ein bisschen die Sicht, und die Entfernung würde ihr Übriges tun. Ich drehte mich um, sodass ich in eine andere Richtung sah, auf das Grab eines Fremden.

Ich wagte nicht, offen hinzusehen, aber ich warf ein paar verstohlene Blicke dorthin, beobachtete das Geschehen aus dem Augenwinkel. Ich sah zwei Arbeiter, die einen Sarg an das Grab heranschoben, ihn von der Bahre hoben und an den Riemen der Winde befestigten. Anschließend traten sie zurück und machten den Trauernden Platz. Ich erkannte Eva Burke, sie war in schwerem schwarzen Mantel und Hut erschienen, wirkte untersetzt und gedrungen. Ein großer Mann mit weißem Haar, der ein kleines Buch mit schwarzem Einband dabeihatte, stand außerdem dort – eine Bibel, nahm ich an. Er legte Mrs. Burke eine Hand auf den Rücken, doch sie schüttelte sie ungehalten ab. Zwei jüngere Männer standen mehrere Schritte entfernt hinter den beiden und schienen sich in ihren Sonntagsanzügen unwohl zu fühlen. Vielleicht Verwandte oder Freunde aus der Kindheit. Und eine weitere Frau, die sich auf einen Stock stützte. Eine Lehrerin? Eine Tante? Weiß der Henker.

Als der Wind in meine Richtung wehte, brachte er die Geräusche des Gottesdienstes mit sich, leise Worte feierlich ausgesprochen. Zuerst sprach der Mann, hielt das Buch aufgeschlagen in Händen, dann sprachen alle gemeinsam, wiederholten sinnlose, uralte Formulierungen.

Ich sah mich um. Der Friedhof war beinahe menschenleer – außer den Trauernden, den Arbeitern und mir sah ich nur noch einen weiteren Mann, der vielleicht vierzig Meter entfernt in der entgegengesetzten Richtung an einem Mausoleum auf und ab ging, manchmal in unsere Richtung blickte, manchmal wegsah. Als er zum zweiten Mal zu mir her sah, bemerkte er, dass ich ihn beobachtete, und sah rasch wieder weg – ich bekam einen Riesenschreck und überlegte, ob ich schnell verschwinden sollte. Konnten die New Yorker Cops herausgefunden haben, wo ich war und die Daten über Funk durchgegeben haben, damit mich jemand hier abholte? Ich sagte mir, ich sei paranoid. Er blieb, wo er war, und ich blieb, wo ich war, und zwischen uns beiden wurde die Zeremonie bis zum Ende heruntergeleiert.

Ich hörte, wie der Pfarrer seine Bibel zuschlug, ein kurzes, hartes Klappen, das in der bewegungslosen Luft hängen blieb. Dann gingen die Trauernden hintereinander auf das Hauptgebäude zu, Eva Burke zuerst, die beiden jungen Männer bildeten das Schlusslicht.

Ich ging zum Grab, die Hände in den Taschen. Die Arbeiter traten beiseite, als ich mich näherte, hielten die Schaufeln in Händen, bereit, das Loch zuzuschütten und sich anschließend anderen Aufgaben zu widmen. Der Ausdruck in ihren Gesichtern hatte nichts von dem verlogenen Mitgefühl, das die Angestellten von Beerdigungsinstituten so oft an den Tag legen. Es war ihr Job, sie hoben Gruben aus und schaufelten sie wieder zu. Es war kalt, und sie wollten fertig werden. Trotzdem wussten sie, was sich gehörte und warteten.

Ich stand unten am Fuß der Grube, die sie gegraben hatten und blickte auf den leicht gewölbten Sargdeckel, ein schlichtes Kreuz war in das Holz eingraviert. Mir war noch nie klar, was man an Gräbern so tut. Man steht herum, man guckt. Man will nicht weggehen. Mit den Fingern berührte ich meine Lippen und hielt die Hand über den Grubenrand. »Auf Wiedersehen«, sagte ich. Auf Wiedersehen.

Hinter mir hörte ich Schritte. Als ich mich umdrehte, stand ein Mann mit Tweedmütze und grüner Windjacke neben mir, die Hände wie ich in den Taschen vergraben. Sein schwarzes Haar unter der Mütze war bereits an einigen Stellen grau meliert. Er hatte einen ungepflegten Kinnbart und buschige Koteletten und war einen ganzen Kopf kleiner als ich. Er war der Mann, der neben dem Mausoleum auf und ab gegangen war. Auf die Entfernung hatte ich ihn nicht erkannt, aber jetzt wusste ich, wer er war. Ich war ein bisschen überrascht, ihn hier zu sehen.

Er sagte: »Woher kannten Sie sie?«

»Wir haben zusammen studiert«, sagte ich.

»Hier in Philadelphia?«

»Nein. In New York.«

»Ach«, sagte er. Dann: »Ich bin auch aus New York angereist.« Die Bemerkung war seltsam, irgendwie unbeholfen. Darin lag die verlegene Aufforderung, das Gespräch in vertraulichere Bahnen zu lenken, als könnte er es nicht abwarten, sich etwas von der Seele zu reden, wenn es sein musste auch einem Fremden gegenüber. Ich stellte ihm die Frage, von der ich das Gefühl hatte, dass er darauf wartete. »Woher kannten *Sie* sie?«

Ich fragte ihn das, obwohl ich verdammt gut wusste, dass er sie überhaupt nicht gekannt hatte, sich nicht ein einziges Mal mit ihr unterhalten hatte, obwohl sie es mehrfach bei ihm versucht hatte. Zum letzten Mal gesehen hatte er sie wahrscheinlich an einem Tag wie diesem, einem Tag vor zwanzig Jahren, als das gähnende Grab, das wenig später von ungeduldigen Arbeitern zugeschaufelt wurde, Catherine gehörte.

Aber er wollte unbedingt, dass ich ihn fragte, also tat ich es.

Ein schmerzverzerrtes Lächeln machte sich auf seinem Gesicht bemerkbar. »Ich bin ihr Vater«, sagte er.

Er streckte mir die Hand entgegen und drückte sie fest, als ich einschlug.

»Doug Harper«, sagte er.

»Robert Lee.« Es war der erste Name, der mir einfiel.

»Sie fragen sich wahrscheinlich, weshalb ich einen anderen Nachnamen habe«, sagte er. »Und weshalb zum Teufel ich da drüben herumstand.« Er nickte in Richtung der Gruft in der Ferne. »Ihre Mutter und ich ... wir haben uns entzweit. Vor vielen Jahren. Vor sehr vielen Jahren.«

Seine Augen füllten sich mit Tränen. Zum ersten Mal fiel mir die Ähnlichkeit zu seiner Tochter auf. Ich hatte den Mann durch das Schaufenster von Fioruccis schon einige Male gesehen, wo er überteuerte Oxfordhalbschuhe und Budapester verkaufte, hatte ihn beobachtet, wie er nach Hause ging, draußen auf der Feuertreppe vor seiner Wohnung im zweiten Stock mit einem Taschenbuch und einem Bier saß. Ich hatte sogar ein paar Schnappschüsse von ihm gemacht, obwohl Dorrie eigentlich nur seine Adresse gewollt hatte. Die Macht der Gewohnheit. Aber trotz alldem, sah ich ihn jetzt zum ersten Mal aus der Nähe, als Person. Und seine Augen ... ich erkannte ihre Augen in seinen.

In seinem gezeichneten Gesicht, seiner schmalen Statur und dem schütteren, glatten Haar erkannte ich sie allerdings nicht wieder. Er war dunkel, obwohl sie sehr hellhäutig war, eher drahtig als sinnlich wie sie. Aber seine Augen waren sanft und tief wie Dorries und auch ebenso sorgenvoll und traurig.

»Robert«, sagte er und blieb stehen. Er wandte mir sein Gesicht zu und sah in einer Mischung aus Verlegenheit und Trotz zu mir auf. »Robert, ich habe vor einundzwanzig Jahren meine andere Tochter, meine ältere Tochter verloren. Catherine.« Er nickte in Richtung des anderen Grabes. »Kurze Zeit später verlor ich meine Frau und meine Familie. Danach meinen Job. Jetzt habe ich meine jüngere Tochter verloren. Und ich habe auf der ganzen Welt niemanden, mit dem ich darüber reden kann.« Entschuldigend lächelte er mich an. Er hatte schlechte Zähne. »Würden Sie was mit mir trinken gehen, Robert? Wenn es Ihnen nichts ausmacht, sich das Gejammer eines alten Mannes über die Ungerechtigkeit des Lebens anzuhören?«

»Sicher«, sagte ich. »Natürlich gehe ich was mit Ihnen trinken.«

Wir folgten der leichten Wegbiegung bis ans Haupttor des Friedhofs. Doug führte mich langsam die Front Street entlang, dann über die West Wingohocking. Daran merkt man, dass man nicht mehr in New York City ist – die Straßen haben Namen wie »West Wingohocking«. Plötzlich bog er in die North Bodine ab und stieg die vier Stufen zu einem Pub hoch, auf dessen einzigem Schild schlicht »Pub« stand.

Die Fenster waren schmutzig, und das hindurchsickernde Licht warf blassbraune Schatten an die Wände und die Lehnen der Barhocker. Doug zog einen davon heraus, setzte sich darauf und bestellte Rum-Cola. Ich setzte mich neben ihn und bat den Barkeeper um ein Bier.

»Welches?«, fragte er und beinahe hätte ich geantwortet: *Dreher. Was Ungarisches.*

»Egal, was Sie dahaben«, sagte ich und sah, dass er ein Budweiser aufmachte.

Doug nahm einen langen Zug, schluckte so lange, bis keine Flüssigkeit mehr im Glas war und ihm das Eis klappernd gegen die Zähne schlug. »Gib mir noch einen«, sagte er zum Barkeeper.

Auf der anderen Seite lief CNN in einem kleinen Fernseher, die Laufschrift unten am Bildschirm berichtete von irgendwelchen Eskalationen in Nahost. Der Ton war heruntergedreht, aber Gebrabbel war noch zu hören.

»Wann haben Sie Dorrie zum letzten Mal gesehen?«, fragte ich.

Ich war nicht absichtlich grausam, jedenfalls redete ich mir das ein. Ein Fremder hätte ihm diese Frage gestellt.

Er zuckte mit den Schultern und antwortete nicht. »Hat Sie sich so genannt? Dorrie?«

»Ja.«

»Sie hat mir einmal geschrieben«, sagte er. »Das ist vielleicht sechs Monate her. Ein langer Brief. Hat erzählt, was sie so macht, dass sie Seminare an der Columbia besucht. Hat sogar ein Bild von sich dazugelegt. Mein Gott, sie war ... wunderbar. Es war, als würde man Catherine betrachten, nur als Erwachsene.« Er nahm einen Schluck von seinem Drink, behielt ihn im Mund, schluckte. »Sie hatte den Brief mit ›Deine Tochter, Dorothy‹ unterschrieben. Wahrscheinlich dachte sie, ich würde nicht wissen, wer sie ist, wenn sie mit ›Dorrie‹ unterschreibt.«

»Sie haben ihn geöffnet?«, fragte ich. »Den Brief?«

Er sah mich fragend an. »Natürlich hab ich das. Wieso?«

»Sie hat mir den Brief gezeigt. Er kam ungelesen zurück.«

Er schloss die Augen. »Nein. Nein. Nicht ungelesen.«

»›Annahme verweigert‹ stand drauf.«

»Ja. Annahme verweigert«, sagte er. »Ich hab die Annahme verweigert. Aber ich hab ihn vorher aufgemacht. ›Dorothy Burke‹ stand auf dem Umschlag, wie hätte ich den nicht öffnen können? Burke ist der Name ihrer Mutter. Sie hat ihn wieder angenommen, nachdem sie mich los war.«

»Aber wenn Sie den Brief geöffnet haben ...«

»Ich war ganz vorsichtig, damit ich ihn wieder zukleben konnte, hab ihn wieder in den Kasten geworfen.«

»Wieso? Wieso haben Sie das getan?«

Er schien um eine Antwort verlegen – er öffnete den Mund, aber es kam nichts heraus. Schließlich sagte er: »Ich habe ihrer Schwester das Leben ruiniert, ihrer Mutter und mir selbst auch. Ich wollte ihres nicht auch noch zerstören.«

»Haben Sie eine Ahnung, wie sie sich danach gefühlt hat?«, fragte ich. »Nach all der Zeit findet sie Sie endlich, schickt Ihnen einen Brief, und Sie, der eigene Vater, wollen sie nicht nur nicht treffen oder mit ihr reden, Sie schicken ihr auch noch den Brief zurück ...«

»Ich konnte sie nicht treffen. Ich konnte nicht. Das Foto zurückzuschicken war das Härteste, was ich je getan habe. Aber ich, ich ...« Er beruhigte sich wieder, stockte und hielt inne. »Ich bin kein guter Vater. Ohne mich hatte sie es besser.«

»Wahrscheinlich«, sagte ich und dachte, dass ich zu weit gegangen und absichtlich grausam gewesen war. Dorrie hätte das nicht gewollt. Ich verstummte und trank mein Bier.

»Einmal bin ich zu ihrer Wohnung gegangen«, sagte er. »Zu der Anschrift, die auf dem Umschlag stand, musste weit fahren. Aber weiter als bis vors Haus bin ich nicht gekommen. Ich wollte auf den Knopf drücken und sagen: *Hallo, ich bin's, dein Vater*. Ich hatte den Daumen schon auf der Klingel. Aber ich konnte es nicht.«

»Warum um Gottes willen nicht?«

»Nach zwanzig Jahren? Nach allem, was Eva ihr wahrscheinlich über mich erzählt hat? Ich konnte ihr nicht gegenübertreten. Nicht einfach so.«

»Das hätten Sie aber tun müssen.«

»Vielleicht«, sagte er.

Sein Glas war wieder leer, und der Barkeeper füllte es unaufgefordert. Im Fernsehen waren Reporter zu sehen, die sich über urbane Gewalt ausließen. Super Thema.

»Wollen Sie mal was Entsetzliches hören?«, fragte er. »Ich war das ganze Wochenende in der Suchtklinik. Auf Entzug. Zu viel von dem Zeug hier.« Er hob sein Glas. »Montagmorgen bin ich dort rausspaziert, über die Sixth Avenue rüber zu Universal News. Dort hab ich mir eine Zeitung geholt und was sehe ich als Erstes?« Langsam rollte er das Glas zwischen den Fingern hin und her, wie ein Juwelier, der einen Stein auf seine Makellosigkeit prüft. Er schien nichts zu finden.

»Meine Tochter ist tot. Zwei nüchterne Tage für den Arsch.«

Ich erfuhr mehr über ihn, als ich wissen wollte. Er war also Alkoholiker und Feigling und ja, ein lausiger Vater. Dorrie hatte etwas Besseres verdient. Aber wer hatte das nicht?

Ich nahm noch einen Schluck Bier, schob die Flasche weg und stand auf. »Tut mir leid, ich muss los, Doug. Ich muss wieder zurück in die Stadt.«

Er antwortete nicht, und ich merkte, dass er mich gar nicht ansah. Er sah an mir vorbei auf den Fernsehbildschirm. Ich folgte seinem Blick.

»Gesucht« war als Laufschrift zu lesen. Darüber sah man zwei Gesichter, das des Nachrichtensprechers und in einem kleinen Kasten über seiner Schulter meins. Mit Haaren. Aber das machte keinen Unterschied.

»Die Fahndung nach dem mutmaßlichen Mörder«, ertönte die Stimme aus dem Fernseher, »John Blake dauert an. In seinem Apartment in Manhattan wurde die Leiche des 27-jährigen Jorge Garcia Ramos gefunden. Laut Polizeiberichten wird Blake außerdem in Verbindung mit einem zweiten Tötungsdelikt gesucht, dem an der 25-jährigen Candace Webb, die heute morgen auf der West 32nd Street erdrosselt aufgefunden wurde.«

Ich sah ihn an. Doug Harper blickte nervös zu mir, dann wieder auf den Bildschirm.

Über der Schulter des Nachrichtensprechers war mein Foto nun von einem anderen mit der Bildunterschrift »Webb« abgelöst worden.

Es zeigte Di.

Es schnürte mir die Kehle zu, mein Herz hörte auf zu schlagen. Di. Erdrosselt – dazu auf der West 32nd Street. Ich erinnerte mich, dass sie, als ich sie zum letzten Mal sah, mantraartig wiederholt hatte: *Ich werde sie töten, ich werde sie beide töten*. Warum zum Teufel hatte sie es tatsächlich versucht? Ich stellte mir vor, wie sie Miklos zur Rede stellte und er sie mit seinen Riesenhänden an der Kehle packte. Sie hatte gesagt, wenn ich mich mit ihm anlegen wollte, sollte ich mir lieber eine Schusswaffe besorgen. Sollte sie eine gehabt haben, so hatte sie ihr nicht viel geholfen.

Noch eine tote Frau, dachte ich. Noch eine Beerdigung. Und wofür? Wofür?

Ich kramte in meiner Tasche, legte zwei kleine Scheine

auf den Tresen. »Schlimm«, sagte ich, meine Stimme klang schwach und fremd in meinen Ohren. »Dass so jemand frei rumläuft.«

Doug sah mich nur an. Ich entdeckte keine Angst in seinem Gesicht, nur Wut. Ein sorgenvoller Gesichtsausdruck, als wüsste er nicht, was er denken sollte.

»Was?«, fragte ich, und als er nicht antwortete: »Was? Wollten Sie mich was fragen, Doug?«

Er schüttelte den Kopf.

An der Wand hing ein Münztelefon, und ich sah ihn vor mir, wie er die Polizei anrufen würde, kaum dass ich die Tür hinter mir zugezogen hätte. Meine eigene verdammte Schuld. Ich hätte nicht mit ihm reden sollen, hätte nicht mit ihm trinken gehen dürfen.

»Hören Sie zu«, sagte ich, beugte mich vor und senkte meine Stimme. »Ich habe niemanden umgebracht.«

»Ich muss nicht ...«

»Hören Sie zu.« Er hielt die Klappe. »Ich habe die beiden nicht getötet. All das hat mit Dorrie zu tun, das sollten Sie wissen. Die Polizei hat das nicht begriffen. Ich stelle Nachforschungen über ihren Tod an, ziehe dadurch den Zorn gewisser Leute auf mich, und einiges ist auch entsetzlich schiefgegangen, aber ich habe niemanden getötet. Wenn Sie die Polizei rufen – hören Sie mir zu.«

»Ich höre Ihnen zu«, sagte er.

»Wenn Sie die Polizei rufen, stecken die mich ins Gefängnis, und ich werde niemals herausfinden, was mit Dorrie passiert ist. *Sie* werden es nie herausfinden. Haben Sie das verstanden?«

»Was soll das heißen, Sie ›stellen Nachforschungen an‹?«

»Ich bin Privatdetektiv«, sagte ich.

»Ich dachte, Sie hätten mit ihr zusammen studiert.«

»Hab ich auch.«

»Und Sie versuchen herauszufinden ... was genau eigentlich? Wie sie gestorben ist? Ich dachte es sei bekannt, wie sie gestorben ist.«

»Ich will herausfinden, *warum* sie sterben musste«, sagte ich. »In ihrem Leben stimmte was nicht, und ich versuche herauszufinden, was das war. Aber nur, wenn Sie mich nicht verpfeifen.«

Es war sinnlos. Die Farbe war aus seinem Gesicht gewichen, und er hatte Mühe, mir in die Augen zu sehen. Ich wusste, dass er es tun würde.

»Prima«, sagte ich. »Machen Sie, was Sie wollen. Aber vielleicht könnten Sie ein einziges Mal in Ihrem verdammten Leben zuerst an Ihre Tochter denken.«

Ich ging hinaus.

Durch die schmutzige Scheibe sah ich, wie er zum Münztelefon ging.

24

Ich kam mir vor wie der letzte Bauer auf dem Schachbrett, umzingelt von Türmen, Springern und Läufern. Langsam bewegte ich mich auf den Rand zu und würde es nicht schaffen.

Die Rückfahrkarte in meiner Tasche war jetzt wertlos – sie würden den Bahnhof beobachten. Theoretisch konnte man von Philadelphia nach New York fliegen, praktisch konnte ich es aber nicht. Auch dort würde nach mir gesucht werden, jetzt, wo die Polizei den Tipp von Dorries Vater bekommen hatte.

Was blieb? Während ich auf dem Weg zurück zum Friedhof über eine Kreuzung raste, dachte ich, ich könnte einen Wagen stehlen. Aber das konnte ich nicht. Ich hatte mein ganzes Leben in Manhattan verbracht. Ich konnte kaum Autofahren.

Kannte ich jemanden in Philadelphia, der mir helfen würde?

Ich kannte niemanden in Philadelphia, Schluss, aus.

Abgesehen von Doug Harper und seiner früheren Frau, und das waren keine Freunde von mir. Als ich am Haupttor von Greenmount vorbeikam, sah ich den Leichenwagen, in dem Dorries Sarg transportiert worden war, ein Lincoln Town Car mit ausgeleierten Stoßdämpfern und einem New Yorker Nummernschild. Der Volvo stand dahinter. Der Fahrer des Leichenwagens, mit raspelkurzen Haaren und einem Minibärtchen überm Kinn, schritt rauchend zwischen beiden auf und ab.

Ich rannte zu ihm. »Fahren Sie in die Stadt zurück?«

»Wenn die Chefin mich lässt.« Er sprach mit russischem Akzent.

»Ist sie noch drin?«

»Papierkram«, sagte er schulterzuckend angesichts einer Welt, in der man sich nicht einmal begraben lassen konnte, ohne doppelt und dreifach Formulare ausfüllen zu müssen.

»Ich will auch dahin zurück«, sagte ich und versuchte, lässig zu klingen. In meinen Ohren klang es total falsch und aufgesetzt. »Nehmen Sie mich mit?«

»Wo haben Sie Ihren Wagen?«

»Bin mit dem Zug angereist«, sagte ich.

Er zog kräftig an seinem Zigarettenstummel, warf ihn auf den Boden und trat ihn aus. Offenbar dachte er darüber nach, weshalb ein Kerl, der mit dem Zug hergekommen war, nicht auf dieselbe Weise wieder zurückfuhr. Oder er versuchte sich zu erinnern, wo er mein Gesicht schon mal gesehen hatte.

»Ich steig hinten ein. Sie werden gar nicht merken, dass ich da bin.«

Er kratzte sich an seinem Bärtchen.

»Hundert Dollar«, sagte er und beäugte mich misstrauisch, weil er fürchtete, vielleicht zu hoch gegriffen zu haben.

Ich befingerte die schwindenden Geldvorräte in meiner Tasche. Ich musste mir noch etwas für später aufheben. »So viel kann ich nicht zahlen«, sagte ich, und er reagierte wieder mit einem Schulterzucken und wandte sich ab. Ich legte ihm eine Hand auf die Schulter. »Ich kann keine hundert zahlen – aber ich gebe Ihnen sechzig und diese Fahrkarte, für die Sie noch mal sechzig bekommen, wenn Sie sie zurückgeben. Das sind hundertzwanzig.« Ich zog meine Rückfahrkarte leicht zerknittert aus der Tasche, außerdem drei Zwanziger. »Sie fahren sowieso zurück«, sagte ich. Ich gab alles, um keine Verzweiflung in meiner Stimme anklingen zu lassen, und horchte gleichzeitig mit halbem Ohr nach Polizeisirenen.

Er schnappte mir Geld und Fahrkarte aus der Hand, unterzog beide Seiten der Fahrkarte genauester Betrachtung, als hätte ich ihm eine Fälschung verkaufen wollen.

»Die ist noch dreißig Tage gültig«, sagte ich. »Sie gehen damit einfach zum Schalter, schieben die Karte rüber und bekommen Bares dafür.« Hinter ihm, auf der anderen Seite des Friedhofstors, sah ich, dass sich die Haustür des Hauptgebäudes öffnete. Eine kleine Frau in einem schwarzen Mantel und mit Hut trat heraus. Eva Burke. Sie war im Gespräch mit einem Mann und hatte sich noch nicht zu uns umgedreht.

»Kommen Sie schon, überlegen Sie es sich. Wollen Sie nun das Geld oder nicht?«

Natürlich wollte er.

»Steigen Sie ein«, sagte er.

Es dauerte ein paar Minuten, bis alles mit Mrs. Burke geklärt war. Ich beobachtete die beiden ungeduldig durch die getönte und mit Vorhängen versehene Heckscheibe des Leichenwagens und sah, wie eine weitere Handvoll Bargeld den Besitzer wechselte. Der Kerl verdiente nicht schlecht an einem einzigen Vormittag. Ich neidete ihm seinen Verdienst nicht. Ich wollte nur, dass er endlich losfuhr.

Er ging um den Wagen herum und stieg ein. Zwischen uns befand sich eine Trennscheibe aus Plexiglas, die seine Stimme dämpfte. »Sie können auch hier vorne sitzen, wenn Sie möchten.«

»Ist schon okay«, rief ich zurück.

»Wird eine lange Fahrt.«

Das stimmte. Aber andere Fahrer, Mautkontrolleure und Polizisten konnten den Beifahrer sehen. Hier hinten war ich unsichtbar. »Schon okay«, sagte ich noch mal.

»Soll ich Musik machen?«

»Von mir aus«, sagte ich. »Wie Sie wollen.«

Er drückte auf den Tasten seines CD-Players herum, und dann ertönte die Stimme einer russisch singenden Frau. Mir war das gerade recht. Ich war in keinem Zustand, in dem ich Musik in einer Sprache hätte hören können, die ich verstand.

Hinten im Leichenwagen war es wie in einem Kombi, nur länger, und an beiden Seiten befanden sich Metallgriffe, Haftstreifen aus Gummi klebten auf dem Teppich. Man hatte das Gefühl, im Kofferraum eines Wagens zu sitzen, nur dass man mehr Platz und ein bisschen mehr Licht hatte. Ein bisschen. Ich schob einen Arm unter einen der Metallgriffe, um nicht bei jeder Kurve hin und her geworfen zu werden.

Ich versuchte nicht daran zu denken, dass Dorrie in genau diesem Wagen aus New York hergebracht worden war und sie dort gelegen hatte, wo ich nun lag, eingepfercht in einen Sarg. Es kam mir wie eine Ewigkeit vor, nicht erst wie wenige Tage, dass ich sie zum letzten Mal gesehen, zum letzten Mal mit ihr gesprochen und sie zum letzten Mal umarmt hatte. Es kam mir wie eine Ewigkeit vor, dass ich in Susans Wohnung gewesen war. Zwei weitere Menschen waren inzwischen ermordet worden. Verdammt, die Geschichte wurde jetzt auf CNN gebracht – nicht mehr nur in den Lokalnachrichten. Wie war es dazu gekommen?

Ich überlegte, ob ich den Fahrer bitten sollte, mich irgendwo in Jersey rauszulassen, oder verdammt noch mal, umzukehren und Richtung Westen zu fahren – irgendwohin, Hauptsache Westen, Hauptsache nicht zurück nach New York.

Aber wo hätte ich hingekonnt? Ich hatte praktisch kein Geld, die Polizei war mir auf den Fersen – und ich hatte noch offene Rechnungen. Dorries Mörder lief frei herum. Ich hatte ihr etwas versprochen und mir selbst auch und alles, was ich durchgemacht hatte, wäre umsonst gewesen, wenn ich jetzt aufgab.

Ich hörte den Fahrer etwas auf Russisch sagen und seinen Fahrdienstleiter von atmosphärischen Störungen unterbrochen antworten. Worüber sprachen sie? Eine Schrecksekunde lang war ich davon überzeugt, dass sie über mich sprachen, dass der Fahrer ganz genau wusste, wer ich war, und sich nun erkundigte, wie hoch die Belohnung war, die sie auf meinen Kopf ausgesetzt hatten. Ich versuchte, die Silbe »Blake« herauszuhören, aber bei der gleichzeitig dudelnden Musik und dank der Trennwand, die jedes Wort halb verschluckte, war das ein hoffnungsloses Unterfangen.

»Hey, Mister«, sagte der Fahrer. Er drehte an einem Knopf, und die Stimme der Sängerin wurde leiser. »Wenn wir in die Stadt kommen, kann ich Sie auf der Westseite rauslassen, okay?«

Ich stellte mir vor, dass er eine Garage voller Leichenwagen am Ufer ansteuerte. Mir erschien logisch, dass er sich wegen mir nicht in den Innenstadtverkehr stürzen wollte. Er würde mich so schnell wie möglich loswerden wollen. Es sei denn natürlich, er hätte vor, mich in Mirskys Revier abzuliefern.

»Westen ist prima«, sagte ich und wusste, dass ich nicht warten würde, bis er mich absetzte, sondern an der ersten roten Ampel die Tür hinten aufreißen und wie der Teufel losrennen würde. Auch wenn er wahrscheinlich gar nicht vorhatte, mich abzuliefern und gar keine Ahnung hatte, wer ich war, sondern mich einfach nur für irgendeinen Irren hielt, der darauf stand, im Leichenwagen mitzufahren. Aber ich konnte nicht warten und es herausfinden, nur für den Fall.

Ich warf einen Blick auf meine Armbanduhr. Ich würde früher ankommen, als ich mit Susan verabredet war, aber nicht viel früher. Und im Ramble würde ich sicherer sein und besser warten können, als hier draußen auf der Straße.

»Würden Sie Central Park West hochfahren? Vielleicht können Sie mich da irgendwo auf halber Höhe rauslassen?«

Er schüttelte den Kopf. »Ich muss auf die Eleventh Avenue.«

»Dann wenigstens bis zur Columbus?«, fragte ich.

Der Gesichtsausdruck des Fahrers im Rückspiegel wirkte gequält. »Können Sie die paar Straßen nicht laufen?«

»Tut mir leid«, sagte ich. »Aber ich bin schon spät dran und hab einen Termin.«

Was für ein idiotischer Satz. Leute mit Terminen ließen sich nicht hinten in einem Leichenwagen transportieren.

Er drückte auf die Hupe, schlingerte um einen anderen Wagen herum. »Ich gebe Ihnen noch einen Zwanziger«, sagte ich. »Okay?« Er nuschelte irgendwas.

»Was?«, fragte ich.

»Wissen Sie, wie wir in Russland sagen? *Tote stellen keine Ansprüche.*«

Wenn das nur wahr wäre, dachte ich.

25

Die erste rote Ampel, an der wir hielten, war die in der Nähe der *Tavern on the Green*, und ehe er sich's versah, war ich raus aus dem Wagen und über alle Berge. Ich hatte gezögert, bevor ich ihm den Zwanziger hinten hinlegte. Aber ich hatte gesagt, dass ich's tun würde, also tat ich's.

Ich rannte an Sheep Meadow vorbei, wo es an Sommertagen vor Sonnenbadenden und Voyeuren nur so wimmelte. Jetzt, um diese Jahreszeit, war niemand da. Ich ging ostwärts in den am wenigsten verplanten Teil des Central Park, den Bereich, den die Landschaftsarchitekten wild und unberührt gelassen hatten. Der Teil hieß The Ramble und war in den Siebzigerjahren als Cruising Area für Schwule bekannt geworden, die anonymen Sex wollten. Aids hatte dem Ganzen einen Dämpfer verpasst. Auch Giulianis Amtszeit als Bürgermeister hatte Opfer gefordert. Und nach 9/11 hatte niemand mehr groß Lust gehabt, im Gebüsch zu vögeln. Aber alles geht irgendwann mal vorbei, und ich konnte mir vorstellen, dass inzwischen wieder reger Betrieb herrschte.

Allerdings nicht am Nachmittag eines kalten Herbsttages. Scharfe Winde hielten die Menschenmassen wirkungsvoller fern als alle Terroristen und Bürgermeister der Welt, und bis jetzt hatte ich noch niemanden auf den von dichtem Wald umgebenen Pfaden entdeckt. An einer Stelle, tief im Wald, erhob sich ein steil aufragender Felsen. Wir hatten ihn zusammen entdeckt, Susan und ich, sie würde wissen, dass ich diesen Felsen gemeint hatte. Dieselben Eigenschaften, die ihn zu einem perfekten Ort für ein Rendezvous im Sommer machten, empfahlen ihn auch jetzt. Man konnte von dort aus in alle Richtungen sehen, ob jemand kam und wurde umgekehrt nicht selbst gesehen, es sei denn, man stellte sich aufrecht hin.

Ich kletterte hinauf und wartete. Während ich wartete, versuchte ich, meinem Handyakku einen weiteren Anruf abzuringen, aber es war zwecklos.

Mir war kalt, und ich fühlte mich oben auf der flachen Felsoberfläche ungeschützt. Das spärliche Gras, das dort wuchs, zitterte im Wind, und auch ich zitterte. Ringsum verloren die Bäume ihre Blätter, mit jedem Windstoß fielen ein paar mehr.

Kurz nach zwei Uhr tauchte Susan auf. Sie trug denselben schweren Mantel, den sie am Tag zuvor angehabt hatte, und das Klettern fiel ihr damit nicht unbedingt leichter. Ich beugte mich über den Rand und streckte ihr einen Arm entgegen. Sie ignorierte ihn und kletterte die letzten Meter allein weiter. Als sie sich neben mich setzte, schälte sie sich die Handschuhe von den Fingern und schlug mir mit bloßer Hand ins Gesicht.

»Wofür war das denn?«, fragte ich. Meine Brille hing schief auf meiner Nase, und ich rückte sie zurecht.

»Wo ist mein verdammtes Portemonnaie?«

Ich griff in die Tasche und holte es heraus, legte es ihr in die ausgestreckte Hand. »Susan, ich –«

»Ich will's nicht hören, John.«

»Tut mir leid«, sagte ich.

»Was zum Teufel ist los mit dir? Die Polizei sucht dich. *Zwei* Menschen sind tot. Und du sitzt hier im Central Park wie ... wie irgendein Obdachloser. Sieh dich mal an, du musst dich doch zu Tode frieren. Hier.« Sie öffnete ihre Handtasche und zog eine dünne Strickjacke heraus. Sie warf sie mir zu. »Mein Gott, John. So hab ich dich noch nie erlebt.«

Ich zog den Reißverschluss meiner Jacke auf, wand mich heraus und schlüpfte in Susans Jacke. Darüber zog ich wieder meine eigene.

»Hier.« Sie warf mir etwas zu. Ich entwirrte es. Es war eine Wollmütze.

»Susan ...«

»Setz sie auf«, knurrte sie. »Und sag mir, was ich nächsten Monat auf meiner Kreditkartenrechnung finden werde.«

»Zugfahrkarten.«

»Zugfahrkarten«, sagte sie und warf die Hände in die Höhe. »Du bist zu der verdammten Beerdigung gefahren. Wieso hat mir Mrs. Burke nichts davon erzählt?«

»Sie hat mich nicht gesehen.«

»Sie hat dich nicht gesehen. Natürlich. Wo warst du, hast du dich hinter einem Grabstein versteckt?« Sie nahm mir die Mütze vom Schoß und zog sie mir mit Gewalt über den Kopf. »John, findest du dein Verhalten normal? Ich frage nur, weil es mir alles andere als normal erscheint.«

»Normal? Nein, Susan, normal ist das nicht. Eine Frau, die mir sehr viel bedeutet hat, wurde ermordet. Auf mich wurde geschossen, ich wurde gefesselt, mit einem Messer bedroht, man hat mir wie in einer Szene aus *Der Pate* die Leiche eines Mannes aufs Bett gelegt. Ich wollte nur herausfinden, was Dorrie zugestoßen ist. Ich wollte das alles nicht. Ich wollte nie wieder so etwas in meinem Leben durchmachen. Wieso glaubst du wohl, hab ich bei Leo aufgehört?«

»Du hast wegen Miranda bei Leo aufgehört«, sagte Susan. »Lass uns ehrlich sein. Du hast dich schuldig gefühlt.«

»Natürlich hab ich mich schuldig gefühlt. Sie ist wegen mir gestorben.«

»Und ich wäre fast wegen ihr gestorben. Das Leben geht weiter.«

»So einfach ist das nicht.«

Sie sah mich mitleidig an. »John. Du musst loslassen. Miranda, mich und Dorrie. Du bist nicht verantwortlich für das, was uns zugestoßen ist.«

»In deinem Fall nicht, nein«, sagte ich. »Jedenfalls nicht für die guten Dinge.«

»Stell dich, John. Ich besorg dir einen Anwalt. Ich bezahl ihn auch. Wenn du's nicht getan hast, werden wir das beweisen ...«

»Erst, wenn ich das hier erledigt habe.«

»Was meinst du mit ›erledigen‹?«

»Herausfinden, was mit Dorrie passiert ist.«

»Was, wenn es dir nicht gelingt?«

»Sag das nicht«, sagte ich. »Wir schaffen das. Zusammen schaffen wir das ... Sag nicht, dass du nicht weitergekommen bist. Du bist viel zu gut. Ich würde es nicht glauben.«

»Ach, tatsächlich? Willst du wissen, wie weit ich gekommen bin?« Sie öffnete ihre Handtasche, holte einen Zettel heraus, ein ausgedrucktes digitales Foto. Ich betrachtete es. Es zeigte irgendeinen Jugendlichen, vielleicht siebzehn Jahre alt. Struppige Locken, Brille, schlechte Körperhaltung. Er stand in einem Gang, klopfte an eine Tür.

»Wer ist das?«, fragte ich.

»Das ist Robert Lee«, sagte sie.

Ich betrachtete es noch einmal, dann sie. »Du willst mich verarschen.«

»Sein richtiger Name ist Micah Goodman.«

»Wie alt ist er?«

»Siebzehn. Wird nächsten Monat achtzehn.«

»Das ist ein Kind!«

»Aber nicht irgendein Kind, er ist der Sohn von Robert Goodman. Ich weiß nicht, ob dir der Name was sagt. Goodman ist Partner bei Goldman Sachs. Hat im vergangenen Jahr 35 Millionen Dollar Prämien eingesackt.«

»Also ist er Kind reicher Eltern ...«

»Und schlau. Er besucht die Stuyvesant. Und er ist einsam.

Und was macht ein einsamer, schlauer Junge, wenn er's sich leisten kann, an einem Nachmittag 200 Dollar auf den Kopf zu hauen? Er schaut sich auf Craigslist um.«

»Willst du mir sagen, er hat Dorrie bezahlt?«

»Ich erzähl dir sogar noch mehr. Ich sage dir, dass er einer ihrer Stammkunden war. Seit seinem sechzehnten Lebensjahr.«

Darüber musste ich erst mal eine Minute nachdenken. »Aber du glaubst nicht, dass er sie umgebracht hat.«

»Auf keinen Fall«, sagte sie.

»Wieso ›auf keinen Fall‹?«

Sie nahm mir das Foto wieder ab. »Das hab ich im Hotel aufgenommen, wo er sich mit mir treffen wollte. Ich hatte nicht vorgehabt, dem geheimnisvollen Mr. Lee zu begegnen, aber als ich ihn sah ... sagen wir mal, ich dachte, dass ich mit ihm klarkommen würde. Wir haben eine ganze Stunde geredet. Wir hätten auch noch länger geredet, aber er musste zum Sozialkundeunterricht. Er war mit seinem Referat dran. Bist du jetzt langsam im Bilde? Er hatte keine Angst, dass ich seiner Frau etwas erzählen könnte – er hatte Schiss, dass seine Eltern davon erfahren.«

Im Kopf versuchte ich, die Puzzleteile zusammenzusetzen. »Ich weiß nicht, Susan. Angst vor den Eltern, einsam, ein Außenseiter ... auch Siebzehnjährige können Mörder sein.«

Aber sie schüttelte den Kopf. »Er war verrückt nach ihr, John. Nicht verrückt im schlechten Sinne – er war ... er mochte sie. Und weißt du ... nicht obsessiv. Sondern einfach sehr, sehr aufrichtig. Ihr Tod hat ihn fertiggemacht.«

»Kann gespielt gewesen sein.«

»Meinst du, ich erkenne den Unterschied nicht? Das war nicht gespielt. Er vermisst sie. Als hätte er seine beste Freundin verloren.«

»Er vermisst sie so sehr, dass er sich mit dir in einem Hotel verabredet.«

»Er dachte, ich wollte ihn erpressen.«

»Er dachte, du wolltest ihm einen runterholen, Susan. Dicke Titten, weißt du noch?«

»Ja«, sagte sie, »das weiß ich noch.«

Ich schüttelte den Kopf. »Tut mir leid.« Ich legte mich hin, starrte in den Himmel. Den Wolken war es gleich. »Vielleicht hat er's wirklich nicht getan«, sagte ich. »Vielleicht hast du recht.«

»Soll ab und zu vorkommen.«

»Was war mit den anderen beiden?«, fragte ich. »Adams? Smith?«

»Von Adams habe ich nichts gehört. Null. Von Smith habe ich eine automatisierte Antwort bekommen, in der steht, dass er nicht in der Stadt ist und seine Nachrichten beantworten wird, wenn er zurück ist, was angeblich heute sein soll. Ich versuch's nachher noch mal.«

»Einer von beiden könnte also unser Mann sein.«

»Vielleicht sind's aber auch nur zwei weitere notgeile Siebzehnjährige.«

»Glaubst du das?«

»Nein, John«, sagte sie. »Das glaube ich nicht. Ich glaube nicht, dass es Teenager sind, und ich glaube auch nicht, dass es Killer sind. Ich glaube, es sind unglückliche Männer, die manchmal Frauen dafür bezahlen, dass sie sie eine Stunde lang ein kleines bisschen glücklich machen.«

»*Jemand* hat sie umgebracht, Susan.«

»Oder auch nicht«, sagte Susan.

Ich schloss die Augen. »Nein«, sagte ich. »Was in dem Brief stand, den sie bei Sharon hinterlegt hatte ... irgendwas war los. Etwas, von dem sie glaubte, dass sie es mir nicht sagen konnte. Etwas, das so schlimm war, dass sie weglaufen wollte – aber ihr Mörder hat sie doch noch erwischt.«

»Das redest du dir ein«, sagte Susan, »davon wird es nicht wahrer. Ebenso wenig dadurch, dass sich ihre Mutter dasselbe einredet. Das ist eine Glaubensfrage.«

»Aber vielleicht habe ich recht. Soll auch ab und zu vorkommen.«

Sie sagte nichts. Ich hörte, wie sie das Blatt in ihre Tasche stopfte.

»Kannst du mir einen Gefallen tun?«, fragte ich. Fast war es mir peinlich, zu fragen.

»Welchen?«

»Mein Handy ... ist tot.«

Ich hörte sie in ihrer Tasche kramen, dann ein Klick. Ein schlankes, rechteckiges Plastikding landete auf meiner Brust. Ich setzte mich auf, legte den frischen Akku in mein Handy ein und gab ihr meinen leeren.

»Danke.«

»Wahrscheinlich muss ich froh sein, dass du's mir nicht geklaut hast«, sagte sie.

Ich setzte an, um noch einmal »tut mir leid« zu sagen, aber sie wischte meine Worte mit einer Handbewegung beiseite.

»Also«, sagte sie. »Du bleibst jetzt den ganzen Tag hier draußen?«

»Nein«, sagte ich. »Ich muss in Bewegung bleiben.«

»Aber du willst dich morgen wieder hier mit mir treffen, stimmt's? Damit ich dir wie eine brave kleine Soldatin täglich Bericht erstatte? Oder suchst du uns für morgen einen anderen Felsen aus?«

»Dieser hier ist gut.«

»John – in deinem eigenen Interesse. Bitte, lass mich jemanden besorgen, der dir hilft.«

»Bald«, sagte ich. »Ich versprech's. Aber jetzt noch nicht.«

Obwohl ich Susan etwas anderes erzählt hatte, blieb ich, wo ich war. Mir fiel kein besserer Platz ein. Wäre ich woanders hingegangen, wäre das viel zu riskant gewesen. Riskanter als hier zu bleiben.

Ich erledigte zwei Anrufe und steckte das Telefon anschließend ein. Einer davon ging an meine randvolle Mailbox, aber es waren keine Nachrichten drauf, die ich unbedingt hätte hören müssen. Der andere Anruf galt Kurland, der mir erzählte, Julie habe aus dem Krankenhaus ausgecheckt und wohne jetzt bei ihm. Er musste wissen, dass ich auf der Flucht war – wie hätte ihm das entgangen sein können? –, aber er sagte nichts. Als ich ihn darum bat, holte er Julie ans Telefon. Wir sprachen nicht lange.

Im Verlauf des Nachmittags wurde es kälter, aber mit der Strickjacke und der Mütze war es nicht ganz so schlimm, jedenfalls nicht, bis die Sonne unterging.

Meine Augen gewöhnten sich an die Dunkelheit und mein Körper an die Starre. Niemand störte mich. Einmal sah ich einen Polizisten auf dem Weg unter mir vorbeigehen, und einen irrwitzigen Moment lang war ich versucht, ihm zuzurufen. Eine Stimme vom Felsen. Eine Stimme von hoch oben, die rief: »Hier bin ich!«

Aber ich blieb ruhig, und er ging vorbei, und auch die Zeit verstrich, und dann war es 23:20 Uhr, und ich musste los.

26

Am Empfang saß diesmal eine andere Frau, allerdings eine vom selben Kaliber. Biegsam. Schlank. Glänzende Lippen, leicht geöffnet. Sanfte Stimme.

»Waren Sie schon einmal bei uns?«, fragte sie.

Ich bejahte.

»Wünschen Sie massiert oder eingeseift zu werden?«

Ich hatte weder für das eine noch für das andere Geld. Ich hatte nicht einmal genug, um überhaupt den Eintritt bezahlen zu können.

»Eigentlich«, sagte ich, »bin ich nur hier, um jemanden zu treffen. Er wird in wenigen Minuten da sein. Ich hatte gehofft, vielleicht auf ihn warten zu dürfen.« Ich nickte Richtung Umkleidebereich. Ich merkte, wie sie Anstalten machte, Nein zu sagen. Noch bevor sie aber das Wort über die Lippen brachte, hielt ich ihr zwei zusammengefaltete Scheine entgegen, einen Zwanziger und einen Zehner. Es war mein letztes Geld.

Sie nahm es, entfaltete die Scheine und überlegte eine Minute lang, ob es sich um eine anständige Bestechung oder doch um Beleidigung handelte. Sie steckte das Geld ein. »Bleiben Sie in der Umkleide«, sagte sie. »Ziehen Sie sich nicht aus.«

»Auf keinen Fall«, sagte ich.

Zum Glück war diesmal niemand dort. Ich zog eines der Sofas mit den hohen Lehnen näher heran, um die Sicht zu versperren. Es war fünf Minuten vor Mitternacht.

Die U-Bahn-Fahrt hierher war eine einzige Qual gewesen.

Ich hatte mir die Mütze ganz tief ins Gesicht gezogen, den Jackenkragen hochgestellt und mir eine *Village Voice* vors Gesicht gehalten. Trotzdem hatte ich jedes Mal, wenn die Türen aufgingen oder jemand ein- oder ausstieg, damit gerechnet, dass mir Handschellen angelegt würden.

Jetzt befand ich mich in einem geschlossenen Raum und war allein, doch die Anspannung war noch größer. Denn jetzt wartete ich auf den Mann, der mir mitgeteilt hatte, dass er mich umbringen würde, wenn er mich jemals wiedersah. Ein Mann, der wegen mir bereits zwei Menschen getötet hatte.

Ich fragte mich, weshalb ich hier war. Schon unterwegs hatte ich mir ständig diese Frage gestellt. Die Antwort war, weil er Di getötet hatte. (Candace, erinnerte ich mich. Er hatte Candace auf dem Gewissen.) Ich hatte Ardo geglaubt, als er behauptet hatte, sie würden keine Frauen töten. Auf seine irrsinnige Art hatte er das ehrlich gemeint – er schien stolz darauf zu sein. Für ihn war dies eine Frage der Integrität und ging vielleicht darauf zurück, dass er als Kind mit ansehen musste, wie seine Schwester von Pfeilkreuzlern erschossen wurde.

Aber Miklos hatte nicht mit ansehen müssen, wie seine Schwester erschossen wurde. Und Miklos hatte offenbar auch kein Problem damit, Frauen zu töten.

Er hatte Julie angegriffen, und ich war überzeugt davon, dass er auch Candace erdrosselt hatte – warum zum Teufel hätte er nicht auch Dorrie umbringen sollen?

Und selbst wenn nicht, so war er dennoch Spitzenkandidat für den Posten dessen, vor dem Dorrie aus der Stadt hatte fliehen wollen. Ich wusste bereits, dass Dorrie schon einmal davor zurückgeschreckt war, mir von ihm zu erzählen – sie hatte kein Wort über den Vorfall mit Julies Hand verloren. Damit war noch nicht gesagt, dass sie auch dieses Mal dermaßen Angst vor Miklos gehabt hatte, dass sie mir nichts davon erzählte ... aber wie viele derart Furcht einflößende Menschen konnte sie gekannt haben?

Die Zeiger der Wanduhr tickten langsam Richtung Mitternacht.

Ich hatte nichts dabei, das sich als Waffe hätte verwenden lassen. Ich überlegte einen Moment lang, ob ich die Haarschere suchen sollte, die mir Lisa das letzte Mal besorgt hatte – immerhin war das ein spitzer Gegenstand. Aber realistisch betrachtet, hätte ich sie genauso gut um ihre Fingernagelschere bitten können, die hätte mir ebenso viel gebracht. Oder eine Zahnbürste.

Es wurde 00:01, 00:02. Dann hörte ich das dumpfe klingelartige Geräusch der sich öffnenden Fahrstuhltüren. Wenige Momente später vernahm ich schwere Schritte auf den Holzdielen. Über die Lehnen hinweg konnte ich sehen, wie sich sein Haarschopf näherte. Als er um die Ecke bog und mich sah, erkannte er mich nicht, jedenfalls nicht im ersten Moment. Dann sah ich Wiedererkennen in seinem Gesicht aufscheinen, gerade als er seinen Schlüssel in einen der Spinde steckte. Er ließ die Hand sinken und warf den Schlüssel auf den Sitz neben sich.

»Blake?«

Seine Hand ballte sich langsam zur Faust. Öffnete und schloss sich wieder. Ganz langsam.

»Ich will nur mit Ihnen reden, Miklos.« Ich hielt die Hände mit geöffneten Handflächen hoch. »Ich bin nicht bewaffnet.«

»Na und?« Er lachte. »Dann bist du also nicht bewaffnet, was? Mr. Schweingehabt.« Er machte einen Schritt auf mich zu, verringerte die Distanz zwischen uns. »Sag mir mal, Mr. Schweingehabt, ob du lieber schnell oder langsam sterben willst.« Das Lächeln auf seinem Gesicht war wahnsinnig hässlich. »Oder soll ich dich vorher noch zwingen, mir einen zu blasen, wie dein schwuler Freund es getan hätte?«

Ich spürte, wie mir der Schweiß an den Seiten herunterrann, von den Achseln bis über den Verband um meinen Oberkörper. Entweder würde das hier funktionieren oder nicht – wenn nicht, war ich ein toter Mann. So einfach war das.

»Bevor Sie mich umbringen, Miklos«, sagte ich, »sollten Sie sich etwas ansehen.«

»Was soll ich mir ansehen?«

»Beweismaterial«, sagte ich. »Beweismaterial, das einen Zusammenhang zwischen Ihnen und dem Mord an Candace Webb herstellt. Das geht los mit Abdrücken Ihrer King-Kong-Pranken, aber das ist erst der Anfang.«

»Hör auf, mich zu verarschen«, sagte er. »Wenn du solche Beweise hättest, würdest du damit zur Polizei gehen, damit die dich in Ruhe lassen.«

»Ich kann nicht zur Polizei gehen – das habe ich Ihnen zu verdanken. Selbst wenn ich beweisen könnte, dass ich Webb nicht ermordet habe, würde man mich wegen Ramos einbuchten. Aber ich sage Ihnen, Miklos, an wen ich mich wenden kann. Ich kann Ihren Boss informieren. Wir beide wissen, was er davon hält, Frauen umzubringen.«

»Die verdammte *Frau* hat mich mit einer Knarre bedroht ...«

»Na ja, das können Sie ja dann Ardo erklären. Wenn Sie schon dabei sind, können Sie ihm auch erklären, wieso Sie es nicht geschafft haben, eine Frau zu entwaffnen, die halb so groß war wie Sie, ohne sie gleich erdrosseln zu müssen. Wahrscheinlich hat Ihr Boss großes Verständnis dafür. Jedenfalls erzählt man sich das auf der Straße.«

Er sagte nichts.

»Wissen Sie noch, was er sagte«, fuhr ich fort, »als wir das letzte Mal das Vergnügen miteinander hatten? ›Die Leute, die für mich arbeiten, machen manchmal Fehler. Und wenn sie das tun, bezahlen sie dafür.‹«

Er erinnerte sich. Das sah ich an seinem Gesichtsausdruck.

»Ich habe außerdem Beweise dafür, Miklos, dass Sie Stammgast bei Julie waren, und zwar lange bevor Ardo Sie dorthin geschickt hat, um ihr die Hand zu brechen. Meinen Sie, das wird er gerne hören? Dass Sie Kunde bei einer Frau waren, die ihm Kunden abspenstig gemacht hat?«

»Was willst du?«, presste er zwischen aufeinandergebissenen Zähnen hervor.

»Ich muss aus der Stadt verschwinden – wenigstens bis Gras über die Sache gewachsen ist, vielleicht auch für immer. Das kostet Geld. Wissen Sie, wie viel Geld ich habe?« In einem anderen Kontext hätte meine Geste aus Zeigefinger und Daumen *okay* bedeutet. »Sie haben mir den Schlamassel eingebrockt – jetzt möchte ich, dass Sie's wieder in Ordnung bringen.«

»Ach, ja? Und wie?«

»Sie geben mir zehntausend Dollar in bar, ich übergebe Ihnen sämtliche Beweise, die ich habe, und unsere Wege trennen sich. Sie und Ardo werden mich nie wiedersehen.«

Mit ausgestreckter Hand umfasste er meine Kehle. »Wie wär's, wenn ich dir jetzt einfach den Hals breche und dir die Beweise abnehme?«

»Halten Sie mich für so dämlich?«, fragte ich. »Ich hab das Zeug nicht dabei. Das Material liegt unten in meinem Wagen.«

»In deinem Wagen.«

»Ganz genau. Und wenn ich in fünf Minuten nicht unversehrt unten erscheine, wird meine Freundin damit zu Andras fahren und es ihm übergeben. Er wird wissen, was damit zu tun ist.« Ich starrte ihn über seinen ausgestreckten Arm hinweg an und gab mir Mühe, mit fester Stimme zu sprechen.

»Ich glaube, Sie wissen, dass er nicht zögern würde, Sie zu verraten. Mein schwuler Freund.«

Ich sah die Versuchung in seinen Augen. Seine Handfläche lag an meine Kehle gepresst, seine Finger berührten sich fast in meinem Nacken. Eine abrupte Bewegung aus dem Handgelenk heraus und er hätte mir den Hals gebrochen. Dann hätte er mit meiner hypothetischen Freundin in meinem hypothetischen Wagen verfahren können, wie ihm beliebte.

Aber was, wenn der Wagen und die Freundin gar nicht so hypothetisch waren? Was, wenn sie Andras und Ardo tatsächlich erreichen würde, bevor er sie aufhalten konnte? Was, wenn ich wirklich etwas gegen ihn in der Hand hatte?

Er ließ meine Kehle los und packte mich stattdessen am Oberarm, und zwar so fest, dass er die Blutzirkulation unterbrach. »Beweg dich«, sagte er und schob mich vorwärts.

Er führte mich zum Fahrstuhl. Auf dem Weg nach unten zählte die digitale Anzeige wie der Zeitzünder einer Bombe. Ich hoffte nur, dass ich ihn lange genug oben aufgehalten hatte.

Als aus der 2 ein E wurde, glitt die Tür auf. Er stand hinter mir, seine Brust drückte sich mir in den Rücken, und mit einer Hand hielt er meinen Arm fest, den anderen hatte er mir um die Hüfte geschlungen. Er würde mich nicht entwischen lassen. Zusammen traten wir auf den schmalen Flur hinaus.

Ich sah, dass die Notausgangstür hinten leicht offen stand. Wir wandten uns zur anderen Seite, der Straße zu. Doch dort war jemand, stand zwischen uns und der Tür. Sie hatte eine Waffe in ihrer linken, erhobenen Hand und einen Gipsarm rechts. Sie zielte gute zwanzig Zentimeter über meinen Kopf. Selten bin ich froh, dass ich nicht größer bin, aber jetzt war ich es.

»Hallo, Miklos«, sagte Julie. Mit ihrem feinen britischen Akzent klang es fast herzlich. Doch ihr Gesichtsausdruck ließ keine Zweifel an ihren Absichten.

»Ist das deine Freundin?«, fragte er abfällig. »Die kleine Japsenschlampe?« Er schrie sie an. »Du hättest im Wagen bleiben sollen. Ich werde euch beide töten ...«

Ich spürte, wie sich mir eine Messerspitze in den Rücken bohrte. Die Klinge drang einen Zentimeter tief ein, vielleicht zwei – aber nicht weiter. Und trotz des Schmerzes realisierte ich, dass Miklos' Hände beide noch zu sehen waren – mit der einen hielt er mich am Arm und mit der anderen an der Hüfte gepackt.

Sein Griff lockerte sich. Ich stolperte vorwärts, weg von ihm.

Ich drehte mich herum. Er stand dort, keuchte, sah herunter auf seinen Bauch. Die Messerspitze stach durch sein Hemd. Blut strömte aus der Wunde.

Er sank auf die Knie, dann auf alle Viere, und ich sah den Griff des Messers aus seinem Rücken ragen. Hinter ihm trat Kurland Wessels hervor. Hinter Kurland stand die Notausgangstür nun sperrangelweit auf.

Kurland stützte sich mit einer Hand an Miklos' Rücken ab und zog mit der anderen das Messer heraus. Die Klinge musste achtundzwanzig oder dreißig Zentimeter lang sein. Miklos versuchte vorwärtszukriechen. Jetzt kam auch aus seinem Mund Blut.

»Was hast du getan?«, schrie ich. »Ich hab doch gesagt, ich will ihn lebend!«

»Ja, na ja, aber Julie wollte ihn tot.«

Ich kauerte mich neben Miklos' Kopf. Er hatte Mühe zu sprechen, spie feuchte und blutige ungarische Flüche aus.

Ich spürte, wie mein eigenes Blut meinen Verband durchtränkte.

»Sprechen Sie mit mir«, sagte ich verzweifelt. »Haben Sie Dorrie Burke getötet? Cassandra, dort wo Julie gearbeitet hat – haben Sie Dorrie getötet?« Ich hielt ihn an den Schultern, hielt ihn zurück, obwohl er immer noch versuchte vorwärtszukriechen. Er wurde schwächer, war aber immer noch stärker als ich, und ich wich unter seinem Druck ein paar Zentimeter zurück. »Sagen Sie mir die Wahrheit. Ich kann Sie immer noch ins Krankenhaus fahren – aber Sie müssen mir die Wahrheit sagen. Haben Sie's getan?«

Miklos hob einen Arm vom Boden, holte weit aus und

vergrub ihn in meinem Hemd, zog mich zu sich heran. Seine Zähne waren rot wie die eines fressenden Löwen. »Ich ... mach *dich* kalt ...« Er spuckte einen Mundvoll Blut und Speichel aus, ein bisschen was davon in mein Gesicht. Er schleuderte mich hart gegen die Wand. Ich packte ihn mit beiden Händen am Handgelenk, versuchte, ihm die Finger zu öffnen.

»Antworte mir«, schrie ich. »Hast du Dorrie Burke getötet?«

Er brüllte seine Antwort: *»Nein!«*

Das war sein letztes Wort. Ein Schuss drang durch die Luft und eine Kugel zerschmetterte ihm den Schädel. Die Wand hinter ihm war voller Spritzer. Wir drei auch.

Miklos torkelte zur Seite und blieb in seiner eigenen Blutlache liegen.

Julie ging zu ihm, mit rauchender Pistole. Sie trug schwere Stiefel und trat ihm damit brutal ins Gesicht.

»Ich bin Koreanerin, du Arschloch«, sagte sie, »keine Japanerin.«

»Komm schon«, sagte Kurland. »Beweg dich.« Er wischte die lange Messerklinge an Miklos' Hose ab. Ich sah, dass er Handschuhe trug. Mein Puls raste, und das Wenige, das ich heute gegessen hatte, drohte, wieder hochzukommen, Kurland aber wirkte ruhig, völlig ungerührt. Na ja, der Mann war Profi. Deshalb hatte ich Julie ja gebeten, ihn mitzubringen. Aber jetzt war Miklos tot, und alles, was er mir vielleicht über Dorrie hätte sagen können, war mit ihm gestorben.

»Ich wollte mit ihm reden«, sagte ich, als Kurland mich und Julie zum Notausgang schob. Wir rannten eine klappernde Metalltreppe herunter und kamen an eine Kellertür.

»Du hast deine Antwort bekommen«, erwiderte Kurland. »Er hat Nein gesagt.«

»Er lag im Sterben. Er wusste nicht mehr, was er sagte.«

»Doch, das wusste er«, sagte Kurland.

Kurland führte uns zu einem Treppenhaus, über das wir wieder ins Erdgeschoss gelangten. Wir kamen auf der 33rd heraus und bewegten uns in nördlicher Richtung fort. Eine Straßenecke weiter hörte man Hupen und eine Sirene. Es klang nach einem Krankenwagen, keinem Polizeiwagen. Nicht dass Miklos noch zu helfen gewesen wäre.

Ich sah zu Kurland hinüber und bemerkte, dass er das Messer ebenso wie die Handschuhe irgendwo hatte verschwinden lassen. Er trug eine dunkle Jacke, auf der man das Blut nicht sehen konnte. Das Blut auf meiner Jacke war allerdings deutlich zu sehen.

Julie rannte neben uns, hielt mit Mühe Schritt. Sie hatte noch immer die Knarre in der Hand. Kurland nahm sie ihr ab, verstaute sie in seiner Tasche und schob Julie mit der Hand in ihrem Kreuz vorwärts. Sie wollten die Treppe zur U-Bahn-Station an der 34th Street herunter, und als ich Anstalten machte, ihnen zu folgen, hielt Kurland mich auf, indem er mir seine Hand vor die Brust hielt. »Komm uns nicht hinterher«, sagte er. »Wir wollen nicht mit dir gesehen werden.«

Ich sah mich um. Wir standen allein auf dem Bürgersteig.

»*Ihr* wollt nicht mit *mir* gesehen werden? Ihr habt gerade einen Mann ermordet. Das ist mehr, als ich je verbrochen habe.«

»Erstens hört man in den Nachrichten was anderes.« Ich wollte widersprechen, aber er hielt eine Hand hoch. »Egal. Zweitens steckst du in dieser Sache hier mindestens so tief drin wie wir, also spiel nicht den Unschuldsengel. Denk darüber nach, bevor du was herausposaunst. Und drittens ... ach, scheiß auf drittens. Hau einfach ab. Ab jetzt bist du alleine.«

Sie verschwanden in der Station und ließen mich stehen. Ich ging weiter.

Was jetzt, verdammte Scheiße? Was jetzt?

27

Ich zog meine Jacke aus. Der ganze Rücken war blutverschmiert, größtenteils mein Blut, ein bisschen auch von seinem. Mein Rücken tat entsetzlich weh, obwohl der fest gewickelte Verband das Schlimmste verhindert hatte. Ich drehte die Jacke auf links und warf sie in eine Tonne an der Ecke. Die Cops würden sie wahrscheinlich finden, und die *Post* würde sich drauf stürzen, aber das war mir inzwischen alles egal.

Ich schaltete mein Handy wieder ein. Ich hatte es ausgeschaltet, um den Akku zu schonen, und auch weil ich gehört hatte, dass die Telefongesellschaft den Standort bestimmen kann, sofern es eingeschaltet bleibt. Wer weiß, ob das stimmt. Ich wollte es nicht drauf ankommen lassen.

Ich schob mich in einen dunklen Hauseingang, der Straße abgewandt, und steckte mir einen Finger ins freie Ohr, um den Verkehrslärm auszublenden. Der Herald Square ist selbst nach Mitternacht noch eine brüllend laute Kreuzung. Susan ging nach viermaligem Klingeln dran. »Hallo? Wer … John, bist du das?« Sie musste auf das Display gesehen haben. Die Cops, die ihre Leitung angezapft hatten, taten wahrscheinlich dasselbe.

»Wo wir uns kennengelernt haben, Susan. Wo wir uns kennengelernt haben. Verstanden?«

»John …«

Ich klappte das Handy zu, schaltete es aus und machte mich auf den Weg zu *Keegan's Brown Derby*.

Streng genommen hatten Susan und ich uns zum ersten Mal in der *Sin Factory* gesehen. Sie hatte an der Stange getanzt und ich in der Zuschauermenge gestanden und mich vom Geschäftsführer wegen zu vieler Fragen rausschmeißen lassen. Tatsächlich kennengelernt hatten wir uns aber erst später an jenem Abend, und zwar in einer kleinen Kneipe die Straße runter. Keegan hatte den Laden inzwischen verkauft, und die neuen Besitzer hatten ihn aufgemotzt, ein Videospiel an einem Ende der Bar aufgestellt und neue Lichtstrahler angebracht. Den alten Namen hatten sie aber behalten, ich nehme an, weil sie die alte Kundschaft nicht vergraulen wollten. Sie hätten sich keine Sorgen machen müssen. Die Mädchen aus der *Sin Factory* konnten nach dem Ende der Spätschicht sonst nirgendwo mehr hin, und die Säufer aus dem Viertel wären so oder so gekommen, egal, wie der Laden hieß.

Ich blieb draußen, auf der gegenüberliegenden Straßenseite, kauerte mich unter die Stufen eines Backsteingebäudes, dessen Vorgartentor nicht verriegelt gewesen war. Die Fenster waren dunkel, und ich nahm an, die Leute schliefen. Jedenfalls würden sie es mir nicht übel nehmen, wenn ich mich an ihrem Schatten bediente.

Es dauerte fast eine halbe Stunde, bis Susan im Taxi vorfuhr. Ich wartete, bis sie bezahlt hatte und das Taxi mit hoffnungsvoll leuchtender Anzeige auf dem Dach wieder anfuhr. Susan zog die Tür auf, und ich beobachtete sie durch das Fenster, wie sie nach mir Ausschau hielt, den Raum Tisch für Tisch absuchte. Plötzlich blieb sie stehen, griff nach ihrer Handtasche, öffnete sie, kramte ihr Handy heraus und hielt es sich ans Ohr. Ich sprach in meins: »Auf der anderen Straßenseite.« Dann schaltete ich es wieder aus.

Sie ging zur Tür, schoss über die leere Straße, wandte sich hierhin und dorthin, versuchte, mich zu entdecken. Es sah nicht aus, als sei man ihr gefolgt. Ich kroch hinter der großen Rubbermaid-Mülltonne hervor, hinter der ich mich versteckt hatte. Beim Versuch mich aufzurichten, zuckte ich zusammen.

»Alles klar?«

»Ja«, sagte ich leise. »Ist nur mein Rücken.« Ich ging ein paar Schritte, zog sie neben mir her. Stillstehen war mir nicht mehr geheuer.

»Was ist passiert, John? Wieso hast du mich hergerufen?«

»Miklos ist tot«, sagte ich.

»Wie ist er gestorben?«

»Spielt keine Rolle.«

»Natürlich spielt das eine Rolle. Hast du es getan?«

»Nein«, sagte ich. »Aber ich war dabei.«

»John, du *musst* dich jetzt stellen. Wenn dich die Polizei nicht findet, dann findet dich Ardo, und das ist schlimmer.«

»Vielleicht solltest du mir lieber nicht zu nahe kommen«, sagte ich.

»Mach keine Witze.«

»Ich mach gar keine Witze.«

»Also, was soll ich tun, John? Abstandhalten ausgenommen.«

Das war eine gute Frage. Aber wie hätte ich ihr eine ehrliche Antwort geben können – dass ich verzweifelt war, dass ich nichts mehr in der Trickkiste hatte, dass mich Kurlands Worte fertiggemacht hatten: *Ab jetzt bist du alleine*. Ich war schon viel zu lange allein. Ich konnte nicht mehr.

»Ich habe gehofft ... ich weiß nicht, Susan. Ich habe gehofft, dass du was rausgefunden hast, seitdem ich dich das letzte Mal gesehen habe. Irgendwas.«

»Habe ich nicht«, sagte sie. »Habe ich nicht, John. Tut mir leid. Einer von den Kerlen, deren Namen du gefunden hast, hat sich gemeldet – Smith. Aber ich habe ihn gesehen, und das ist ein ganz beliebiger Typ, ganz gewöhnlich, bestimmt hat der keine Killerinstinkte. Und von Adams habe ich nichts gehört. Seine E-Mail-Adresse scheint zu funktionieren, weil ich keine Fehlermeldungen bekomme, aber er antwortet nicht, egal, was ich ihm schicke. Und glaube mir, ich habe ihm Bilder mit den dicksten Titten geschickt, die ich finden konnte.«

Sie lächelte mich an, versuchte, mir im Gegenzug ebenfalls ein Lächeln zu entlocken. Aber ich brachte keins zustande.

»Smith«, sagte ich und klammerte mich an den Strohhalm. »Erzähl mir von ihm.«

»Da gibt's nicht viel zu erzählen. Er ist ungefähr 55, 56, wohnt in der Innenstadt. Ich habe ein Bild für dich und eine Adresse, aber John, was zum Teufel willst du damit? Du kannst nicht losziehen und Leute ausfragen, während die Polizei dich wegen dreifachen Mordes sucht.«

»Zeig her.«

Sie öffnete die Tasche, zog ein zusammengefaltetes Blatt heraus und gab es mir. Ich ging damit unter eine Straßenlaterne.

»Bitte, John«, sagte sie, »lass mich was arrangieren, damit du dich in Polizeigewahrsam begeben kannst. Ich kann dafür sorgen, dass sie dich gut behandeln und dass du den besten Anwalt bekommst ...« Sie redete weiter, sagte irgendetwas, aber ich hörte kein Wort mehr. Ich hatte das Blatt auseinandergefaltet und das Foto gesehen, das Bild, das James Smith zeigte.

»O nein«, sagte ich.

28

Mir war in meinem Leben schon mal kälter gewesen, und ich hatte auch schon mal weniger Kraft gehabt, aber nicht oft. Ich glaube allerdings nicht, dass ich mich je schlechter gefühlt habe. Ich spürte, wie sich meine Eingeweide verhärteten, in meinem Innern versteinerten. Die Stichwunde in meinem Rücken brannte, als hätte jemand Säure daraufgeträufelt. Ich fühlte mich entsetzlich.

Ich zerknüllte das Foto und steckte es in die Tasche. Meine Hände zitterten.

»Susan«, flüsterte ich, »hast du die Telefonnummer von Eva Burke? Ihre Nummer zu Hause?«

»Wieso?«

»Gib sie mir einfach.«

Sie klappte ihr Handy auf und las die Nummer ab. Ich gab sie in meins ein.

»Wieso?«, fragte sie noch einmal.

Ich antwortete nicht. Ich hörte das Telefon am anderen Ende klingeln. Es war ein Uhr morgens. Wahrscheinlich schlief sie. Verdammter Mist.

»Was ist los?«, fragte Susan. »Kennst du ihn? Wer ist das?«

Eine schläfrige Stimme meldete sich. Ich wartete nicht ab, bis sie ihr schwerfälliges Hallo über die Lippen gebracht hatte. »Hallo, Mrs. Burke, hier ist John Blake. John Blake. Ja. Ich bin hier bei Susan. Ich muss Sie etwas fragen.«

Stille am anderen Ende der Leitung. Jetzt war sie wach – sie sagte nur nichts. Sie wartete auf die Frage, so wie Adlige in vergangenen Zeiten darauf gewartet hatten, dass die Klinge der Guillotine auf sie niederfuhr.

»Mrs. Burke«, fragte ich, »woran ist Ihre erste Tochter gestorben?«

Am College hatte ich Englisch im Hauptfach belegt. Ich hatte nie daran gedacht als Detektiv zu arbeiten. Wer denkt schon an so etwas? Aber Leo hatte einen Aushang angebracht und einen Job angeboten, ich hatte den Aushang gesehen, und wir verabredeten uns zum Kaffee und redeten darüber.

»Willst du wissen, wie das ist?«, hatte mich Leo gefragt, ganz offensichtlich in der Hoffnung, mich abzuschrecken, falls ich den Job aus den falschen Gründen haben wollte. Vor mir hatte er bereits einen anderen Assistenten gehabt, und es hatte nicht funktioniert. »Das ist so. Man arbeitet tagelang wie ein Bekloppter, und nichts ergibt einen Sinn. Man ist ratlos, verwirrt, hat keine Antworten, und man verschwendet das Geld des Klienten. Man hält sich für einen Hochstapler und weiß, dass man schon immer einer war und einen niemand engagieren würde, der noch alle Tassen im Schrank hat, auch wenn es nicht um mehr ging, als darum, den Times Square auf dem Stadtplan zu finden oder zwei und zwei zusammenzuzählen. Dann, eines Tages, fällt einem etwas ein. Oder man sieht etwas. Oder jemand erzählt einem etwas. Und plötzlich ergibt alles Sinn, was vorher unsinnig erschien. Aber der Haken ist: In neun von zehn Fällen wünscht man sich, es wäre nicht so. Man wünscht, man wäre tatsächlich ein Hochstapler. Denn die Leute bezahlen einen dafür, dass man Sachen herausfindet, die zum Grässlichsten gehören, was die Welt so zu bieten hat.«

Ich nickte, hielt den Mund und nahm den Job an. Ich brauchte das Geld.

Aber Leo behielt recht, und mehr als einmal wünschte ich mir, ich hätte auf ihn gehört und wäre gegangen, solange ich noch konnte.

Bis ich schließlich endgültig ging.

Nur offensichtlich nicht weit genug.

»Mrs. Burke?«

»Was soll das?«, fragte sie. »Was hat das mit Dorothy zu tun?«

»Beantworten Sie einfach nur meine Frage: Woran ist Catherine gestorben?«

Die Worte kamen langsam. »Sie war sehr krank. Wir haben sie ins Krankenhaus gebracht, und da hieß es, sie habe ... ich weiß nicht, irgendein langer lateinischer Name, ich wusste nicht, was es war. Aber es ging ihr immer schlechter. Sie gaben ihr Antibiotika und sagten, die würden ihr helfen. Zwei Tage später war sie tot. Es hieß, sie sei an einer Sepsis gestorben.«

»Hat man Ihnen gesagt, was die Sepsis ausgelöst hat?«

Lange Stille.

»Wir wissen, was die Sepsis ausgelöst hat«, sagte Eva Burke.

Was hatte ich über Catherine Marie Burke herausfinden können? Sehr wenig.

Ich hatte es versucht – Dorrie hatte beschlossen, in der Hausaufgabe für Stu Kennedy über sie zu schreiben, und ich fand, sie konnte Hilfe gebrauchen. Sie hatte mich nicht um Hilfe gebeten. Ich hatte sie ihr angeboten, und als sie zögerte, hatte ich darauf bestanden. Das war einer Art atavistischem Machotum geschuldet: Wäre ich Schreiner gewesen, hätte ich irgendwann darauf bestanden, ihr einen Schrank zu zimmern. Wäre ich Klempner gewesen, hätte ich trotz ihres Protestes neue Rohre verlegt. Aber ich wusste nicht, wie man das macht. Ich wusste nur, wie man Menschen und Informationen aufspürt. Und als ich sah, wie frustriert sie wegen ihrer Mutter war, die ihr nichts über ihre Schwester erzählen wollte, machte ich mich an die Arbeit. Wozu sollte man sonst das Bett mit einem ehemaligen Privatdetektiv teilen, wenn man sich in solchen Fällen nicht auf ihn verlassen konnte?

Nur dass ich nichts herausbekam. Das Mädchen war vierzehn Jahre alt gewesen, als es starb – noch keine Steuerzahlerin, nicht verheiratet, nicht alt genug, um als Geschworene vor Gericht eingesetzt zu werden, sie war niemals verklagt, gemahnt, vorgeladen oder als Zeugin benannt worden. Sie war gestorben, bevor sie in offiziellen Unterlagen Spuren hinterlassen konnte. Ich fand einige wenige Schulfotos und unleserliches Gekritzel von Ärzten in ihren Krankenhausakten und eine Todesurkunde. Herzlich wenig mehr als das.

Ich beschloss also, die Regeln zu ändern. Ich nahm mir vor, ihren Vater aufzuspüren, weil ich dachte, dass er vielleicht bereit wäre, Dorrie zu erzählen, was ihr ihre Mutter verschwieg. Aber er war nicht einmal bereit, mit ihr zu sprechen, und seine schroffe Zurückweisung hatte sie noch trauriger gemacht, als sie es ohnehin schon war.

Daraufhin hörte ich auf, Nachforschungen anzustellen, und merkte, dass sie froh war. Um mit ihrer Hausarbeit voranzukommen, dachte sie sich nun allerhand aus – wohlüberlegte Lügen, wenn man so will. Sie verpasste ihrer Schwester eine seltene Form von Knochenkrebs und ihrem Vater schwere Schlaflosigkeit, und wer zum Teufel konnte schon wissen, ob das stimmte oder nicht. Es war egal.

Aber es war zu spät. Längst war Bewegung in die Angelegenheit gekommen. Eine Angelegenheit, die ich vielleicht besser verstanden hätte, hätte ich gewusst, woran Catherine Marie Burke gestorben war.

»Sie hatte eine Operation gehabt«, sagte Eva Burke. »Mein Mann hatte sie in eine Privatklinik gebracht. Dort hat sie sich eine Infektion geholt.«

»Was für eine Operation?«

»Es musste etwas entfernt werden«, sagte Eva Burke. »Eine Art Tumor.«

»Eine Art Tumor«, wiederholte ich. »Was ist ›eine Art Tumor‹?«

Schweigen.

»Sie hatte keinen Tumor«, sagte ich. »Und sie hatte auch ›keine Art Tumor‹. Oder?« Keine Antwort. *»Oder?«*

»Wagen Sie es nicht, mich anzuschreien«, sagte Eva Burke.

»Dann sagen Sie mir die Wahrheit.«

»Die Wahrheit? Sie war vierzehn Jahre alt, Blake. Vierzehn verdammte Jahre. Es *war* eine Art Tumor. Etwas, das immer weiter wächst und wächst. Und es musste raus.«

Wir sprachen eine weitere Minute lang, dann klappte ich das Handy langsam zu und steckte es ein. Der Stein in meinem Bauch wurde zu Wasser. Sehr leise sagte ich zu Susan: »Geh nach Hause. Geh nach Hause. Morgen stelle ich mich.«

»Was hat sie gesagt?«

Ich nahm sie an den Schultern, beugte mich zu ihr hinüber und küsste sie auf die Stirn. Der Geruch ihres Shampoos war stark. Ich inhalierte tief. »Geh nach Hause«, flüsterte ich. »Wir kümmern uns morgen darum.«

»Ich gehe erst, wenn du's mir gesagt hast.«

Ich trat auf die Straße, direkt vor ein heranfahrendes Taxi. Es kam mit kreischenden Bremsen nur wenige Zentimeter vor mir zum Stehen. Mr. Schweingehabt.

Ich riss die Hintertür auf, stieg ein und wartete, dass Susan sich zu mir setzte. »Zwei Stationen«, erklärte ich dem Fahrer, als sie neben mir saß. »Zuerst zur Ecke 60th und Madison, dann fahren wir Richtung Park.« Er stellte das Taxameter ein und fuhr los.

»Ich muss dich bitten, das hier zu bezahlen, Susan«, sagte ich. »Ich habe kein Geld, tut mir leid.«

»Ist schon in Ordnung, John«, sagte sie und kramte ihr Portemonnaie heraus. Sie drückte mir eine Handvoll Scheine in die Hand. Ich nahm einen Zwanziger und gab ihr den Rest zurück. »Aber sag mir, was Mrs. Burke gesagt hat.«

»Sie hat gar nichts gesagt. Überhaupt nichts.«

»Das stimmt doch nicht«, sagte Susan.

»Ich erzähl's dir morgen«, sagte ich. »Bitte, Susan. Vertrau mir. Hab Geduld bis morgen.«

Sie sah mir in die Augen, und entweder entdeckte sie dort etwas oder nicht. Jedenfalls gab sie nach. Ich ließ ihr kaum eine andere Wahl.

Vor ihrem Haus knallte sie die Wagentür zu und beugte sich noch einmal zum halb geöffneten Fenster herunter. »Mach keine Dummheiten, John, ja? Du gehst wieder in den Park und wartest dort auf mich, in Ordnung?«

»Genau«, sagte ich.

Sie schien nicht gehen zu wollen. Aber das Taxameter tickte und der Fahrer hupte. Sie trat zurück.

Ich presste meine Hand gegen die Scheibe, und sie winkte zurück. Ich lächelte. Wie hatte Harper gesagt? Es war das Härteste, was ich je getan hatte.

»Jetzt also Richtung Park?«, fragte der Fahrer, als wir losfuhren.

»Nein«, sagte ich. »Wir fahren in die Bowery.«

29

Wir fuhren über die 61st Street auf die Fifth Avenue. Drei Straßenecken weiter kamen wir an dem Spielwarengeschäft FAO Schwarz vorbei, das natürlich geschlossen hatte, trotzdem aber von zehntausend winzigen Lichtern erleuchtet wurde. Die Lämpchen konnten so programmiert werden, dass die Sternenkonstellationen des Nachthimmels zu sehen waren, ein Regenbogen oder blauweiße Flutwellen mit sprühender Gischt. Doch heute Abend blieben die Lichter unbeweglich bei einer einzigen Farbe stehen, zehntausend winzige rote Punkte strahlten stumm in die Nacht wie Nadelstiche, Juwelen oder Tränen.

Ich dachte an Dorrie, wie sie mit ihren Satinschuhen, ihrer Tiara und ihrem Zauberstab unter diesem mit Juwelen behängten Himmel gestanden und Feenstaub an Mädchen verteilt hatte, die zu jung waren, um wie Catherine Burke zitternd und schwitzend in einem Krankenhausbett zu sterben.

Ich war früher Märchenprinzessin gewesen, hatte sie gesagt, und ich hatte sie gefragt: *Wieso hast du damit aufgehört?* Und sie hatte es mir erzählt. Das hatte sie.

Der Fahrer sprach nicht mit mir, schaltete das Radio nicht ein und hupte nicht. Unterwegs begegneten wir kaum anderen Fahrzeugen, glitten einfach nur leise unter grell leuchtenden Verkehrsampeln hindurch und an Tausenden vergitterten Ladenfronten vorbei. Hätten die antiken Griechen heute gelebt, wäre er ihr Charon gewesen: ein schweigender Taxifahrer, der die Seelen über den zubetonierten Styx transportiert.

Ich merkte, dass ich wünschte, die Reise könnte immer so weitergehen und ich könnte bis zum Flussufer und darüber hinaus immer weiter in diesem Taxi fahren, endlos durch die Nacht gleiten. Doch an der 8th Street bogen wir Richtung Osten ab, und von dort war es nicht mehr weit.

Ich gab dem Fahrer Susans Zwanziger, verlangte kein Wechselgeld von ihm. Er fuhr an und ließ mich in der Dunkelheit stehen.

Das Gebäude war fünf Stockwerke hoch. Ein zerklüftetes Relikt, wahrscheinlich aus den Siebzigerjahren des neunzehnten Jahrhunderts, vielleicht auch noch älter. Die Fenster waren von dem elegant verzierten Mauerwerk umrahmt, wie es damals selbst schlichte Wohnhäuser schmückte. Die Feuertreppe, die sich über die Fassade zog, war erst später dazugekommen, ein Zugeständnis an die Bauvorschriften, die durchgesetzt wurden, nachdem der gute Father Demo in den Kampf gezogen war.

Ich musste einen halben Straßenzug absuchen, bis ich eine Mülltonne fand, die ich umdrehen und besteigen konnte, sodass ich die unterste Sprosse der Feuerleiter erreichte. Beim Hochziehen spürte ich, wie meine Wunde im Rücken unter dem verklebten Verband wieder aufriss. Es tat so weh, dass es mir Tränen in die Augen trieb, aber ich kletterte weiter.

Im zweiten Stock kniete ich mich neben ein Fenster und sah hinein. Es gehörte zu einer schmalen Küche, durch das andere Fenster sah man in ein Wohnzimmer. Licht war keines eingeschaltet, und hinten, am anderen Ende des Wohnzimmers, konnte ich eine geschlossene Schlafzimmertür sehen.

Das Wohnzimmerfenster war verschlossen, aber das Küchenfenster nicht, und unter einiger Anstrengung gelang es mir, es hochzuschieben. Ich kletterte hinein und zog es hinter mir zu.

Im Spülbecken und auf dem Abtropfgestell stapelte sich das Geschirr, und neben dem Abfalleimer standen leere Flaschen Spalier – Skyy, Beefeater, Kahlua, Glenmorangie, Baccardi, Baileys. Der Abfall eines Säufers.

Ich zog eine Schublade neben der Küchentür auf und durchsuchte das Besteck, bis ich ein schweres Steakmesser mit Holzgriff fand. Nichts im Vergleich zu dem schicken Messer, das Kurland geschwungen hatte, aber immerhin eine Waffe.

Ich durchquerte den schmalen Flur, der Küche und Wohnzimmer miteinander verband, und blieb an der Schlafzimmertür stehen. Ich hörte keine Geräusche von drinnen, und mir wurde bewusst, dass er womöglich gar nicht zu Hause war – er konnte sich vielleicht erneut zum Entgiften in die Hände des Personals von Cornerstone oder in eine andere städtische Entzugsklinik begeben haben. Aber nein: Das Geschirr in der Spüle war noch feucht. Er musste da sein.

Ich drehte den Griff und stieß die Tür auf.

Mit einem Glas in der Hand saß er in einem Sessel und prostete mir zu, als ich eintrat. Er trug dasselbe Hemd und dieselbe Hose wie auf dem Friedhof. Ich sah die Tweedmütze auf einem Schreibtisch an der Seite liegen.

»Robert«, sagte er.

»Doug.«

»Soll ich Sie so nennen, oder ist Ihnen John lieber?«

»Wie Sie möchten«, sagte ich.

»Ich habe mir schon gedacht, dass Sie kommen«, sagte er. Seine Stimme klang schwerfällig. »Die Frau, die mir geschrieben hat und dann nicht aufgekreuzt ist – die gehört zu Ihnen, nehme ich an? So haben Sie mich gefunden.«

»Ich habe Sie schon vor Monaten gefunden, Doug. Ich hab's für Dorrie getan, damit sie Ihnen einen Brief schreiben konnte. Den Brief, den Sie zurückgeschickt haben.«

Er nickte langsam. »Dann hat die Frau heute – ach, egal. Das spielt keine Rolle. Möchten Sie was trinken?«

»Nein«, sagte ich.

»Möchten Sie sich setzen?«

Ich schüttelte den Kopf.

»Wieso sind Sie hier?«

»Ich will die Wahrheit wissen«, sagte ich.

»Und dann ...?«

»Kommt drauf an, was Sie mir erzählen.«

»Verstehe. Und was genau wollen Sie wissen?«

»Haben Sie sich damit begnügt, sich von Ihrer jüngeren Tochter einen runterholen zu lassen, oder mussten Sie sie wie ihre Schwester unbedingt ficken?«

Er zuckte zusammen. Er nahm einen Schluck aus seinem Glas. »Seien Sie nicht so geschmacklos, Robert.«

»Beantworten Sie die Frage«, sagte ich.

»Ich nehme an, Sie haben mit meiner Exfrau gesprochen«, sagte er.

Mit erhobenem Messer trat ich näher an ihn heran. Er reagierte nicht, sah nur vom Messer zu mir und wieder zurück. »Das wollen Sie doch nicht benutzen«, sagte er. »Sie haben es mir selbst gesagt. Sie sind kein Killer.«

»Da wäre ich mir an Ihrer Stelle nicht so sicher.«

»Verstehe«, sagte er. »Sie sind wütend auf mich, Sie wollen mir wehtun. Aber Sie werden es nicht tun. Denn Sie haben etwas, das ich nie hatte.«

»Und was ist das?«

»Selbstbeherrschung«, sagte er. »Die meisten Menschen besitzen sie. Zum Glück. Im Entzug begegnet man jenen, denen sie fehlt, und keiner davon ist glücklich.«

Er lallte ein bisschen. Ich fragte mich, wie viele von den Flaschen auf dem Küchenboden er seit seiner Rückkehr aus Philadelphia geleert hatte.

»Ich kann nicht etwas wollen und es nicht bekommen, Robert. So bin ich nun mal. Wenn ich Hunger habe, esse ich.« Er hielt sein Glas hoch. »Wenn ich einen Drink brauche, trinke ich. Ich versuche, es zu lassen, aber das Verlangen wird immer stärker und schließlich ... Sie haben meine ältere Tochter Catherine nicht gekannt. Sie waren wohl erst neun oder zehn Jahre alt, als sie starb. Wenn Sie sie gekannt hätten – mein Gott, Sie hätten, na ja ... es wäre Ihnen mit ihr genauso gegangen wie mit Dorrie. Sie hätten sich in sie verliebt. Jetzt stellen Sie sich mal vor, mit so einer Person unter einem Dach zu leben, das wundervolle kleine Mädchen verwandelt sich in eine andere Spezies, in eine erwachsene Frau. Und nicht einfach nur in irgendeine Frau, sondern in die schönste Frau, die Sie je gesehen haben. Man wirft nur einen flüchtigen Blick auf sie, wie sie im Bad steht oder im Badeanzug im Vorgarten spielt, und man fragt sich, mein Gott, von wem stammt dieses Kind?

Aber Robert, wären Sie ihr Vater gewesen, wäre der Fall für Sie erledigt gewesen. Sie hätten sie bewundert, geliebt, sich vielleicht den Mann vorgestellt, der eines Tages ihr Herz erobern würde – oder Sie hätten sich vielleicht sogar im Schutz der Nacht eingestanden, dass Ihnen ihr Anblick Herzrasen verursacht –, aber Sie wären niemals weiter gegangen.«

»Nein«, sagte ich.

»›Nein‹. Das sagen Sie so einfach. Aber es war nicht so einfach. Ich konnte das nicht.«

»War das Kind, das sie abgetrieben hat, von Ihnen?«, fragte ich. »Das sie in der Klinik abtreiben ließ, in die Sie sie gefahren haben?«

»Wahrscheinlich. Sicher kann man nicht sein, oder? Aber ich glaube nicht, dass sie sexuell aktiv war. Woanders als zu Hause, meine ich.«

Ich wollte ihm das Messer in die Brust rammen, ihn wie ein Insekt aufspießen. Ich spürte das Verlangen in meinem Arm. Meine Handfläche schwitzte, schmerzte. Ich tat es nicht.

»Wie war das für Sie, als Sie herausfanden, auf welche Weise Dorrie ihren Lebensunterhalt verdiente?«, fragte ich.

»Das habe ich Ihnen doch schon gesagt: Ich ging zu ihrer Wohnung – oder besser, dem Wohnhaus. Ich klingelte nicht. Ich dachte, dass hätte ich schon erzählt. Aber ich ging auch nicht weg. Ich wartete auf sie. Ich konnte nicht mit ihr reden, konnte ihr nicht ins Gesicht sehen. Aber wie hätte ich gehen können, ohne sie wenigstens gesehen zu haben?

Sie kam heraus und, Robert, ich muss Ihnen nicht sagen, was ihr Anblick mit mir gemacht hat. Ich konnte sie nicht gehen lassen, konnte sie nicht mehr aus den Augen lassen. Ich ging hinter ihr her zur U-Bahn, stieg in denselben Waggon wie sie, fuhr bis zu derselben Haltestelle. Als sie ausstieg, stieg ich ebenfalls aus, dachte jeden Moment: *Jetzt spreche ich sie an* und *Jetzt* und wieder *Jetzt* ... aber ich sagte nichts, sondern ging ihr nach, bis sie an ihrem Ziel angekommen war und im Haus verschwand.«

»Sunset?«

Er nickte. »Ich wartete draußen. Ich weiß nicht, wieso. Instinktiv vielleicht. Oder vielleicht habe ich auch gedacht, wenn ich nur lange genug warten würde, käme sie wieder heraus. Aber das tat sie nicht – dafür kam ein Mann nach dem nächsten. Die Männer trafen ein und gingen eine halbe oder eine Stunde später wieder, und schließlich sprach ich einen davon an und fragte ihn, was da drin vor sich ging. Rückblickend hatte ich wohl Glück, dass er mir keine reingehauen oder die Cops gerufen hat. Oder mich für einen Cop hielt. Aber das tat er nicht. Er war ein dicker kleiner Typ, ungefähr mein Alter, und er hatte nichts dagegen, es mir zu erzählen, er freute sich sogar, jemanden in sein kleines Geheimnis einweihen zu können, von Mann zu Mann. Er gab mir die Telefonnummer und meinte, ich solle nach Samantha fragen, die fand er am besten.«

»Aber Sie haben nicht nach Samantha gefragt, oder?«

»Ich habe gar nichts getan! Robert, ich bin nach Hause gefahren, habe den Zettel mit der Telefonnummer zerrissen, weggeworfen und mich besoffen. Ich habe mir gesagt, lass die Finger davon, vergiss, dass du sie gesehen hast. Aber ich konnte es nicht. Wie hätte ich das können sollen? Sie war so wunderschön. Und sie war kein dreizehnjähriges Mädchen mehr, Robert, keine unberührbare Jungfrau – sie nahm jeden Tag Geld dafür, fünf-, sechsmal, von kleinen dicken Männern, die alt genug waren, um ihre Väter sein zu können ...«

»Aber es waren nicht ihre Väter.«

»Was wäre schon dabei gewesen, wenn einer davon ihr Vater gewesen wäre?«, fragte er. Er sah mich voller Verlangen in den Augen an. »Welchen Unterschied hätte das schon gemacht? Sie wusste nicht, wie ich aussah – sie hatte mir geschrieben, dass Eva mich aus allen Familienfotos herausgeschnitten hatte. Ich würde es ihr nicht sagen. Und ich wäre der perfekte Kunde, würde mich ausgezeichnet benehmen, ihr ein großzügiges Trinkgeld geben, jeden Dollar, den ich abzwacken konnte, würde ich ihr geben ...

Und so kam es auch, wissen Sie. Alles, was nicht für Essen, Alkohol und Miete draufging, trug ich zu ihr. Seit sechs Monaten habe ich mir nichts mehr gekauft. Habe keine Ersparnisse mehr. Und das war ein gutes Gefühl. Ich konnte ihr die Ausbildung finanzieren, ihr helfen voranzukommen. Endlich konnte ich ihr etwas Gutes tun.«

»Sie haben Ihre eigene Tochter gefickt!«

»Wir hatten niemals Sex«, sagte er würdevoll. »Das müssen Sie wissen. Ich hab drum gebeten – aber sie wollte nicht. Dort hat sie die Grenze gezogen.«

Ich hielt ihm das Messer an die Kehle. »Wo?«, fragte ich. »Wo hat sie die Grenze gezogen?«

»Wieso fragen Sie mich das?«, wollte er wissen. »Sie wollen die Antwort doch gar nicht hören.«

»Ich muss es wissen.«

»Bitte«, sagte er.

»Wo?«, brüllte ich.

»Oral«, sagte er leise. »Da lag für sie die Grenze.«

»Sie verdammter Hurensohn.«

»Ich wollte nicht, dass sie erfährt ...«

»Sie haben Ihrer eigenen Tochter Geld dafür gegeben, dass Sie Ihnen einen bläst«, sagte ich.

»Wie Dutzende anderer Männer ...«

»Die waren aber nicht ihr Vater!«

»Nein«, sagte er.

Ich weinte jetzt und er auch. Die Hand, die das Messer hielt, zitterte, und ich ließ es langsam sinken.

»Aber Robert«, sagte er, »Sie müssen mir glauben, ich habe sie nicht umgebracht. Ich schwöre bei Gott, als ich in der Zeitung las, dass sie tot war, hat es mir das Herz gebrochen. Meine einzige Tochter, das Einzige auf der Welt, das mir noch etwas bedeutet hatte, war nicht mehr.«

Ich legte ihm die Messerspitze auf die Brust, direkt unter das Brustbein, und hielt das Messer so fest, wie es mir mit meiner zitternden Hand möglich war.

»Robert, das ist die Wahrheit! Ich schwör's, ich schwör's, ich habe sie geliebt, ich hätte alles für sie getan. Das müssen Sie mir glauben. Ich habe sie nicht getötet.«

»Nein«, sagte ich und weinte dabei. »Das habe ich getan.« Und ich rammte ihm das Messer in die Brust.

30

Es kam mir vor, als würde ich eine Spielkarte zwischen die Seiten eines zugeschlagenen Buches schieben.

Sein Blut lief mir über die Hand und das Handgelenk, es war heiß und klebrig und floss immer weiter. Es rann ihm auf den Schoß und breitete sich auf dem Boden unter ihm aus. Das Glas fiel ihm aus der Hand und rollte über den Teppich. Er hatte die Augen weit aufgerissen und versuchte zu sprechen, etwas zu sagen, aber es kam kein Ton heraus.

Beim Sterben sah er mir in die Augen. Ich zwang mich, nicht wegzusehen. Ich musste daran denken, wie mich Kurland vor der U-Bahn-Station zurückgestoßen und mir mit einer Hand auf meiner Brust gesagt hatte, dass ich nun auch nicht mehr unschuldig sei. Es war ganz einfach, die Grenze zu überschreiten. Dorrie hatte es getan, sie hatte zunächst nur Termine für Massagen vereinbart, dann erst hatte sie selbst Hand angelegt. Doug Harper hatte es getan, eines sonnigen Vormittags 1985, nachdem er seine Tochter einmal zu oft im Hof hatte spielen sehen. Jetzt hatte ich es getan. Kein Donnergrollen wurde vernehmbar, kein Beckentusch. Nur Blut auf meinen Händen und ein toter Mann im Sessel. Doch es gab ein Vorher und ein Nachher, und ich war jetzt ein anderer.

Ich suchte das Badezimmer und schrubbte mir die Hände unter dem Wasserhahn, drehte das heiße Wasser auf, so weit ich konnte. Ich bewegte das Stück Seife in meinen Händen, bis kein Blut mehr an ihnen klebte. Dann beugte ich mich über das Waschbecken und kotzte.

Ich konnte nicht aufhören zu würgen. Es war nichts mehr in mir drin, aber ich versuchte es immer wieder, erstickte fast an dem Versuch, etwas herauszuwürgen, was nicht kommen wollte. Ich drehte das kalte Wasser auf, warf es mir ins Gesicht und versuchte, etwas davon zu schlucken. Ich bekam es nicht in den Mund, so sehr zitterte meine Hand.

Plötzlich hatte ich Kopfschmerzen, einen ausgewachsenen Migräneanfall, und ich zitterte. Ich musste mich setzen und zu Atem kommen, meinen rasenden Herzschlag unter Kontrolle bekommen. Aber nicht hier.

Nachdem ich eine Minute lang an den Schlössern herumgefingert hatte, ging ich zur Tür hinaus. Auf dem Weg nach unten, hinterließ ich überall Fingerabdrücke – auf dem Geländer im Treppenhaus, an der Wand, auf der Scheibe der Haustür.

Ich befand mich keine anderthalb Kilometer von der Carmine Street, meinem Zuhause, entfernt – dem, was einmal mein Zuhause gewesen war. Doch dort würden jetzt Polizisten sein, das Haus überwachen, darauf warten, dass ich zurückkehrte, um mich in Gewahrsam zu nehmen und schließlich vor Gericht zu stellen. Ich wandte mich ostwärts und fing an zu laufen.

Ich stieg in die U-Bahn hinunter, eine der wenigen Stationen, die nicht mit Personal besetzt waren, und erst als ich unten angekommen war, fiel mir ein, dass ich kein Geld für einen Fahrschein hatte. Auf dem Boden lagen einige weggeworfene Tickets, und ich hob eines nach dem anderen auf, steckte sie in das Lesegerät in der Hoffnung, dass auf einem noch eine Fahrt übrig war. Tatsächlich fand ich einen. Ich passierte die Drehtür und ließ mich auf eine hölzerne Bank auf dem Bahnsteig fallen.

Sie hatte es versprochen. Wir hatten es einander versprochen. Wenn einer von uns beiden jemals so verzweifelt sein würde, um zu tun, worüber wir manchmal flüsternd sprachen, dann wollten wir den anderen anrufen. Als es so weit war, hatte sie mich nicht angerufen. Dann hatte ich gesehen, dass sie alle ihre Papiere geschreddert hatte, ihre Telefonrechnungen, ihre Fotos – sie hatte keinen Grund gehabt, das zu tun. Natürlich hatte ich sofort an Mord gedacht. Nichts anderes ergab für mich einen Sinn.

Doch jetzt ...

Ich erinnerte mich an unser Essen Freitagabend. Vor einer Woche. Wir hatten im *Shabu-Tatsu* auf der 10th Street gegessen. Dorrie hatte sich so gefreut – sie war mit ihrem letzten Kapitel für Stu Kennedy fast fertig. Das letzte Kapitel der Familiengeschichte, die zu schreiben er ihr aufgetragen hatte. Der Geschichte ihrer Schwester, der Geschichte, die sie so gut wie ohne Hilfe von ihrer Muter und völlig ohne Hilfe ihres Vaters geschrieben hatte. Ich hatte getan, was ich konnte. Ich hatte den Mann für sie ausfindig gemacht. Wenn er jetzt nicht bereit war, mit ihr zu sprechen, konnte ich nichts mehr tun.

Außer ihr meine Dateien zu schicken.

Egal, ob das etwas bringen würde.

Ein paar zusätzliche Farbklekse vielleicht und ein paar Informationen, ein paar Einzelheiten, die sie vielleicht in ihrem zweiten Entwurf unterbringen könnte, um die Geschichte ein bisschen lebendiger zu machen. Informationen über die Vorfahren ihrer Mutter. Der Name des Krankenhauses, in dem ihre Schwester gestorben war, eine Beschreibung des Schuhgeschäfts, in dem ihr Vater arbeitete. Eine Beschreibung des Mannes – dieses Mannes, den sie hatte kennenlernen wollen und der sie im Stich gelassen hatte, als sie drei Jahre alt war. Und zum Teufel, weshalb hätte ich es bei einer Beschreibung belassen sollen? Ich hatte Fotos von ihm, die ich an dem Tag gemacht hatte, an dem ich ihm bis vor seine Haustür gefolgt war – nichts leichter, als sie der E-Mail anzuhängen.

Wie muss es für sie gewesen sein, dachte ich, als sie am

Samstagmorgen meine Mail öffnete, ihr Doug Harpers ungepflegtes, bärtiges Gesicht entgegenstarrte und sie in ihm ihren Stammkunden James Smith wiedererkannte.

Ich befand mich unter der Erde, aber nur ein Stockwerk tief, nichts im Vergleich zu den achtzehn, unter denen ich an der 191st Street begraben gewesen war, und mein Handy empfing immer noch ein Signal. Ein schwaches, aber immerhin.

Ich wählte noch einmal die Nummer von Eva Burke.

Ich dachte, ich würde sie vielleicht noch einmal wecken, doch sie ging sofort dran, als hätte sie auf meinen Anruf gewartet.

»Werden Sie mir jetzt sagen, was das alles soll, Blake?«

»Nein«, sagte ich. »Ich rufe nur an, um Ihnen zu sagen, dass Sie sich morgen eine New Yorker Zeitung besorgen sollten. Der Mann, der für Dorries Tod verantwortlich ist ... Sie werden feststellen, dass er heute Abend gestorben ist. Ich glaube nicht, dass es für Sie ein großer Trost sein wird, aber ich hoffe, vielleicht ein kleiner.«

»Wovon reden Sie? Blake? Blake!«

Ich legte auf, kramte meine Brieftasche hervor. Ich fand das Fach, in das ich James Mirskys Visitenkarte mit der Handynummer auf der Rückseite gesteckt hatte.

Ich wählte die Nummer, und seine Mailbox sprang an.

Nach dem Piep erzählte ich ihm, wo er Harpers Leiche finden würde.

Ich behauptete außerdem, ich hätte Miklos getötet. Zum Teufel. Ich hatte Kurland versprochen, mich irgendwie bei ihm zu revanchieren. Und er und Julie hatten eine Chance verdient.

Wie verzweifelt Dorrie zu verhindern versucht haben musste, dass ich erfuhr, was ich getan hatte. Sie hatte den ganzen Samstag damit verbracht, die Spuren zu verwischen. Alle Telefonrechnungen, auf denen Harpers Nummer hätte auftauchen können – ich hätte sie gefunden, wenn sie sie liegen gelassen hätte. Fotos, die ihr Kunden geschickt hatten – allesamt in den Schredder, keine Zeit alles einzeln durchzugehen. Alle E-Mails, die »Cassie« jemals gesendet oder empfangen hatte – gelöscht. Alle künftigen E-Mails weitergeleitet, damit ich nicht an sie herankam. Und dann, nur um sicherzugehen, hatte sie mir noch einen Brief geschrieben, den Brief, den sie bei Sharon hinterlegt hatte. Nur für den Fall, dass ich die Spur trotz des Schredderns und Löschens weiterverfolgte. John Blake, der große Detektiv – sie hatte einen letzten, verzweifelten Versuch unternommen zu verhindern, dass ich es herausfand. *Liebling, lass es,* hatte sie geschrieben. *Um deinetwillen, nicht wegen mir. Lass es bleiben.*

Das alles hatte sie getan und anschließend unsere Ausgabe von *In Würde Sterben* genommen und sich an die einfachen, rationalen und tödlichen Anweisungen gehalten.

Mein Handy klingelte. Auf dem Display sah ich, dass es Susan war.

Ich zögerte, dann schaltete ich das Telefon aus.

Als ich auf die Gleise hinunterkletterte, dachte ich an Dorrie, an Jorge Ramos, an Candace Webb. Alle waren sie wegen mir gestorben. Natürlich auch Douglas Harper, ihn hatte ich eigenhändig umgebracht. An Miklos. Und an Miranda, meine Miranda. Außerdem noch andere – zu viele andere.

Niemand sollte den Überblick verlieren, wie viele Menschen er auf dem Gewissen hat.

Die Gleise waren beleuchtet, trocken, sauberer, als ich gedacht hatte. Eine weggeworfene Wasserflasche, ein paar Schokoriegelpapiere. Nicht viel schlimmer als oben auf dem Bahnsteig selbst. Ich setzte mich in die Vertiefung zwischen den schmalen Gleisen, legte den Kopf auf die eine Seite, die Knie auf die andere.

Tut mir leid, Dorrie, flüsterte ich. Tut mir leid.

Ich hatte nicht gewollt, dass es so endet, dass ich die Toten zähle und mich bei den Geistern der Frauen entschuldige, die ich einmal geliebt hatte.

Doch hier lag ich nun, und es gab so vieles, für das ich mich zu entschuldigen hatte, und mir blieb so wenig Zeit dafür.

Die Gleise erstreckten sich zu beiden Seiten in die Dunkelheit. Ich schloss die Augen. Wenn das Licht kam, wollte ich es nicht sehen.

Wie war das geschehen? Wie?

Einst war ich ein anständiger, normaler Mensch. Ein guter Mensch.

Ich dachte, ich hätte ein Rattern gehört und ein leises Beben im Gleis gespürt.

Einst war ich Idealist. Wie hatte Julie mich genannt? Unschuldig. Verdammt unschuldig.

Das Beben wurde stärker, und an den Wangen spürte ich einen Luftzug.

Ich dachte: Ich war einmal ein Mensch.

Aber wir waren früher alle mal irgendwas, das wir heute nicht mehr sind.

HARD CASE CRIME

ROTBUCH KRIMI

»Zynisch, dreckig und gemein« *3sat Kulturzeit*

Platz 3
KrimiWelt-Bestenliste

Allan Guthrie
Abschied ohne Küsse

HCC-001
288 Seiten, Rotbuch Taschenbuch
ISBN: 978-3-86789-024-3 | 9,90 €

Lawrence Block
Abzocker

HCC-002
224 Seiten, Rotbuch Taschenbuch
ISBN: 978-3-86789-022-9 | 9,90 €

»Eine beachtliche Serie mit subversivem Potenzial.« *Die Welt*

Ken Bruen | Jason Starr
Flop

HCC-003
288 Seiten, Rotbuch Taschenbuch
ISBN: 978-3-86789-023-6 | 9,90 €

www.hardcasecrime.de

HARD CASE CRIME

ROTBUCH KRIMI

»Schillernde Charaktere und hochspannende Geschichten.« *Spiegel online*

Christa Faust
Hardcore Angel
HCC-004
256 Seiten, Rotbuch Taschenbuch
ISBN: 978-3-86789-048-9 | 9,90 €

Richard Aleas
Tod einer Stripperin
HCC-005
256 Seiten, Rotbuch Taschenbuch
ISBN: 978-3-86789-047-2 | 9,90 €

Donald E. Westlake
Mafiatod
HCC-006
208 Seiten, Rotbuch Taschenbuch
ISBN: 978-3-86789-050-2 | 9,90 €

Mickey Spillane
Das Ende der Straße
HCC-007
224 Seiten, Rotbuch Taschenbuch
ISBN: 978-3-86789-049-6 | 9,90 €

www.hardcasecrime.de

HARD CASE CRIME

ROTBUCH KRIMI

»Endlich hat sich ein deutscher Verlag an die Lizenzierung dieser Titel gewagt!« *Stuttgarter Zeitung*

Ed McBain
Die Gosse und das Grab
HCC-008
224 Seiten, Rotbuch Taschenbuch
ISBN: 978-3-86789-066-3 | 9,90 €

Ken Bruen | Jason Starr
Crack
HCC-009
224 Seiten, Rotbuch Taschenbuch
ISBN: 978-3-86789-067-0 | 9,90 €

Lawrence Block
Falsches Herz
HCC-010
224 Seiten, Rotbuch Taschenbuch
ISBN: 978-3-86789-068-7 | 9,90 €

Max Phillips
Tödlich blond
HCC-011
256 Seiten, Rotbuch Taschenbuch
ISBN: 978-3-86789-069-4 | 9,90 €

www.hardcasecrime.de

HARD CASE CRIME
ROTBUCH KRIMI
NEU im Herbst!
»So scharf, dass allein beim Umblättern Verletzungsgefahr besteht.« Playboy
LIEDER der UNSCHULD
Richard Aleas
Lieder der Unschuld
HCC-012
288 Seiten, Rotbuch Taschenbuch
ISBN 978-3-86789-078-6 | 9,90 €
SHOOTING STAR
Robert Bloch
Shooting Star
HCC-013
192 Seiten, Rotbuch Taschenbuch
ISBN 978-3-86789-080-9 | 9,90 €
MAX ALLAN COLLINS
DER LETZTE QUARRY
Max Allan Collins
Der letzte Quarry
HCC-014
192 Seiten, Rotbuch Taschenbuch
ISBN 978-3-86789-084-7 | 9,90 €
»Vollendete Pulp-Fiction.«
USA Today
www.hardcasecrime.de